대나무밭에서 자란 소나무

님께

대나무밭에서 자란 소나무

송평종 에세이

정은출판

너는 흙이니 흙으로 돌아갈 것이라

(창세기 3장 19절)

무릇 사람이나 동물이나 심지어 식물도 궁극적으로는 "낳고 자라고 꽃피고 열매 맺고 죽는다."는 평범한 진리가 새삼 나의 생각 속에 자리 잡고서부터 나의 생을 되돌아보게 된다. 나도 이제 그런 나이가 되었나 보다.

옛 성현의 말씀을 빌자면 지천명知天命의 나이를 훌쩍 넘겼지만 천명을 아는 것이 없고 조그마한 세상사도 제대로 알지 못한다는 깨달음뿐이다. 그럼에도 세상 순리에 따라 내일 일을 모르는 나이에 들어서면서부터는 본향으로 돌아가야 할 채비를 해야겠다는 생각이 든다.

무엇보다 감사한 것은 정직하고 부지런하고 근검절약하신 부모님의 외아들로 태어나 세상적인 교육을 받고 좋은 집안의 딸을 아내로 맞아 아들 삼 형제를 낳고 길러 모두 단란한 가정을 이룬 가운데 7명의 손자와 2명의 손녀를 두게 되었다는 사실이다. 나름대로 좋은 결실을 맺었다고 생각한다.

또한 참된 복음의 신앙 안에서 올바른 삶의 기준과 방향을 향해 살 수 있었고, 교회의 많은 선후배들로부터도 얻은 좋은 배움의 기회에 감사한다. 그 밖에도 많은 훌륭한 이웃들, 친구와 동료들도 내 삶의 귀감이 되어 주었다.

겸손하고 감사한 마음으로 여기 나의 삶의 편린들 그리고 나의 삶 동안 그들로부터 듣고 배운 교훈과 감동어린 이야기들을 엮어 사랑하는 나의 후손들과 친구 선후배께 드리고자 이 책을 펴낸다. 이들 역시 나의 글을 통해 삶에 도움이 되는 작은 지혜라도 얻을 수 있다면 나에게는 더할 나위 없는 기쁨이겠다.

다만 기억의 한계 또는 모든 것을 꼼꼼히 다 적어두지 못한 나의 소홀함 때문에 출처, 인명, 장소, 사건, 일시 등 다소 불일치하는 부분들이 있을 수 있다는 점을 아쉽게 생각하며 나의 독자들에게도 널리 양해를 구하는 바이다. 폴란드 아우슈비츠 감옥에 들렀을 때 그 입구에 적힌 "역사를 기억하지 않는 자는 또 다시 같은 잘못을 저지른다"는 경구를 미리 알았더라면 기록하고 기억하는 일에 좀 더 주의를 기울일 수 있었을 텐데 말이다.

끝으로 나의 무딘 토막글을 책으로 엮을 수 있도록 용기를 준 나의 영원한 동반자에게 사랑과 감사의 마음을 전한다.

2021. 8

송평종

차례

제 1 부 대나무밭에서 자란 소나무

제2부 성장통

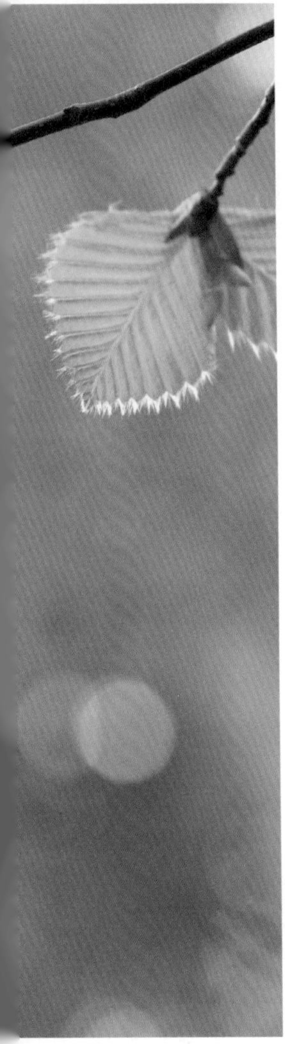

제3부 나의 호 평산平山

제 4 부 여름밤의 이야기

제 5 부 전쟁과 만년필

제 6 부 네 운명을 사랑하라

제 7 부 이 경전구절을 읽을 때면

제 8 부 얼마나 가져야 행복할까

제 9 부 부자들의 반란

제 10 부 무소유 파티

축하의 글

남편의 유년시절부터 삶의 여정에서 느끼고 경험했던 일들을 한 권의 책으로 엮어 세상에 선보인다 하니 덩달아 설레기도 하고 쑥스럽기도 합니다. 부부는 일심동체라는 말이 실감 나는 순간입니다.

자기 고백적 글을 쓰다 보면 드러날 수밖에 없는 본인과 가족의 맨살은 차치하고라도 행여 누군가에게 상처가 되는 표현이나 사적私的 영역을 침범한 경우도 더러 생기지 않았나 하여 걱정도 앞섭니다. 혹여 그런 부분이 있다면 너그러이 이해해주시기를 바랍니다.

끝으로 올해 남편의 희수喜壽를 기념하여 이 책을 출판하도록 물심양면의 도움을 준 세 아들 내외에게 고마움을 전하며, 아울러 여러분 모두에게도 주님의 화평과 사랑이 내내 함께하길 기원합니다.

2021년 8월

양 계 영

저자의 아내인 양계영 여사는 6.25 전쟁 중 피난길에서 태어났다. 그때로부터 그녀와 그녀의 어머니 앞에는 한편의 인생 드라마가 펼쳐진다.

그녀의 어머니는 전북 전주에서 유복한 가정의 장녀로 태어나 전북여고 시절 전주고등학교에 다니는 집안 좋고 순수한 청년을 만난다. 한 사람은 이화여대에, 다른 한 사람은 서울대에 나란히 입학하여 서울로 올라온다. 두 사람은 열애 끝에 1950년 5월 5일 외교구락부에서 양가의 축복 속에 결혼식을 올린다.

그러나 꿈같은 신혼생활도 잠시, 상상치도 못했던 6.25 전쟁이 발발한다. 학교에 간 남편은 소식이 끊기고, 아내와 가족들은 심해지는 폭격을 피해 이집 저집에 피신하며 지낸다. 결국 안양에서 병원을 하시던 친정아버지로부터 그곳으로 내려오라는 전갈을 받는다. 돌아오지 않는 남편을 위해서는 아는 집집마다 쪽지를 부쳐놓고 안양으로 향한다. 그러나 어렵사리 도착해보니 아버지 가족은 이미 다른 곳으로 피난을 떠나버린 뒤였다. 별다른 도리가 없어 어머니는 병원에 있는 약품으로 곡식을 바꿔 한동안 연명한다.

그런 와중에 태아는 점점 자라고 다시 피난을 떠나야 하는데, 육로는 다

막혀 장항까지 가는 배를 타고 가서 때마침 오는 군 트럭을 얻어 타게 된다. 다행히 좋은 산파를 만나 여자 아기를 출산한다. 그 아기가 바로 양계영 여사이다.

전쟁이 남편과 함께 모든 것을 휩쓸고 지나간 다음 어머니와 갓난아기는 일단 시부모님 댁에 안착하게 된다. 이후 어머니는 중등학교에서 교편을 잡게 되어 딸과 함께 학교 사택에 머물게 된다. 어머니는 남편의 생사를 모른 채 10여 년 동안 딸을 키우면서 알뜰히 모아두었던 돈을 몽땅 친척에게 사기당하고 어려움을 겪기도 한다. 그즈음 어머니는 학교에서 근무하는 교사와 재혼을 하게 된다. 그녀는 당시 초등학교 3학년이었고, 새로 태어난 동생과 새아버지의 1남 1녀와도 갈등 없이 잘 지낸다.

그녀가 6학년이 되었을 때 어머니는 서울에 사는 치과를 개원하고 계시던 친 고모 댁에 유학을 보낸다. 고등학교와 대학 시절에는 서울대 교수로 재직 중이던 작은 아버지 집의 도움을 받게 된다. 그분들은 행방불명된 형제에게 다 하지 못한 사랑을 조카딸에게 대신해주겠다는 마음으로 살뜰하게 보살펴주고 그녀의 삶에 울타리가 되어준다.

어머니는 퇴직 후 남편과 함께 완주에서 친정 부모님의 땅에 유실수를 가꾸며 여생을 보내다가 신실한 부모님의 유지를 받들어 원불교에 땅을 희사하게 된다. 이만여 평 되는 땅에 원불교에서는 교당도 세우고 양로원도 세워 많은 분들에게 유익을 주고 있다.

그녀도 학업에 충실하여 어머니의 모교인 이화여대와 대학원을 졸업하고 어머니 뒤를 이어 교사의 길을 걷게 된다. 그리고 예수 그리스도 후기 성도 교회에 다니는 저자를 만나 결혼하게 된다.

신실한 원불교도였던 어머니는 처음엔 종교가 다른 사위를 보는 게 마땅치 않았지만 단란한 가정을 일구고 살아가는 모습에 흐뭇해한다.

그녀는 하나님을 경외하고 가족과 이웃을 사랑하는 남편과 함께 아들 셋을 낳아 길렀고, 손자녀 9명까지 둔 다복한 생을 영위하고 있다. 어릴 적 외롭게 자라면서 품었던 소망을 이루어주신 하나님께 감사하며 남은 삶도 봉사와 사랑을 베풀며 살고자 다짐한다.

* 윗글은 2015년 3월 21일 토요일 KBS1 라디오 "행복한 시니어"에 방송된 내용을 발췌, 요약한 것임

| 들어가면서 |

중학교 일학년 때 국어 선생님께서 하루는 글짓기 숙제를 주셨다.

남쪽 바닷가 시골에서 낳고 자라난 나는 난생처음 고향을 떠나올 때 두고 온 집, 동네, 친구들을 생각하면서 "두고 온 나의 집" 이란 제목의 글을 써냈다.

다음 수업시간에 선생님께서 나에게 "너의 글을 반 친구들에게 읽어 주라"고 하셨다.

내가 쓴 글을 스스로 읽으면서 내 뺨에 눈물이 흘러내렸다.

선생님께서는 이렇게 자기의 생각과 감정을 솔직하게 글로 표현하면 좋은 글이 된다면서 나를 칭찬해주셨다.

선생님의 그 칭찬에 힘입어 나는 이후로 일기도 쓰고, 어쭙잖은 글들을 써서 보관해 두기도 하였다.

퇴직 후 도서관에 가서 이 책 저 책들을 읽다가 정호승 시인의 산문을 읽으면서 일상적인 일들을 겪으면서 메모해둔 것들도 좋은 글들이 되는구나 하는 생각을 하게 되었다.

아주 평범한 직장생활과 가정을 꾸려온 나로서는 다른 사람들에게 모범이나 감동을 주려는 동기보다는 후손들에게 남겨 주고 싶은 소망으로 지금까지 모아온 글들을 책으로 한번 만들어보자는 만용을 부리게 되었다.

그런데 막상 써놓은 글들을 다시 훑어보니 한없는 부끄러움이 앞서지만, 눈을 질끈 감고 책 한 권을 내기에 이르렀다.

나는 이 세상에 어떤 자국을 남기기보다는 점 하나 찍고 조용히 뒤로 물러가기를 원하지만, 나의 후손들은 나보다는 세상에 더 많은 빛과 보탬이 되는 삶을 살아가기를 빌어본다.

송평종

제 1 부

대나무밭에서 자란 소나무

대밭에서 자라난 소나무들은 대나무처럼 곧게 자라있었다.

1944년 8월 4일

둘째 누나와 여우

봉수와 미친개

세배와 손등의 때

원골 탕사장과 해수욕

감나무에 오르다가 떨어진 사연

대나무밭에서 자란 소나무

돼기로 참새 쫓기

시제와 곶감

연날리기

어머니의 소 판 돈 바꿔치기

동네 서당

1944년 8월 4일

나는 1944년 음력 8월 4일 점심을 마친 농부들이 오후 일과를 위해 일터로 나갈 즈음 태어났다고 한다. 나의 아버지는 여산 송기용宋基用이시고, 어머니는 홍양 이명순李明順이시다.

어머니는 전남 고흥군 두원면 성두리 차수부락(마을) 이씨댁의 맏딸로 좀 급한 성격이지만 꼼꼼하면서도 대담하고 활달하셨다. 그에 비해 아버지는 약간 소심한 편이었다.

나는 여산 송가 29세 손으로 고흥으로 피난 온 단종비의 오빠 충강공忠剛公 간侃을 중시조中始祖로 모시고 있다. 충강공은 이문구 소설 『매월당 김시습』에 잘 나타난 바와 같이 호남 순무사로서 호남을 시찰하던 중 세조가 단종을 폐위하고 단종비 정순왕후를 동대문 밖 정업원으로 내쳤다는 소식을 접하고 매월당 김시습과 함께 영월로 가서 곤룡포를 수습하여 계룡산에서 3년 상을 치르고 흥양興陽, 지금의 고흥 마륜馬輪 마을로 피신했다. 우리 가계는 그의 후손으로 원 고향은 개성부開城府 장단이라고 한다.

지금의 전남 고흥군 두원면 풍류리에 입향入鄕했던 충강공을 중시조로 모시고 있는 우리 후예들은 대단한 자부심을 느끼고 웃뜸, 산너머, 한길가 등 세 마을에 걸쳐 100여 호를 이루고 있다. 지금은 풍류리에서부터 도양면 용동까지 이르는 고흥만을 막아 드넓은 간척지가 만들어졌다. 그 덕분에 호수와 비행장도 생겼다.

아늑한 산으로 둘러싸인 아담한 평야와 그 평야를 가로지르던 큰 내, 조그만 재를 넘으면 양 날개를 펼친 듯한 원골이라는 아름다운 백사장, 학의 머리 모양을 하고 있다고 해서 불리던 학무도, 그곳에 옹기종기 모여 살던 집 몇 채. 그곳엔 작은 어항이 있어서 배 위에서나 덤장에서 살아 팔딱팔딱 뛰던 생선들…

지금은 간척지가 되어 사라졌지만, 들판 가까이 바닷물이 들어왔다. 그래서 그 근방에는 염전도 몇 군데 펼쳐져 있었고, 천하제일이라 손꼽히는 갯벌에는 대합조개, 바지락, 꼬막, 낙지, 쏙, 꽃게, 주꾸미 등등, 갯벌에서 나는 해산물이 지천이었다.

우리 동네 사람들은 갯벌에서 나는 해산물보다는 원골에서 나는 생선, 특히 여름, 가을의 전어를 최고로 쳤다. 그리고 고흥에서는 풍류에서 온 생선이라면 뭐든 잘 팔리고 인기가 좋았다.

항구에서는 전어가 제일이었지만 양태, 서대, 가오리, 조기, 숭어, 문절이, 메가리, 오징어, 갑오징어, 장어, 아나고, 병어, 도미, 농어, 민어, 매퉁이 등이 잘 잡혔다. 나도 중학생 때부터 고향에 가면 자주 낚시를 즐기며 여러 종류의 물고기를 잡곤 했다.

이곳에서 나의 어머니는 딸 넷을 낳았지만, 아들을 못 낳아서 여간 맘고생을 한 게 아니었다. 동네 사람들은 아버지에게 다른 색시를 하나 들여서 아들을 보라고까지 강권했다고 한다. 그런 와중에 어머니가 나를 낳으셨고, 너무 좋아서 큰 소리로 "고추가 나왔다"고 외쳤다고 한다. 아버지도 맛있는 생선으로 산후조리용 미역국을 끓여 어머니에게 바치며 기쁨을 함께 나누었다고 한다. 동네 사람들도 어머니의 댁호宅号를 부르며 성리城里댁이 아들을 낳았다며 모두 축하해주었다고 한다.

내 뒤로 또 어머니는 아기를 가지셨는데, 그때까지도 나는 어머니 젖을 떼지 못하고 있었다. 그러던 어느 날이었다. 날씨가 흐리고 좋지 않았다. 어머니께서 우리집 뒷마당에 있는 절구통 속에 물건이 두 가지 들어있는데 한 가지를 꺼내 오라고 내게 이르셨다. 그 속에서는 밥주걱과 방망이가 들어있었다. 저녁 식사 시간쯤 된 것 같아서 나는 주걱을 꺼내왔다. 그랬더니 어머니가 내 엉덩이를 그 주걱으로 찰싹 때렸다.

그리고 얼마 후 어머니는 다시 여자아이를 낳았다. 방망이는 아들이고, 밥주걱은 딸이란다.

둘째 누나와 여우

옛날에는 여우가 참 많았다. 우리 동네에도 저수지 위에 꽤 깊은 산이 있는데, 여우굴이라 불렀다. 나도 어릴 적 봉하라는 집안 조카와 그의 동생이며 나의 친구이기도 한 봉수와 함께 그 여우굴에 나무를 하러 간 적이 있다.

밭길을 지나고 산길을 지나 점점 깊숙이 여우굴을 향해 들어가는데 실제로 여우가 우리 눈앞에 나타났다. 조카 봉하가 돌을 집어 들고 큰 소리치면서 여우를 향해 던졌다. 그러자 여우는 잽싸게 몸을 피해 산 위로 도망치는 것 같았다. 우리는 다시 가던 길을 갔다. 그런데 이게 웬일인가. 그 여우는 내 조카가 던졌던 돌멩이보다 약간 떨어진 곳에 꼬리를 깔고 앉아서 우리를 내려다보고 있는 게 아닌가. 노루 같은 다른 짐승과는 달리 여우는 꼬리를 깔고 앉는 습관이 있다고 한다. 내 조카가 돌팔매질을 또 하니까 다시 산 위로 도망치듯 하더니 재차 우리 가까이에 앉아서 노려보고 있었다.

결국, 우리는 재수 없으니 다른 산으로 가자 하고 내려오는데 뒤에서는 여우 울음소리가 이어졌다. 이후로도 산에 가면 여우 똥이 많이 보였고, 밤이면 여우 울음소리도 자주 들렸으며, 동네에 내려와 닭을 잡아갔다는 소문도 떠돌았다.

우리 외가는 성두리 차수 부락에 있다. 그곳에 가려면 윗길과 아랫길 두 가지 길이 있는데, 윗길은 동네 저수지를 지나 물목이라는 재를 넘고 산등성이를 지나 깊은 산속을 거쳐야 도착하는 길이었다. 아랫길은 관덕 저수지 옆을 지나가야 하는 길이었다. 관덕 저수지에 물이 많을 때는 조금 위험하기도 하고 길도 미끄러워서 부모님은 주로 윗길을 택했다.

둘째 누나가 서너 살쯤 되었을 때 어머니는 누나를 업고 친정에 가서 하룻밤을 주무시고 돌아오는 길이었다. 어머니는 그 산길을 넘어 걸음을 재촉했다. 해가 뉘엿뉘엿 넘어가고 있는 시각이었다. 때는 이른 봄이어서 저수지 위쪽에 있는 보리밭에는 보리가 아직 키가 자라지 않았기 때문에 보리밭 고랑을 가로질러 지름길을 이용할 요량이었다.

어머니가 첫 번째 밭고랑을 넘고 두 번째 밭고랑을 뛰어넘으려 하는데, 여우 수 마리가 화들짝 놀라 튀어나오더라는 것이다. 여우가 무리지어 보리밭에 앉아 봄볕을 쬐고 있었던 중인가 보았다. 원래 당찬 마음을 지닌 어머니라도 머리칼이 쭈뼛 서더라는 것이다. 돌멩이를 주워서 몇 번을 던져도 여우들이 도망치기는커녕 동물들도 여자 남자를 알아보는지 어머니 주위를 맴돌더라는 것이다. 어머니는 더 큰 소리로 외치며 돌멩이를 던지면서 겨우 그곳을 빠져나왔다고 한다.

그런데 둘째 누나는 그때 너무 놀랐는지 이후로 몸이 쇠약해지고, 시름시름 앓다가 결국 세상을 떠나고 말았다. 어머니는 자주 그 이야기를 들려주면서 "그 애가 참 이뻤고, 자태가 고왔어. 세 딸 중 그 애만큼 이쁜 딸이 없다."고 다른 딸들 앞에서 대놓고 말씀하시곤 했다.

당시에는 결혼하지 않은 아이가 죽으면 일반 무덤이 아닌 돌을 쌓아 만든 무덤인 '독다말'이란 곳에 장사지냈다. 둘째 누나를 장사 지낸 후 하루는 큰비가 와서 어머니가 독다말을 보러 갔는데, 장사지낼 때 입혀준 이쁜 옷을 입고 빗속에 둘째 누나가 어머니 눈에 나타나더라는 것이다. 어머니가 눈물을 훔치고 보면 또 보이고, 다시 흐르는 눈물을 훔치고 보면 또 보이더라는 것이다. 그 이후부터 어머니는 다시 그 무덤을 쳐다보지 않았다고 한다.

그러나 어머니 가슴에는 둘째 누나가 평생 살고 있었다. 말씀이 없는 아버지도 가끔은 어머니와 둘째 누나 이야기를 나누는 걸 잠결에 듣곤 했다. 그래서 나도 자연스럽게 여우가 우리 둘째 누나를 데려갔다고 생각하며 살았다.

봉수와 미친개

우리집 옆집 그다음 집엔 봉수네가 살았다. 봉수는 나보다 한 살이 많았지만 같은 또래처럼 매일매일 함께 놀았다. 그 아이는 형이 두 명이나 있어서 연, 팽이, 피리, 제기 등등 놀이기구 만들기 외에도 보고 배우는 것들이 많아 누나밖에 없는 나에게는 부러움의 대상이었다.

그렇지만 몇 개월 위인 그 아이보다 나는 힘이 더 셌고, 덩치도 비슷했기 때문에 기죽을 이유는 없었다. 대등한 관계로 우리는 소꿉놀이도 하고 다른 놀이도 했다. 주위에 나보다 한 살 아래 아이들도 몇몇 있었지만 나는 주로 봉수와 노는 것을 좋아했다.

어느 봄날이었다. 봉수와 나는 뒷산으로 땔감을 하러 가자며 지게를 지고 작은 괭이를 들고 올라갔다. 솔뿌리도 캐고, 마른 가지도 꺾고, 솔방울도 따면서 나무 위에 있는 새집에서 부리를 내미는 새끼들한테 어미 새가 벌레를 잡아다 먹이는 모습도 구경했다. 그러다가 우리는 서로 장난기가 발동했다. 조금 경사진 곳에 있던 봉수가 아래쪽에 있던 나에게 비키라며 나뭇등걸을 던졌다. 내가 미처 피하지 못하고 엉덩이를 맞았다. 화가 난 나는 그 아이 있는 곳으로 뛰어 올라가서 "너도 밑으로 내려가서 내가 저 나뭇등걸을 던질 테니 한번 맞아봐라"고 하며 소리를 질렀다.

내 성화에 못 이긴 봉수가 밑으로 내려가서 내가 있던 자리에 섰다. 그리고 나는 그 나뭇등걸을 힘껏 던졌다. 그러나 봉수는 보지 않은 척하다가 그 나뭇등걸이 내려오기 전에 살짝 피했다. 나는 또 화가 나서 그 아이를 잡아다가 다시 그곳에 세웠다. 그리고는 올라가서 다시 한 번 그 나뭇등걸을 힘껏 그 아이를 향해 던졌다. 그러나 그 아이는 움직이지 않겠다는 약속을 어기고 다시 살짝 그 나뭇등걸을 피했다. 나는 분노를 삭이지 못하고 다시 내려가서 그 아이를 그 자리에 세우고 이번만은 꼭 약속을 지키라고 엄포를 놓고 올라가서 다시 그 나뭇등걸을 힘차게 내던졌다. 그런데 이번에도 어김없이 그 아이는 피하고 말았다.

화가 머리 꼭대기까지 치밀어 오른 나는 그에게 씩씩거리며 달려가서는 팔뚝을 꽉 물고 말았다. 봉수는 앙앙 울면서 팔뚝을 잡고 집으로 내려갔다. 나도 슬그머니 집으로 돌아갔다. 그때 봉수 어머니가 봉수를 데리고 우리집으로 왔다. 어머니에게 봉수 팔뚝을 보이며 "미친개나 사람을 물지 어찌 사람이 사람을 무느냐"고 고래고래 고함을 질렀다. 나는 어머니에게 혹독한 회초리를 맞았다.

봉수와 나는 한동안 함께 놀지 않았다. 혼자 시간을 보내려니 너무 심심하고 쓸쓸했다. 시일이 조금 지난 후 눈치를 살피러 그 아이 집에 가 보았다. 그랬더니 "너는 사람도 아니다. 미친개나 사람을 무는 거지"라며 내게 쌀쌀한 한 표정을 지었다. 얼마 지나지 않아 결국 우리는 예전처럼 다시 재밌게 놀기 시작했고, 초등학교도 함께 다녔다.

봉수는 커서 결혼도 하고 뱃사람이 되었지만 슬프게도 바닷물에 익사하고 말았다. 그의 아들은 공군사관학교를 졸업하고 파일럿이 되었다고 한다.

나의 어릴 적 친구, 봉수. 봄이면 대나무 가지를 꺾어 끝에 솔방울을 달아 멀리 던지기를 하고, 산으로 들로 뛰어다니면서, 여름이면 개울가나 저수지나 바닷가에서 헤엄을 치면서, 겨울에는 그의 형들이 쳐놓은 꿩 덫을 함께 구경하고, 특히 봉수의 형이 초가지붕 처마 밑에 구멍을 뚫고 사는 참새를 잡는 모습을 함께 지켜보면서 놀던 친구. 대개는 그 친구가 나보다 더 멀리 던졌다. 힘으로는 내가 이길 수 있을지언정 요령으로는 쫓아갈 수 없었던 친구. 지금은 이 세상에 없는 내 친구, 내 조카 봉수를 생각한다.

세배와 손등의 때

나의 할아버지는 호가 일산一山으로 '일산 할아버지'로 불리었다. 그리고 더러는 '호랑이 할아버지'라고도 했다. 그 이유는 할아버지 말씀이라면 동네 어르신들도 거부하지 못하고 청종했기 때문이다. 동네 사람들 사이에 시비가 붙으면 할아버지는 당사자들을 불러다 놓고 자초지종을 듣고서는 어느 쪽으로도 치우치지 않는 올바른 판결을 내려주셨다고 한다. 할아버지의 자녀 중에서는 큰 아드님이 그분을 가장 많이 닮았다고 한다. 나에게는 큰 큰아버지가 되신다.

큰 큰아버지 역시 동네는 물론 면내, 군내에서도 존경받는 인물이었으며 근면하고 주변 사람들에 대한 애정이 넘친 분이었다. 내가 일어나기도 전 아침 일찍 일어나신 큰 큰아버지는 두루마기를 단정히 갖춰 입고 논밭을 둘러보셨다. 아무 말 없이 둘러만 보는데도 머슴들이 그를 어려워했다고 한다.

논밭을 둘러보고 돌아오는 길에는 동생들 집도 한 바퀴 돌아본 후 귀가했다고 한다. 동생들이 분란 없이 잘 살아가고 있는지, 농사일은 잘하고 있는지 등등… 무언의 질문일지언정 나의 아버지와 어머니도 그분 앞에서는 다소 긴장이 되었다고 한다. 그래서 부모님은 그분이 우리집을 둘러보러 오시기 전에 앞마당에 땔감도 충분히 쌓아두고, 장독대의 장독들도 채워두었다고 한다.

우리집에 들른 큰 큰아버지는 나에게도 손이 깨끗한지 보자며 손등을 내밀어보라고 하셨다. 손에 때가 끼어 있으면 손 깨끗이 씻으라고 이르셨다. 그래서 나도 항상 손등의 때에 대해 신경을 써야 했고, 큰 큰아버지가 우리집을 향해 걸어오시는 걸 보면 살짝 자리를 피한 경우도 가끔 있었다.

내가 어릴 적에는 따뜻한 물과 비누가 없었다. 그래서 차가운 물로 손을 씻어도 손등은 늘 때가 끼어 있었다. 특히나 겨울철에는 나오는 콧물을 손등으로 닦는 바람에 손등이 트고, 튼 손등을 차가운 물로 씻으면 더욱 아프고 쓰라렸다. 그럴 때면 어머니는 송진을 녹여 나의 튼 손등에 발라주곤 했다.

나의 '호랑이 할아버지'는 내가 어릴 때 돌아가셨기 때문에 그분에 대한 기억은 거의 없다. 정월 초하루 아침이면 할아버지가 계시지 않으니 큰 큰아버지 댁에 가서 세배를 드렸다. 정월 초하루만은 큰 큰아버지를 피할 길이 없었다. 세배하러 가기 전에 손등에 때를 밀고 깨끗이 씻고 나서 큰 큰아버지 댁을 방문했다.

어느 정월 초하루에도 손을 깨끗이 씻고 큰 큰아버지 댁에 갔더니 여느 때와 마찬가지로 그분은 두루마기를 갖춰 입고 방 아랫목에 좌정하고 계셨다. 내가 세배를 마치고 뒤로 물러나 앉았더니 여느 때와 마찬가지로 내게 두 손등을 내밀어보라고 하셨다. 나는 정성껏 씻고 온 나의 두 손등을 망설임 없이 내밀었다. 그때 큰 큰아버지가 "많이 자랐구나. 앞으로도 항상 이렇게 손을 깨끗이 하고 다니거라"며 격려의 말씀을 해주셨다. 그래서 나는 그 해뿐만 아니라 이후에도 쭈욱 손을 깨끗이 씻는 습관을 기르게 되었다.

원골 탕사장과 해수욕

나의 고향 마을 이름은 '풍류'이다. 그래서 사람들은 이름만 들어도 노랫가락(육자배기나 남도민요, 판소리)에 능한 곳인가 하고 상상할 수도 있다. 소리꾼이 몇몇 나오기는 했지만, 꼭 그 이름과 부합되는 곳은 아니다.

우리 동네는 원골에 학무도(학이 춤추는 듯한 모양)라는 학의 머리 같이 생긴 조그마한 되리섬(도리섬)과 섬 양쪽으로 1km쯤 되는 모래사장이 펼쳐져 있어서 공중에서 보거나 먼바다 장흥 쪽에서 오다 보면 득량도라는 섬을 거치는데, 그 섬에서 바라보면 학이 바다로 날아오는 모양을 하고 있고, 바닷바람과 바다가 펼쳐져 있어서 '풍류'風流라는 이름이 붙여졌다고 한다.

내가 초등학교에 들어가기 전 농번기가 조금 지나고 뙤약볕이 내리쬐기 시작하면 면이나 군에 사는 아낙네들이 탕사蕩沙를 하러 먹을 것과 갈아입을 옷가지들을 준비해서 우리동네 원골 모래밭에 모여들었다. 탕사라 함은 먼저 햇볕에 달궈진 모래 속에 몸을 묻고서 땀을 뺀다. 그다음엔 바닷물에 몸을 담근다. 그런 다음 재차 모래 속에 몸을 묻고 다시 땀을 뺀 후 땀과 모래를 씻어낸 후 옷을 갈아입고 집으로 돌아간다. 그러면 몸에 있는 모든 병이 낫는다는 속설이 있다.

나의 어머니도 그곳으로 탕사를 하러 가시곤 했다. 그럴 때마다 나도 따라나섰다. 옷을 홀라당 벗어버리고 바다에 뛰어들어 개헤엄을 즐기기 위해서다. 손을 짚고 수영을 흉내 내며 온종일 바다에서 살았다. 청년 형들이 능숙한 솜씨로 수영을 하며 깊은 바다까지 들어가면 갈치나 상어한테 물리면 어쩌나 하는 걱정도 하곤 했다. 그러면서도 형들처럼 수영할 수 있다면 얼마나 좋을까 하는 부러움과 함께 수영을 가르쳐줄 사람이 없다는 것에 대해 아쉬움도 느꼈다.

그래서 우리 개구쟁이들은 개헤엄으로 시작할 수밖에 없었다. 갑자기 파도가 치는 날에는 바닷물도 한 바가지씩 마셔보았다. 부단한 도전과 노력 끝에 어느 날 나의 몸이 물 위에 뜨기 시작했다. 크나큰 환희를 느꼈다.

수영은 겁이 없는 아이 순으로 터득해나갔다. 나는 내 조카인 윤채 다음 두 번째로 수영을 스스로 배우게 되었다. 그 이후부터는 여름이면 바닷가에서 온종일 살다시피 했다. 물때에 맞추어 그곳 백사장의 햇볕에 달구어진 모래도 밟고 수영도 원 없이 했다.

그래서 그런지 나는 발에 무좀도 걸리지 않고, 건강 또한 아주 좋은 편이다. 수영 또한 제법 할 수 있게 되어 중고등학교 시절에는 수평선을 향해 몇 km까지도 헤엄쳐 들어갔다 나왔다 했다. 나의 수영하는 모습을 지켜보던 사람들은 그러다가 돌아오지 못하면 어쩌나 하고 염려도 했다.

서울에 와서는 한강에서 수영하였는데, 강을 건너기가 몹시 힘들었다. 거리상으로는 그리 멀지 않았는데 당시에는 강에 수중보가 없어서

강 물살의 흐름이 매우 셌다. 바닷가에서 하는 수영과는 차이가 있었다.

내 어릴 적 고향의 풍류 백사장 그리고 푸르고 잔잔한 바닷가를 회상하니 그리움이 파도처럼 밀려온다.

감나무에 오르다가 떨어진 사연

내가 초등학교에 들어가기 전 감이 익어가는 계절이었다. 부모님은 들로 일하러 나가시면서 셋째 딸에게 외동아들인 나를 잘 보라는 당부를 잊지 않으셨다. 소꿉놀이도 하고 이런저런 놀이도 하면서 시간을 보내긴 했지만, 다시 심심해지는 오후 시간이었다.

대나무와 감나무에서는 철 늦은 매미가 요란하게 울어대고 간간이 새들이 날아와 매미를 잡아가는 광경도 목격되었다. 잠자리, 풍뎅이, 나비도 푸른 하늘가에서 여유롭게 유영하고 있었다.

나는 무료함도 달래고 감도 따 먹을 겸 사랑채를 지나 측간 옆의 감나무에 올라가기로 했다. 계속 시도했지만, 나무를 타는데 자꾸만 미끄러지는 것이었다. 그래서 신발을 벗고 셋째 누나의 목말을 타고 올라가기에 이르렀다. 가까스로 나무에 오르기는 했는데…, 나는 가지에서 그만 땅으로 떨어지고 말았다. 그것도 다름 아닌 나무거름 용으로 쌓아놓은 굴 껍데기에 내 얼굴이 처박힌 것이었다.

굴 껍데기에 찍힌 내 오른쪽 눈 옆에서 피가 흘렀고, 나는 그만 엉엉 울기 시작했다. 그 모습을 본 셋째 누나가 큰일 났다며 자신의 치맛자락으로 내 얼굴의 피를 훔치기 시작했다. 가만히 놔두면 피가 멎을 것인데, 그런 걸 잘 모르는 어린 누나는 피가 흐르는 족족 치맛자락으로 닦아냈고, 그에 따라 상처 부위도 점점 넓어졌다.

셋째 누나는 어머니한테 동생을 잘못 보았다고 야단맞을 것이 두려워 나와 덩달아 울면서 계속 흐르는 피를 치맛자락으로 닦아냈다. 또 내가 좋아할 만한 것들은 죄다 갖다 주면서 내 울음을 그치게 하려고 무진 애를 썼다.

날이 어두워지고 어머니가 돌아오시자 셋째 누나의 얼굴을 새파랗게 질려 있었다. 아무 잘못도 없는 누나를 어머니는 동생을 잘못 봤다고 종아리를 때리며 야단을 치셨다.

지금 생각하면 어이없는 일이지만 어머니한테는 외아들이 무조건 어떻게든 보살핌을 잘 받아야 하고, 아무 문제가 없어야 했다. 그러기 위해서는 세분 누님들의 희생적 노력이 따라야 했다. 특히 둘째 누나는 키가 작고 약했는데, 나를 업어 키우느라 고생을 많이 해서 그렇다고 가족 모임에서 언급되곤 했다.

나는 눈 옆에 난 흉터를 꽤 오랫동안 지닌 채 살아왔었다. 그런데 한 번은 그 흉터를 없앨 수 있을까 하는 생각으로 성형외과에 갔더니 의외로 금방 제거해주었다. 덕분에 내 얼굴의 상처는 사라졌지만 나를 돌보느라 고생한 누님들에 대한 미안함은 내 마음속에 여전히 그대로 남아있다.

대나무밭에서 자란 소나무

굽은 소나무가 산소를 지킨다는 말이 있다.

산소 옆에 심어놓은 소나무 중 바르게 자란 소나무는 쓸모가 있어서 일찍 잘려나간다는 말이다.

그렇긴 해도 야산에서 자라는 소나무는 일반적으로 똑바로 크지 않고, 굽어지고, 몸에 굉이가 배긴다. 그러니 대들보나 기둥감으로 사용하기는 어렵다.

내가 초등학교 저학년일 때 아버지가 사랑채를 짓기로 하셨다. 그래서 우리 산에서 많은 소나무를 벌채하여 집으로 운반케 했다.

주 목수라는 분이 산에 가서 이 나무 저 나무를 살펴보면서 가리키는 나무들을 동네 분들이 톱으로 베어내고 등에다 지거나 여럿이 어깨에 메고 우리 집으로 날랐다. 그 나무 중에는 설계 도면상의 기둥감, 석가래감, 대들보감 등이 있었다.

그다음에 그들은 우리집 뒤에 있는 대숲으로 올라갔다. 봄마다 올라오는 죽순이 쑥쑥 자라나 무성한 숲을 이루고 있었다. 서울 사람들은 죽순이 얼마나 빨리 자라는지 모를 것이다. 1개월 정도만 되면 자라나와 껍질을 벗고 연약하나마 긴 대가 형성된다. 시골 뒷간 옆에 자라난 죽순 위에다 중절모를 벗어 올려놓고 볼일을 보고 나오면 그 죽순이 아닌가 하고 착각할 정도로 모자가 쑥 올라가 있다고 한다.

해를 거듭할수록 그렇게 무성해지는 우리 대숲에 큰 소나무가 서너 그루 있었다. 그것들 역시 우리집 사랑채를 짓는 데 사용되기 위해 베어졌다. 그 소나무 베는 걸 구경하려고 나도 대숲에 따라가 보았다.

그런데 놀랍게도 그 대밭에서 자라난 소나무들은 대나무처럼 곧게 자라있었다. 과학적으로는 대나무 사이에서 햇빛을 보려고 기를 쓰고 키를 키운 덕분이라고 하지만 내겐 대나무를 보고 자라서 소나무들이 그렇게 곧게 자랐다는 생각이 들었다.

사람도 이와 같다고 생각한다. 바르게 사는 사람들, 선한 사람들, 열심히 공부하고 일하는 사람들 가까이에서 살아가면 자기도 모르게 그들을 본받아 바르게 성장하게 된다는 것을 맹모삼천지교가 이미 가르쳐주었다.

그러므로 우리는 내 자녀만 바르게 자라면 된다는 생각을 버리고 공동체가 모두 합력하여 바르게 살도록 하여 서로서로 좋은 영향을 미칠 수 있는 관계가 되어야 한다.

뙈기로 참새 쫓기

예전 농가에서는 올벼를 심었다. 일반 벼보다 먼저 수확하여 한가위에 사용하기 위해서였다. 우리집에서도 윗뜸에 있는 두 마지기 논에 올벼를 심었다.

일반 벼보다 먼저 알곡이 열리고 익어가는 올벼는 참새 떼들이 먹잇감으로 좋아했다. 그래서 집집마다 참새 쫓는 게 큰일이었다. 구불구불하게 생긴 우리 논은 저수지 아래에 있었고, 길가에 조금 닿아있었다. 아버지는 내게 하루에도 서너 번씩 논에 나가서 참새를 쫓으라고 했다.

시냇물을 따라 나 있는 둑 너머에 있는 윗뜸의 다른 집 논에서 아이들이 새떼를 쫓으면 우리 논으로 내려오고, 우리 논에서 쫓으면 다시 그쪽으로 날아갔다. 마치 요즈음의 제로섬 게임처럼 새떼를 퇴치할 방법은 없었고, 자기 논에서 남의 논으로 쫓아 보내는 것이 상책이었다.

그래서 어떤 논에는 허수아비를 세우기도 하고, 새를 쫓는 데 쓰는 기구인 뙈기('태기' 혹은 '태'의 전라도 방언)를 만들어 이용하기도 했다. 뙈기는 짚을 길게 땋아서 만들고, 마지막 부분을 삼 껍질을 꼬아 마무리한다. 이렇게 만든 뙈기를 빙빙 돌리다가 갑자기 역방향으로 빠르게 후려치면 공기 마찰 때문에 마치 대포소리 같은 큰 소리가 나고,

그 소리에 혼비백산한 새떼가 날아 달아난다.

동네 큰 형들이 만든 뙈기는 정말 총소리처럼 큰 소리를 내며 새떼를 쫓았다. 그러면 그 새떼는 우리 논으로 몰려왔다. 나도 뙈기를 만들어 쳐봤는데, 그 소리가 아주 작게 들렸다. 나의 조카이지만 나보다 나이가 많은 송유준씨가 우리집 논 옆에 있는 자기 집 논에서 뙈기를 돌려쳤는데 큰 소리가 났다. 마치 총소리 같았다.

내가 부러운 눈으로 그를 바라보았다. 그랬더니 그가 내게로 와서 나의 뙈기를 보더니 조금 고쳐야겠다고 하며 짚도 좀 길게 땋아주고, 마지막 꼬리에 삼 껍질도 더 길게 꼬아서 만들어 주며 자기도 그렇게 해보니 큰 소리가 나더라고 가르쳐주었다. 내가 쳐보니 전보다는 소리가 조금 더 커졌지만, 여전히 만족할 만큼은 아니었다.

나는 아침저녁으로 집에서 성능 좋은 뙈기 만들기 연습을 계속했다. 그러던 어느 날 마당에서 뙈기를 쳐보니 마침내 총소리처럼 큰 소리가 났다. 어머니가 부엌에서 밥 짓다가 깜짝 놀라 뛰어나오실 정도였다. 곧 상황을 파악하신 어머니는 흐뭇한 표정을 지었다. 나도 제법 내가 자랑스러웠다.

시제와 곶감

내가 초등학생일 때 아버지께서 매년 큰 시제에 참석하셨다. 후손들이 조상들의 산소에 모여 제사를 지내는 것을 시제라고 한다. 시제를 모시고 귀가하는 아버지의 손에는 늘상 제상에 올렸던 음식 꾸러미가 들려있었다. 그 꾸러미 속에는 떡 몇 개, 전, 생선 몇 조각, 대추, 곶감 등이 들어있었다.

아버지가 두루마기 입고 시제에 다녀오시는 날은 나 또한 어김없이 아버지의 마중 길에 나선다. 마을 어귀에 있는 장승을 돌아 동구 밖에 아버지의 모습이 나타나면 부리나케 뛰어가서 나는 그 음식 꾸러미를 받아든다. 집에 도착하자마자 그 꾸러미가 열리고 누나들과 나에게 음식이 배분된다. 그중에서도 곶감은 항상 내 차지가 된다, 그 시절 곶감은 먹어보기 힘든 귀한 식품 중 하나였다. 그 귀한 음식이 늘 내 입으로만 들어가는 걸 보면서도 누나들은 결코 불평하는 법이 없었다.

동네 뒷산에 있는 조상들의 산소에서 시제가 치러지는 날에는 나는 조카 봉수와 함께 학교가 파하자마자 뒤도 돌아보지 않고 집으로 달려오곤 했다. 그리고 뒷산에 올라가 보면 두루마기를 갖춰 입은 어른들의 시제가 마무리되고 어른들의 흠향이 끝나면 지켜보던 우리 조무래기들에게 떡 하나씩 나눠주었다.

그 중 송성룡이란 분은 집안 어른이셨지만 항렬로는 내게 형님이었다. 그는 내게 항상 잘 대해주셨는데, 1학년 때 내가 우등상 탄 것을 칭찬하며 떡 하나와 곶감 하나를 덤으로 주셨다.

나 자신이 자랑스럽고 기쁨이 이루 헤아릴 수 없는 날이었다. 친구들에게도 특별대우를 받았다며 실컷 뽐내본 하루였다.

연날리기

어릴 적 시골에서는 연날리기를 많이 했다. 연날리기는 설 무렵부터 시작하여 정월 대보름 전까지 이어지고 대보름부터는 하지 않았다.

동네 형들이나 나보다 나이 많은 조카들은 연을 잘 만들었지만 나는 연 만들 줄도 모르고, 창호지(한지)를 구할 방법도 몰랐다. 창일(나보다 여섯 살 위인) 조카는 아버지가 만들어 주신 멋진 방패연을 날렸고, 나이가 많은 형들은 직접 만든 연을 하늘 끝까지 날렸다.

내 또래의 아이들은 대나무를 잘라 연살을 만드는 게 서툴러서 바구니 테를 빼내어서 공책 정도의 크기로 연을 만들어서 뛰어다니며 날렸으나 그리 높이 날지는 못했다.

나이가 좀 들어 초등학교에 들어간 나는 지혜도 좀 더 자란 덕분에 우리집 앞마당의 대숲에서 신우대 하나를 베고 한지를 마련하여 연을 곧잘 만드는 앞집의 김양석에게 가지고 갔다. 그리고 연 하나 만들어 달라고 부탁했다. 그는 내게 가오리연을 만들어주었다. 어머니는 물레에서 뽑아내어 연실을 만들어주셨다. 방패연이 아닌 게 좀 아쉬웠지만, 꽤 잘 날았다. 높은 곳까지 꼬리를 흔들며 오르락내리락하며 재주를 부렸다.

나는 연 날리는 재미에 시간 가는 줄도 모르고, 밥 먹는 것도 잊은 채 날이 어둑어둑해질 때까지 계속했다. 그러다가 부모님으로부터 핀잔을 들을 적도 있었다. 그러나 누구 연이 가장 높이 나는지 시합도 해보았는데, 가오리연은 방패연을 따라가지 못했다.

바람이 없는 날에는 연날리기가 쉽지 않았다. 그래서 다른 사람에게 부탁하여 높은 언덕에서 연을 잡고 있게 하고 내가 언덕에서 달려 내려오는 동안 연을 날리게 해보아도 조금 날다가 이내 가라앉고 말았다.

뛰어 내려오면서 발이 나뭇등걸에 걸려 넘어진 적도 있었지만, 연날리기는 내게 최고의 놀이였다. 수십 개의 연이 하늘에서 요동치던 모습은 지금도 나의 가슴을 설레게 한다.

이후 어른이 되고 초등학생 자녀들을 두었을 때 연날리기를 시도한 적이 있었다. 방패연과 연줄 그리고 얼레를 사서 잠실대교 근방에 있는 한강둔치로 가서 연을 날렸는데, 거의 보이지 않을 정도로 하늘 높이 날았다. 연실이 나일론 줄이라 가벼워서 그런지 탱탱하게 얼레에서 모두 풀려나갔다. 나는 어렸을 때로 돌아가 가슴이 벅차올랐다. 최상의 기분이었다

그런데 나의 아들들인 원상, 원준, 원철은 그런 기분을 전혀 모르는지 내 뒤에서 무심히 바라볼 뿐 연을 만들어달라거나 사달라는 말을 하진 않았다.

어머니의 소 판 돈 바꿔치기

나의 어린 시절 소는 큰 재산이었다. 거의 논 몇 마지기와 맞먹을 정도였다. 다른 집 농사일을 위해 하루 동안 내어주면 소를 이용한 집에서는 상머슴이 와서 하루 동안의 일로 갚아야 했다. 소는 그만큼 집안의 보물이었다. 나의 아버지는 말 못하는 짐승이지만 잘 먹이고, 잘 대해주어야 한다고 자주 말씀하셨다. 또 소를 키우는 일을 '고찰'한다고 하면서 어른을 모시는 것 같은 언행으로 소를 대하셨다.

소가 집안의 큰 재산이 되는 데에는 어느 정도의 기간이 필요하다. 우선은 작은 소를 산다. 그 소를 외양간에서 중간 크기의 소가 될 때까지 키운다. 그렇게 키운 소에게 코뚜레를 채워 길을 들이면서 큰 소로 키운다. 그 소가 다 크고 나면 그간 정들었던 마음을 뒤로하고 비싼 값에 판다. 소 판 돈 일부는 어린 소 사는데 다시 투자된다. 그리고 첫 과정부터 다시 소 키우기가 시작된다.

어느 해 가을걷이가 끝난 뒤였다. 부모님은 여름내 잘 먹여 키운 암소 한 마리를 팔고 새로운 어린 소 한 마리를 사 오기로 하고 장에 가셨다. 정이 든 우리 소는 눈물을 흘리며 새 주인에게 가려고 하지 않고, 어머니와 아버지는 소와 눈을 마주치면 눈물이 날까 봐 뒤도 돌아보지 않고 그곳을 피해 나왔다. 그리고는 작은 소 한 마리를 사려고 둘러보았는데, 일도 잘하고 새끼도 잘 낳을 것 같이 생긴 소를 찾지 못하여 소 판 돈을 자루에 넣어 바구니에 담아서 집으로 돌아오셨다.

집에 돌아오신 부모님은 바구니 가득한 그 돈을 안방 벽장 속에 잘 넣어두고 소를 사러 갈 다음 장날을 기다렸다. 집에 큰돈이 있더라도 그곳은 매우 안전한 곳이어서 도둑 걱정할 필요는 없었다.

다음 장날이 돌아왔다. 돈 바구니를 든 어머니는 아버지를 따라 장터로 향했다. 소 장터에서 아버지가 이 소 저 소를 보고 값을 흥정하고 있는 동안 어머니는 그 곁에서 돈 바구니를 지키며 앉아있었다.

그때 한 젊은 아주머니가 어머니 옆에 다가와 앉았다. 그리고 어머니에게 소를 사러 왔느냐며 말을 걸었다. 어머니가 그렇다고 대답하니 그 아주머니가 지난 장에서도 어머니를 보았다고 하면서 얼마나 큰 소를 살 거냐, 자기도 큰 소를 사러 왔다는 둥 하며 계속 말을 걸어왔다. 그 아주머니 역시 큰돈이 담긴 듯한 바구니를 그 옆에 끼고 있었다.

어머니와 얼마간 얘기를 주고받던 그 아주머니가 자기는 먼저 가봐야 한다며 슬그머니 일어나 갔고, 아버지는 소를 골랐다며 어머니에게 돈 바구니를 건네받아 솟값을 치르러 가셨다. 그런데 바구니에 든 돈 주머니를 열어보니 위에 몇 장만 진짜 돈이었고, 나머지는 모두 신문지를 잘라 돈다발처럼 묶어 채워두었다. 그 아주머니가 자기 바구니를 어머니의 바구니와 바꿔치기해 간 것이었다.

그 돈을 모두 '네다바이'(남을 교묘하게 속여 금품을 빼앗는 짓) 당하신 어머니는 혼이 나가셨다. 죽을 것 같은 심정으로 온 장터를 소리치고 다녔지만, 돈을 훔친 그 여자는 간데없고, 시장 사람들만 웬 미친 여자가 저렇게 소리 지르고 다니냐며 수군거리며 바라보았다. 시장에 있던 우리 동네 아주머니들과 아저씨들이 간신히 어머니를 달래어 집에 이끌고 왔다고 한다.

그러나 어머니는 집에 올 때까지 "그 돈이 어떤 돈인데… 우리 소와 바꾼 돈인데… 그년이 어딘지 모르게 백여우 같더라"라고 되뇌었다고 한다. 집에 오신 어머니는 밖에 나갔다가 돌아온 나를 붙잡고 계속해서 펑펑 우셨다. 옆에서 보고 있던 동네 사람들은 자기 부모님이 돌아가셨어도 저렇게 울지는 않았을 것이라며 마음 아파했다. 우리 가족들 역시 한동안 식음도 전폐하고 잠도 못 주무시는 어머니를 보며 어찌할 바를 몰랐다.

동네 분들이 어머니에게 미음도 쑤어다 주면서 그래도 살아야 하지 않겠느냐며 위로를 해도 소용이 없었고, 시집간 누나들, 매형, 외삼촌도 방문하여 어머니를 달랬지만 허사였다.

시간이 약이었는지 차차 시간이 지남에 따라 몇 날 며칠을 헛소리만 하시던 어머니도 조금씩 안정은 되찾아가셨다. 그러나 그 소 판 돈을 빼앗긴 기억은 평생토록 악몽이 되어 어머니 가슴을 짓누르고 치를 떨게 했다.

요즘으로 말하면 사업을 하다가 투자한 큰돈을 잃은 사람의 기분이었으리라. 의사생활 잘하다가 느지막이 사업에 뛰어들었다가 부도를 맞은 분을 보며 소 판 돈을 잃어버린 나의 어머니가 생각나서 위로를 몇 번 해드린 경험이 있다.

어머니께 바라는 바는 그 돈 내가 찾아드릴 테니 당신은 낙원에서 잊어버리고 편히 쉬시라는 부탁이다.

동네 서당

우리 동네에는 겨울에 서당이 열렸다. 장동 아저씨가 훈장이셨다. 그 아저씨는 소아마비로 큰 지팡이를 짚고 다녔다. 내 위로 서너 살 위의 형들이 서당에 모여서 글을 배웠다. 책 한 페이지를 한 사람씩 배우고 소리 내어 외우고 나서 훈장님한테 외운 것을 확인하고 설명을 하면 집에 보내주었다. 잘 따라 하는 사람도 있고, 잘못해서 훈장의 지청구를 듣는 사람도 있었다. 책 한 권을 다 배우고 나면 책거리도 하고, 추수를 마치면 쌀 한 말을 훈장님께 갖다 드렸다.

서당의 학동 중에 나는 나이가 제일 어렸다. 글을 배우기 어려운 나이였지만 억지로 들어가게 되었다. 그래서 천자문에 앞서 一, 二, 三, 四 등의 숫자부터 배웠다. 숫자는 쉬웠다. 그런데 천자문은 언제 가르쳐주는 것인가? 형들은 열심히 외우고 있는데, 나에게는 졸음만 몰려왔다. 나는 처음 며칠은 잘했지만, 나중에는 몇 자 외우고 나서 구석에서 자고 있었다. 그리고 서당이 끝나면 이웃에 사는 봉하조카(나이는 나보다 7~8세 위였다)가 나를 깨워 함께 집으로 갔다.

함께 오다가 대숲을 지나 우리 집이 가까워지면 몹시 무서움을 타서 뒤도 돌아보지 못하는 내게 조카가 멈춰 서서 "가고 있느냐?" 하고 물으면 내가 "예" 하고 그가 다시 "어디까지 갔느냐?" 하면 "사립문까지

왔소" 하면 그는 자기 집으로 들어갔고, 나도 우리집 방으로 뛰어 들어가서 잠을 청하였다.

형들의 공부가 끝날 때까지 기다리자니 졸려서 견딜 수가 없었다. 함께 공부를 계속하면 괜찮았을 텐데, 한 사람씩 공부를 시키고 다 마쳐야 다른 사람 차례가 되었다.

나에게 서당은 잠과의 전쟁터요, 따분함과의 싸움터였다. 또 귀가 시에는 동네 어귀 어디에 숨어있을지 모를 귀신에 대한 공포의 시간이었다. 그래서 나는 서당을 얼마 다니지 못하고 그만두었다. 나에게 서당은 아무런 도움도 되지 못했다는 생각이었다. 그러나 훗날 생각하니 조금 아쉬움이 남는 곳이다.

제 2 부

성장통

온갖 나비도 껍질을 벗어나서야 성충이 되고,
게도 껍질을 벗어야 어미 게가 되고,
뱀도 여러 번 허물을 벗어야 큰 뱀이 되는 것이다.

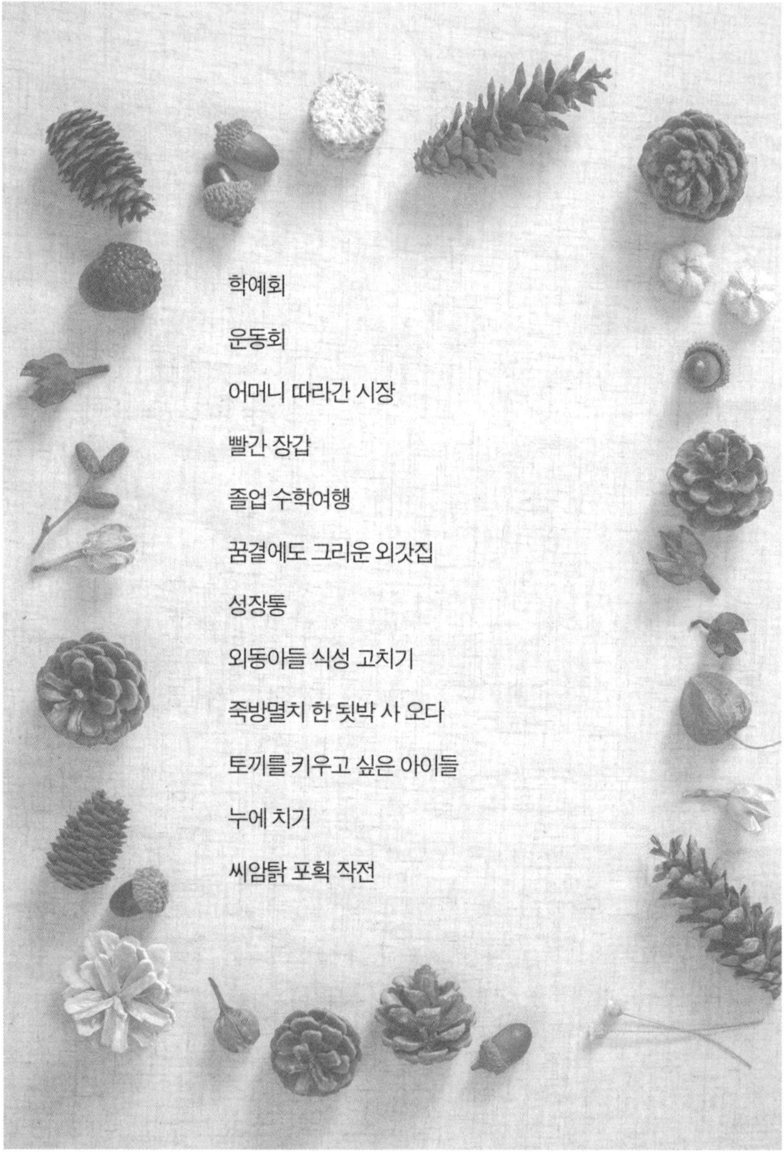

학예회

운동회

어머니 따라간 시장

빨간 장갑

졸업 수학여행

꿈결에도 그리운 외갓집

성장통

외동아들 식성 고치기

죽방멸치 한 됫박 사 오다

토끼를 키우고 싶은 아이들

누에 치기

씨암탉 포획 작전

학예회

우리 세대는 배고프고 헐벗고 물자가 부족한 초등학교 시절을 보냈다. 그런 시절임에도 불구하고 자유사상은 점차 퍼져서 선생님들도 개인적 수학의 배경에 따라 '*l*'를 '리터'로 가르치기도 하고 '리또르'라고 가르치기도 했다. 그런 분위기 속에서도 선생님에 대한 권위는 절대적이었다.

우리는 여전히 학교에 갔다 오면 책보를 내동댕이치고 산으로 들로 쏘다니며 놀기를 좋아했다. 집에 와서는 공부를 해본 적이 없었다. 그러나 내 학교 성적은 일등보다 약간 뒤처진 이등을 차지했다. '누가 누가 잘하나' 점수 막대그래프에는 나보다 한 살 위인 예동에 사는 김행근이라는 친구의 것이 가장 높았다.

그때도 지금처럼 책을 많이 읽었다면 우리 영혼은 얼마나 살찔 수 있었을까! 그렇지는 못해도 우리는 건강했고, 마음은 늘 행복하였다.

봄에는 학예회가 열렸다. 교실에 칸막이를 쳐서 무대를 만들었다. 여학생들은 무용을 하고, 남학생들은 연극을 했다. 4학년 때였는지 5학년 때였는지 기억이 잘 나지 않지만, 우리 남학생들은 신라화랑 '관창과 서달'이라는 연극을 준비했다. 나는 무인 중의 한 사람 역할을 맡게 되었다. 대사를 외우고 연극을 하면서 총연습을 하는 날은 저녁 늦게까지 연습을 했다.

드디어 학예회 날이었다. 투구를 쓰고 나오니 객석에 있던 어머니가 매우 좋아하시면서 환한 미소를 보여주셨다. 예쁘게 차려 입고 나와서 율동을 하는 여학생들을 보니 마음이 설레기도 하였다. 좀 더 조숙한 남자아이들은 '저 애는 나의 짝이다.' 하면서 괜히 다른 아이들에게 쳐다보지도 말라고까지 하기도 했다.

우스운 이야기지만 연극의 주요 인물은 주로 공부를 잘하는 순서대로 배정되었다. 춤을 추는 여학생들도 마찬가지였다. 우리 남학생 쪽에서는 합창과 연극을 발표했다. 공부는 잘했어도 가정 형편이 어려워서 중학교에 진학하지 못한 학우들도 있었다.

학예회가 끝나면 관객으로 함께 한 어머니들과 맛있는 도시락을 먹고, 어머니와 함께 집에 오는 길은 마냥 신이 났다.

학예회는 그렇게 끝이 났지만, 그때의 들뜬 기분과 여운은 내 마음속에 오래 남아 떠나지 않았다.

운동회

가을 운동회가 다가오면 모두 육상선수가 되었다. 우리 동네 아이들은 원골 모래사장에서 달리기 연습을 했다.

나는 최상의 운동신경은 갖지 못했지만, 신체가 건강했기 때문에 달리기는 1~2위를 차지했다. 그래서 운동회 때가 되면 항상 기대와 흥분을 감추지 못했다.

운동회가 시작되기 전부터 학교 운동장에는 만국기가 펄럭이고, 연단에는 마이크가 설치되고, 북이나 징 같은 경쾌한 악기들이 등장했다. 학부모님들은 특별 도시락을 준비하고, 계란도 삶아왔다. 더러는 떡을 해오는 가정도 있었다.

한 번은 운동회 때 나는 대여섯 명이 함께 달리는 경기에서 1등을 차지했고, 텀블링과 기마전에도 참가하는 기염을 토했다.

운동회 중 가장 재미있는 부문은 종이 주워 달리기였다. 참가자들이 우르르 뛰어가서 각자 종이 한 장씩을 줍는다. 종이마다 'OOO 면장님,' 'OOO 이장님,' 'OOO 지서장님' 등등이라고 적혀있는데, 그중 한 장을 집어 든 아이들이 'OOO 면장님!' 하고 외치면 그 면장님이 뛰어와서 그 아이 손을 잡고 뛰고, 다른 아이가 'OOO 이장님!' 하면 해당하는 이장님이 뛰어와서 그 아이의 손을 잡고 뛰는 것이었다. 달리는 아이와 어른이 균형이 맞지 않아 넘어지는 사태도 발생했다.

다른 행사가 거의 없던 시절이었던지라 해마다 치러지는 운동회는 단연 큰 행사임이 틀림없었다. 운동회장은 모여든 사람들로 북적거렸고, 자기 자녀들이 경기를 펼치러 운동장에 나타나면 응원 열기도 대단했다.

점심시간이 되면 오자미를 던져서 장대 위에 매달려있는 바구니 터뜨리기를 했다. 그러면 바구니 속에서 "점심시간"이란 현수막이 내려오고 오색종이가 휘날렸다.

운동회 마지막 행사로는 매스게임 놀이가 있었다. 그중 애송이 여학생들이 둥근 테를 가지고 율동 하는 모습이 참 보기 좋았다.

운동회 중 기분을 언짢게 하고 눈살을 찌푸리게 하는 사건들도 간혹 발생했다. 행실이 좋지 못한 몇몇 형들이 몰려와서 아가씨들을 놀리기도 하고, 깡패들이 몰려와 이유 없이 다른 형들을 때리기도 했다. 또 어떤 양아치 같은 형들은 엿장수, 떡장수, 사탕장수 등의 좌판에서 엿이나 떡, 사탕 등을 집어 먹기도 했다. 그런데도 어른들은 이런 그들의 행위를 그냥 놔두고 보는 게 참으로 부당하게 여겨졌다.

그런 볼썽사나운 일들이 간간이 벌어지기는 했지만, 가을하늘 아래서 치러지는 운동회는 모두에게 날씨만큼이나 청명하고 즐거움과 상쾌함을 선사했다.

어머니 따라간 시장

나의 고향에서는 매월 4일, 9일, 14일, 19일, 24일, 29일에 고흥읍에 장이 열렸다.

나는 어릴 적부터 어머니가 장에 가신 후 해넘이께가 되면 배롱꽃 핀 동구 밖에 나와서 어머니의 장바구니를 기다리곤 했다.

어머니는 지독한 절약형이어서 자식들을 위해 사탕이나 다른 군것질거리를 사 오는 법이 거의 없었다. 어머니께서는 "입 하자는 대로만 해서는 살림을 늘릴 수 없고, 부자가 될 수도 없다."고 자식들 앞에서 입버릇처럼 말씀하셨기 때문에 나는 큰 기대를 하지는 않았다. 그러시던 어머니라도 간혹 수박, 참외, 생선, 사탕 등을 사 오기도 하셨던 터라 일말의 희망을 걸고 있었나 보다.

어머니를 기다리는 것만으로 만족해야 했던 나에게도 기회가 찾아왔다. 어느 장날 어머니를 따라 시장 구경을 할 수 있도록 허락을 받은 것이다. 어머니를 따라나서기 전 나는 어머니께 사달라고 싶은 이것저것을 마음속에 꼽아두었다.

우리 집에서 시장까지는 8km 정도로 꽤 먼 거리였다. 우리 동네를 나와 두무동을 지나고 두곡마을을 지나 송치재를 넘어가면 수덕마을이 나오고, 거기서 조금 내려가면 행정마을 앞의 큰 팽나무 두 그루가 고흥읍으로 들어가는 길에 방패막이처럼 떡하니 서 있었다. 길가에 있던 아이들은 "저 촌놈 봐라. 야, 이 촌놈아!"하고 나를 놀려댔다. 그러나 나는 어쩔 도리가 없었다. 그곳은 그들의 동네였고, 힘센 그 애들의 형들도 주위에 포진하고 있었기 때문이다.

그 애들의 치욕적인 놀림을 들으며 지나온 곳에는 가게가 하나 있었고, 그곳을 지나니 병원이 나오고, 병원을 지나니 큰 돌담이 나왔다. 그 담 너머가 경찰서라고 했다. 그곳을 지나면 군청사가 눈앞에 다가섰다. 나로서는 처음 보는 모양의 건물이었다. 군청사 앞으로는 큰 길이 나 있고 그 양옆에 점방(가게)들이 펼쳐져 있었다. 그 큰길을 따라가면 버스 차부(터미널)이 나왔고, 차 조수들이 나와서 "OO 갈 사람 타세요."라고 외치고 다녔다.

그곳을 지난 어머니는 나를 데리고 봉황교를 건너 장터로 들어갔다. 거기에는 온갖 장사꾼들이 진을 치고 있었으며, 시끌벅적했다. 비단 장사, 고무신 장사, 생선 장사, 고기 장사, 뻥튀기 장사, 박물 장사, 과일 장사, 엿장수, 닭 파는 곳, 개 파는 곳, 소 파는 곳, 그리고 장터국밥집도 있었다. 아저씨 아주머니들이 물건을 이고 지고 장터로 들어왔다.

내가 가장 먹고 싶은 것은 사과 큰놈이었다. 어머니는 배고프지만, 장터국밥을 사 먹지 않고 집으로 그냥 가신다면서 나에게는 사과 하나를 사주셨다. 그 맛이라니… 나는 어머니에게도 좀 드시라고 건넸지만 딱 한 입만 베어드시고는 다시 내게 건네주셨다. 그 새콤달콤한 사과 하나는 다 내 몫이 되었다.

어머니는 이것저것을 사서 바구니에 담아 머리에 이고 집으로 가자고 하셨다. 저녁때쯤 되었다. 집에 돌아오는 길로 사람들이 모여들었다. 각자 장본 이야기며 시집간 딸 안부를 전해 들은 이야기며 타지에 시집가 사는 언니 이야기며 어느 집 딸이 잘 자랐던데 우리 동네 누구와 중매하면 어떻겠냐는 둥 이야기가 쉼 없이 이어졌다.

오던 길을 되돌아 읍내 입구 행정마을 앞을 터벅터벅 걸어오는데, 내 또래의 녀석들이 다시금 "야, 이 촌놈, 어디 갔다 오냐?" 하며 놀려댔다. 더 화가 나고 싫은 건 계집아이가 덩달아 놀리는 것이었다. 주먹으로 얼굴을 한 대 먹여주고 싶었지만 나는 그냥 비굴하게 어머니 뒤를 따랐다.

시장에 다녀와서는 동네 아이들에게 사과 하나 통째로 먹은 이야기와 시장 구경한 이야기를 하고 또 하면서 한동안 자랑을 늘어놓았다. 동네 아이들의 부러움을 사면서도 내 마음 한켠에 조금은 재미있었고, 조금은 두려웠고, 또 놀림의 대상이 되어 조금은 창피했던 생각들로 채워져 있었다.

빨간 장갑

내가 3~4학년 때였을 때 어머니가 여수에 사는 중 큰아버지 댁을 방문했다가 돌아오는 길에 털장갑을 사다 주셨다. 당시의 아이들은 보통 집에서 짜준 장갑을 끼고 다녔기 때문에 나에게 그렇게 푹신하고 부드러운 털장갑은 처음이었다. 색깔도 고운 빨간 장갑이었다.

내가 그 장갑을 끼고 학교에 가니 모두 부러워하며 한 번씩 끼어보자고 성화였다. 나는 우쭐해 하면서 한 번씩 끼어보라고 허락해주었다.

학교가 파하고 집으로 돌아오는 길이었다. 여느 때와 마찬가지로 동네 아이들과 형들이 함께 모여 걸어가고 있었다. 그때 나와 같은 동네에 사는 한 형과 이웃동네의 한 형이 그 장갑을 한번 끼어보자고 했다. 형들의 부탁이니 안 줄 수도 없어서 내 털장갑을 건네주었다. 그랬더니 그 장갑을 끼고 돌려줄 생각을 않는 것이었다. 내가 돌려달라고 하면 조금만 더 있다가 주겠다고 하면서 계속 약속을 지키지 않았다. 내가 한 번 더 달라고 하니 이번에는 정 그렇게 조르고 화나게 하면 그 장갑을 칼로 조각내버리겠다고 겁을 주었다. 참는 수밖에 다른 도리가 없었다. 결국, 집에 거의 다 와서야 돌려받을 수 있었다.

그 다음날부터는 아무리 손이 시려도 나는 그 털장갑을 끼고 학교에 가지 않았다. 하굣길에 그 형들이 다시 장갑을 한번 끼어보자고 했다. 나는 가져오지 않았다고 했다. 그 형들은 "내일 가져와!"라고 했다. 나는 장롱 속 깊숙이 그 털장갑을 감추어두고 다시는 학교에 끼고 가지 않았다.

졸업 수학여행

우리 시골 학교의 6학년 학생들은 가을이 되면서부터 수학여행 계획으로 마음이 들떠 있었다.

어떤 애들은 보성강 수력발전소를, 어떤 애들은 해남 대흥사를, 또 어떤 애들은 순천 송광사를 여행지로 꼽았다. 결국, 민주적 방식인 투표를 통해 순천 송광사로 결정되었다.

고흥 밖에는 나가 보지도 못한 우리 촌놈들은 말로만 듣던 순천이라는 큰 도회지와 송광사라는 큰 절을 마음에 그려보며 미리 득의양양하여 떠들어댔다. 그러나 얼마간의 여행경비와 쌀 한 되씩이 필요하다는 안내가 있었다. 그러자 여행경비를 댈 수 없어서 몇몇은 포기 의사를 밝혔다. 십시일반으로 돈을 거둬 그 아이들도 참여케 하였으면 좋으련만 우리는 그런 생각에는 아직 미치지 못했다.

포기한 몇몇을 제외하고 우리는 여행경비를 모두 납부한 후 수학여행 날짜만을 손꼽아 기다렸다. 그리고 10월 말쯤이었는지 11월 초순이었는지 결국 그 날이 왔다. 여행 전날 밤에는 잠을 이룰 수가 없었다. 밤중에 일어나 보니 달이 휘영청 밝게 비추고 있었다. 그런 걸 봐서 추석이 지나고 한 달이 된 시점이었나 보다.

잠을 이루지 못하고 있던 나는 툇마루로 내려가 신발을 신고서 나와 같은 학년으로 함께 여행을 가게 된 송상원네 집으로 향했다. 그는 나의 조카 벌 되는 아이였다. 귀신 이야기를 많이 듣고 자란 터라 밤에 어두운 골목을 다닐 때면 늘 무서움을 탔는데 그날 밤엔 전혀 무섭지가 않았다.

달빛이 너무 밝아서 초가지붕 처마 그림자가 선명히 내려앉은 마당에 들어서니 귀뚜라미 소리와 안방 틈으로 상원이 아버지 코 고는 소리만 들려왔다. 상원이도 잠 못 들고 밖에 나오려나 하고 한참 문밖에서 기다렸으나 아무 기척이 없었다. 나도 휑하니 집으로 돌아와 다시 잠을 청했다.

마침내 아침이 밝아왔다. 나는 어머니가 새로 사주신 옷으로 갈아입고, 싸주신 도시락을 챙기고, 쌀 한 되 담은 봉지를 가지고 학교로 향했다. 5리 남짓한 거리를 단숨에 달려갔다. 친구들이 한자리에 모여들었다. 기쁨에 겨워 몇몇 애들은 껑충껑충 뛰었다. 도시락 반찬 얘기며, 어른들한테 주워들은 순천에 대한 수다도 이어졌다.

이윽고 선생님 한 분과 여학생 어머니 한 분이 오셨다. 그리고 조금 있으니 큰 도라꾸(트럭)가 연기를 내뿜으며 운동장으로 들어왔다. 도라꾸를 탈 생각에 우리는 흥분했다.

우리가 6학년 때쯤 학교 옆에 새로 난 신작로에 가끔 도라꾸가 지나가면 겁 없는 녀석들은 차 뒤에 대롱대롱 매달려 가다가 언덕에 오를 때쯤 손을 놓고 뛰어내렸다. 그러다가 잘못 뛰어내려 무릎이 깨지고 피가 철철 흘러도 도라꾸에 올라탄 것을 무용담처럼 떠벌리곤 했다. 나처럼 겁이 많은 녀석들은 검은 배기가스가 나는 차 꽁무니를 쫓아가며 그 냄새가 좋다며 맡아대곤 했다.

우리는 우르르 몰려가 도라꾸 2대에 나눠 탔다. 그러자 선생님이 모두 다시 내리라고 했다. 그리고 차 타기 전 주의사항을 말씀하셨다. '차 위에서는 서지 말 것, 친구와 자리 바꾸기도 하지 말 것, 손을 차 밖으로 내놓지 말 것' 등등. 주의사항을 모두 듣고 나서 우리는 차례대로 다시 트럭에 나눠 탔다. 뒷자리가 근사해 보였는지 다수의 애들이 뒤쪽에 타려고 경쟁을 벌였다. 나도 뒤쪽에 자리를 잡았다.

그러나 어쩌랴! 비포장도로인 자갈길을 달려가는 도라꾸 뒤쪽은 엉덩이를 들썩거리게 하고 흙먼지가 심하게 올라왔다. 경쟁적으로 차지한 자리였으나 자리를 바꾸면 안 된다는 선생님의 주의사항이 있었기 때문에 송광사에 도착할 때까지 우리는 꼼짝없이 그 자리를 지켜야 했다.

찻길 너머로 소나무 우거진 산들이 보였다. 친구 하나는 저런 우거진 산에는 호랑이가 살겠다고 했고, 다른 애들도 그렇겠다고 맞장구를 쳤다. 거의 늦은 오후 시간에 도라꾸가 송광사에 도착했다. 절 옆으로 흐르는 물속에는 잉어 떼가 몰려다니고 있었다. 송광사 뜰엔 그땐 무슨 열매인지 몰랐으나 훗날 생각해보니 산수유가 익어가고 있었고, 맥문동이 무성하게 자라고 있었다. 절밥을 먹고, 대웅보전을 둘러보고 나니 저녁이 되었다. 우리는 뒤엉켜 잠에 곯아떨어졌다.

다음 날 아침이 밝아왔다. 우리는 냇가에서 세수하고 아침을 먹었다. 어머니가 송광사에 가면 싸릿대로 만든 구유가 있으니 그것을 손으로 이쪽에서 저쪽까지 다 만져보고 오라고 하셨다. 극락에 가면 문

앞에서 송광사 싸리 구유를 만져봤느냐고 물어본다는 것이었다.

그곳에 실제로 큰 구유가 있었다. 키가 닿지 않은 나는 친구에게 다리를 좀 잡아 주라 하여 구유에 기어 올라가 힘껏 손을 뻗어 건너편을 만지려고 시도했다. 그러던 중 순간적으로 내 몸이 구유 속에 내동이 쳐졌다. 나는 무섭기도 하고 창피하기도 하여 얼른 그 속에서 나왔다.

다음엔 조계산에 걸어 올라가는 일정이었다. 스님을 따라 올라가는데 어느 곳에 몸이 뒤틀린 향나무 두 그루가 있었다. 보조국사가 짚고 올라왔다가 그곳 땅에 꽂아둔 지팡이에 뿌리가 내려 그렇게 큰 나무가 되었다는 설명이 있었다. 참으로 위대한 법력이구나 하는 감탄을 하지 않을 수 없었다. 어떻게 마른 나무가 뿌리를 내리고 500년을 살아왔단 말인가!

여행을 모두 마친 다음 오후에 출발하여 학교까지 오니 어둠이 내려앉아 있었다. 비록 도라꾸를 타고 비포장도로를 달리는 여행이었을지라도 우리는 마냥 즐거움에 도취해 있었다.

꿈결에도 그리운 외갓집

내 나이 6~7세쯤 되었을 때다. 그때는 마마(천연두)가 유행하여 마마를 앓은 사람은 얼굴에 우묵우묵한 마맛자국이 생겼다. 내 6촌 형도 그랬고, 나보다 4~5살 어린 우리 동네 아이도 마맛자국으로 얼굴이 얼룩져 있었다.

그래서 특히 어린 아이들에게는 마마를 앓지 않게 하려고 빠짐없이 우두를 맞춰야 했다. 우두를 맞으면 크게 우두 자국이 생기는 사람도 있었고, 나처럼 자국이 작게 남는 사람도 있었다. 어머니는 자국이 작게 남은 내가 미심쩍었던지 다시 한번 우두를 맞추고 싶어 하셨다.

그러던 차에 공중 보건의가 있는 먼 동네에서 우두를 실시한다는 연락이 왔다. 그곳은 우리 외갓집 근방에 있는 큰 동네라고 했다. 좋은 기회라고 여기신 어머니가 나와 셋째 누님이 그곳에 함께 가서 우두를 맞고 오라고 말씀하셨다. 우리 동네 사람 중에도 맞으러 가는 사람들이 있을 터이니 따라가면 된다고 하셨다.

나는 먼 동네까지 가는 것도 내키지 않았고, 또 아픈 우두를 맞고 싶지도 않아서 어머니께 가고 싶지 않다고 말씀드렸다. 그러자 어머니는 외갓집 뒷마당에 감나무가 있는데, 지금쯤 익어서 아주 맛있을 거고, 외할머니가 계시니 평종이가 가면 감을 한 바구니는 따 주실 거라며 내 귀를 솔깃하게 하셨다.

내가 기억하기로도 매년 가을이면 외갓집에서 감을 가져와 소쿠리에 담아 마루 곳간에 놓아두면 얼마나 맛있는 홍시가 되었던가. 우리집 감나무에 열리는 감과는 비교가 되지 않는 맛이었다. 또 백발의 외할머니는 나를 늦게 얻은 외손자라며 맛있는 감이며 곶감이며 엿, 유과 등을 한 아름 안겨주며 특별대우를 하곤 하지 않으셨던가.

어머니 말씀에 구미가 당긴 나는 결국 다음 날 아침에 셋째 누님과 동네 몇 분의 어른들 그리고 몇 명의 아이들과 함께 공중보건의가 있는 동네를 향해 출발했다. 누님은 어머니가 외할머니께 드리라고 꾸려주신 조그마한 보따리를 머리에 이고 나섰다.

학교 뒤 신작로를 따라가면 길은 좋은데, 산 넘어 오솔길을 따라가는 길 보다는 두배는 멀었다. 그래서 우리 동네 사람들은 대부분 낮에는 우리 동네 저수지 윗재(물목재)를 넘어 이웃동네 큰 저수지 위로 난 소나무 산길을 이용하였다. 우리도 그 길을 따라갔다.

가는 도중 나의 셋째 누님은 일행들에게 우리는 우두를 맞고 나서 외갓집에 들렀다 올 거라며, 외갓집에 가면 외할머니가 삶은 밤, 삶은 옥수수도 주시고, 바닷가에서 잡아 온 바지락국에 맛있는 햅쌀밥도 지어주실 것이라며 자랑을 늘어놓았다. 나도 외할머니가 올벼쌀(찐쌀)도 많이 주실 거라며 자랑을 보태었다.

기대감에 부풀어 산길을 걷다 보니 어느새 의사가 있다는 동네가 보였다. 그 동네는 우리 동네보다 크고, 큰 기와집도 많았다. 우리 일행은 다른 동네에서 온 사람들 틈에 끼어 줄을 서서 우두 접종을 기다렸다. 우두 접종은 팔을 내밀고 있으면 약솜으로 팔뚝을 닦고 칼 같기도 하고 침 같기도 한 예리한 도구에 약을 묻혀서 X자 세 개를 나란히 그어주는 게 전부였다. 그러나 나는 그것이 무서워 왼팔을 내밀고 오른쪽으로 얼굴을 돌렸다. 그러나 의외로 기다릴 때보다는 덜 무서웠다.

일행이 모두 우두 접종을 마친 후 나와 누님은 그들과 헤어져 고개 하나만 넘으면 나오는 외갓집으로 향했다. 누나도 여러 번 가 보았고, 나도 어머니 따라 몇 번 가 보았던 외갓집인 터라 걱정이 없었는데, 밭둑을 지나 대밭 사이로 난 뒤 사립문을 통해 갔던 길과는 영 달랐다. 그 큰길로 가 보기는 처음이라 누님과 나는 길을 못 찾고 서로 불평을 늘어놓기 시작했다. 피곤하고 배도 고파왔다. 설상가상으로 길 위 밭에서 김을 매고 있던 한 아주머니가 잡초 더미를 밭고랑으로 던진다는 게 우리 머리에 던져서 잡초더미와 흙투성이로 만들어 놓았다. 이래저래 감정에 복받친 나머지 나는 이내 훌쩍거리기 시작했다. 그러자 셋째 누님이 "우리 그냥 집으로 돌아가자"고 했다. 하는 수 없이 우리는 우두 접종하던 곳에 돌아와 봤지만, 동네 사람들은 모두 떠나고 없었다.

해는 얼마 남지 않았고, 저수지 위 솔밭길은 여우가 나오고 무서운 길인데…. 큰일이 아닐 수가 없었다. 누님과 나는 절망감에 어찌할 바를 모르고 있는데, 우리 동네 청년 둘이 어디 다녀오는 길인지 갑자기 우리 앞에 나타났다. 우리는 안도의 숨을 쉬며 그들을 따라가기로 했다. 그런데 어린 나이에 건장한 청년의 발걸음을 따르기가 무척 힘들었다. 그들이 두 발자국을 뗄 때 우리는 세 발자국을 떼어야 할 판이니 거의 뛰어야만 그들을 따라갈 수가 있었다. 그렇지만 무사히 집에 갈 수 있다는 생각에 우리는 힘든 것도 잊어버리고 발걸음을 재촉했다.

해 질 녘이 되어 우리는 집에 당도했다. 어머니가 밭일을 마치고 막 들어오셨다. 그리고 외할머니 외삼촌 외숙모의 안부를 물었다. 나는 말문이 막히고 눈물이 났다. 한참 후에야 자초지종을 말씀드리니 어머니는 아무나 붙들고 "우리는 풍류에서 왔는데, 외갓집을 찾고 있다"고 하면 다 가르쳐줄 터인데, 바보처럼 그냥 왔느냐며 밥이나 먹자고 했다. 피곤함에 지친 나는 밥숟가락을 놓자마자 그대로 곯아떨어지고 말았다.

그 이후로 지금까지도 나는 종종 외갓집을 찾아가는 꿈을 꾼다. 가끔 그 맛있던 홍시가 생각나고, 백발의 인자하신 외할머니가 그리워진다.

성장통

내가 부산 선교회장으로 봉사하던 2007년도에 아시아지역 회장이던 에반스 장로께서 부산 경남 지역 교회를 더욱 강화시키고 발전시킬 방법이 있겠느냐고 나에게 물었다.

그분의 질문에 대해 좀 더 곰곰이 생각하고 기도하던 중 나에게 다음과 같은 청사진이 그려졌다.

부산 서 지방부(김해, 대신, 괴정, 영도, 구포, 수정)를 부산 스테이크에 편입하고, 부산 스테이크에 소속된 울산(신정, 방어진, 호계)과 대구 스테이크에 속한 경주와 포항지부를 떼어내어 울산지방부로 독립 조직하여 머지않은 시점에 울산 스테이크로 발전시켰으면 한다는 나의 의견을 에반스 회장께 제시했다. 그리고 여러 가지 상황을 검토해 본 후에 그 분의 승낙이 떨어졌다.

당시 국가적 사업으로 부산 해운대에서 출발하는 고속도로가 울산을 거쳐 경주까지 연결되었고, 곧이어 포항까지 연결되고 마침내는 영덕을 거쳐 동해 강릉을 통과하여 금강산, 원산, 흥남, 함흥까지 이어질 계획을 갖고 있었다.

이러한 새로운 교통망의 확충에 힘입어 포항과 경주 회원들은 울산으로 모이는 게 훨씬 용이한 상황이 되었다. 그럼에도 불구하고 울산

지방의 회원들은 와드에서 지부로 축소된다는 걸 수용하기가 쉽지 않았다.

선교회장이며 지방부를 감리하는 회장으로서 내가 이 지방부 회원들이 모인 가운데 추인대회를 개최한 자리에서 이런 말씀을 했다. "교회가 획기적으로 성장하려면 고통이 따르는데, 그것은 마치 어린 아이가 커서 소년이 되고 소년이 커서 청년으로 커가는 과정에서 무릎이 아픈 것과 같이 성장통을 겪지 않고서는 발전할 수 없습니다. 지금은 비록 울산 지방부로 시작하지만, 울산 스테이크가 되어가는 과정의 성장통쯤으로 생각합니다."라고 하며 나는 회원들에게 비전을 제시했다. 울산에 스테이크가 조직되는 날 서울에서 축하사절단을 모시고 오겠노라는 덕담도 덧붙였다.

그러자 섭섭해하던 회원들도 조금은 위로를 받는 듯했다.

지금은 미국에서 대학교수가 된 나의 막내아들이 초등학교 5~6학년 때 있었던 일이다. 그 아이가 나가서 축구를 하거나 소풍을 갔다 오면 저녁에 무릎이 아프다고 찔끔찔끔 눈물을 흘리곤 했다.

그 아이의 사정을 모르던 나는 운동하다 부주의하여 다쳤다고 생각하여 항상 조심하라면서 무릎에 파스를 붙여주곤 했다.

이후로도 여러 차례 그렇게 다리가 아프다고 하는 아이를 하루는 병원에 데려갔다. 그런데 의사 선생님 왈 키가 크려고 성장통이 온 것이라고 했다. 그것은 병도 아니고, 키가 아주 아주 많이 크려고 하는 것이니 영양이 골고루 든 음식을 잘 먹고 너무 심한 운동은 당분간 절제하라고 했다.

과연 의사의 말대로 그 아이는 중학생 시절이던 어느 해에는 9cm나 컸다. 지금은 1m 86cm의 큰 키에 건장한 성인이 되었고, 공부도 열심히 하여 박사도 되고 미국 대학교수로 성장했다.

그 아이를 보면서 나는 성장통의 의미를 재발견하게 되었고, 모든 분야에도 이 성장통의 원리가 적용된다는 것을 배우게 되었다.

죽순도 대나무로 성장하면서 매듭이 있어야 곧고 높이 자라고, 층층나무도 층층으로 가지를 펼쳐내면서 커야 높이 자란다는 것을 알게 되었다. 심지어는 병아리도 어미의 품속에서 쫓겨나 배고픔과 추위를 이겨내면서 성장하여 닭이 된다.

온갖 나비도 껍질을 벗어나서야 성충이 되고, 게도 껍질을 벗어야 어미 게가 되고, 뱀도 여러 번 허물을 벗어야 큰 뱀이 되는 것이다. 이 모든 것들을 보면 세상에 쉽게 이루어지는 것이 없다.

우리에게 지워진 일들이 힘들더라도 그것을 이겨내야만 진정한 승자가 될 수 있다. 건강도 몸을 위해서도 꾸준히 움직여야 하고, 풍요로운 삶도 젊었을 때 어려운 중에도 쉬지 말고 저축하여야 오는 것이다.

외동아들 식성 고치기

나는 위로 누님 셋과 아래로 누이 하나가 있는 외동아들이다. 둘째 누이는 어린 나를 돌보는 일 외에는 다른 일을 못 하게 할 정도로 어머니는 아들한테 모든 관심을 집중했다. 특히 농촌에서는 남존여비 사상이 더 팽배해있었다. 작은 누님이 다른 자매들보다 키가 작은 이유도 나를 업어 키우고, 잘못된 일이라도 생기면 어머니한테 꾸지람을 들어야 하는 늘 긴장된 어린 시절을 보내서 그런 것 같다.

식사 때마다 좋은 반찬과 쌀밥은 아버지와 나에게만 주고 딸들과 어머니 입에는 넣는 법이 없었다. 그렇게 지내던 어느 날 아마 초등학교 2학년쯤에 드디어 일이 터지고 말았다.

아버지가 계시지 않은 점심시간에 누님들과 식사를 하다가 평소에 아버지와 내가 먹던 밥상이 아닌지라 반찬 투정을 하기에 이르렀다. 결국, 꾹꾹 참으시던 어머니가 "그래 반찬이 없어서 밥을 안 먹겠다는 거냐?" 하고 묻는 것이었다. 내가 "이렇게 반찬이 없는 밥을 어떻게 먹으라는 거에요?"라고 말대꾸했다. 다시 어머니가 "자 그럼 먹지 말아라." 하면서 덜 먹고 남겨진 밥그릇과 국그릇을 모두 치워버렸다. 누이들은 아무 불평 없이 계속 밥을 먹었다. 아직 배가 덜 불렀지만 나는 토라져서 밥상에서 물러났다.

그날 오후 고구마를 삶아 놓고 모두 몇 개씩 먹었다. 그리고 어머니는 누이들한테 내게는 절대로 먹을 것을 주지 말라고 하시면서 만약 주다가 들키면 그들에게도 밥을 주지 않겠다고 단단히 주의를 주셨다.

아직 견딜만한 나는 저녁때까지 동네 아이들과 재미있게 놀다가 저녁때가 되어 식사시간에 맞춰 집에 돌아왔다. 밥상에는 내 밥그릇, 국그릇, 심지어는 수저와 젓가락도 놓여있지 않았다.

몹시 화가 난 나는 내 방에 들어가 어머니를 원망하고 있는데 다른 가족들의 밥 먹는 소리와 도란도란 들리는 이야기 소리에 몹시 서러워져 울음이 나왔으나 오기로 참고 그냥 그날 저녁에 잠이 들었다.

다음 날 아침에 늦잠을 자고 일어났다. 그런데 역시나 밥상에는 나의 밥그릇 국그릇, 숟가락이 없었다. 마침내 내가 왜 밥을 주지 않느냐고 어머니께 화를 냈다. 어머니는 "너는 배가 고파서 밥이 얼마나 고마운지를 알아야 한다."고 매정하게 나를 대했다. 어머니가 나를 낳지 않고 어디서 데려왔나 하는 생각이 들 정도였다.

그날 점심시간에는 배가 고파 죽을 것만 같았다. 그럼에도 불구하고 내 밥그릇은 없었다. 결국, 나는 울면서 어머니에게 매달리며 밥 좀 달라고 하면서 다시는 밥이 맛이 없다느니, 반찬이 없다느니 하는 소리를 않겠다고 말씀드렸다. 어머니는 가족들이 모두 있는 자리에서 나의 약속을 들은 뒤에 둘째 누님을 시켜 밥 반 공기만 주라고 일렀다. 세끼를 거르고 먹는 반 공깃밥은 말 그대로 꿀맛이었다. 조금만 더 주면 좋으련만….

그 후로 나는 절대로 밥을 남기거나 밥투정을 하지 않았다. 어머니가 만들어 주신 밥은 그냥 잘 먹었다. 결혼하고 지금까지도 아내가 해준 밥이 어떻다느니, 반찬이 어떻다느니 하는 말은 일절 하지 않는다. 나의 아들들에게도 그렇게 가르쳤더니 새 며느리들이 들어와 신랑이 음식 불평이 없어서 얼마나 좋은지 모른다고 한다. 그리고 그 습관은 자녀들에게도 좋은 모범이 되고 있다고 좋아한다.

어머니는 외아들이 버릇없이 클까 봐 강박관념을 갖고 계셨던 것 같다. 나의 사랑하는 어머니께서 외동아들에게 모질게 했던 일로 인해 나의 아내와 며느리들도 편히 밥상을 차릴 수 있게 해주었다.

우리는 자녀들이 너무 귀엽다고 잘만 해주는 것이 그들을 위하는 길이라는 고정관념을 깨야 한다. 배가 고파봐야 밥의 가치를 알게 되고, 숙제를 안 하고 학교 가서 선생님께 혼이 나봐야 스스로 숙제를 챙길 줄 안다.

가르치지 말고 스스로 깨닫고 체득하도록 하는 것이 자식을 위한 최선이라는 것을 나는 경험으로 체득했다.

죽방멸치 한 됫박 사 오다

나는 다도해 바닷가에서 자라났다. 잔잔한 물결이 일렁이고, 마을 앞바다에는 넓디넓은 갯벌이 펼쳐져 있다. 그 갯벌은 고막, 대합, 낙지, 쏙, 굴, 게 등등 수많은 해산물을 사시사철 선사했다. 하루에 두 번씩 들고 나는 썰물과 밀물로 인해 바다는 참으로 풍요로웠다. 봄에는 주꾸미, 갑오징어, 간자미, 서대가 잡혔고, 여름에는 뱀장어, 병어, 돔, 쥐치어, 농어 등이, 가을에는 전어가 주로 잡혔다.

그래서 우리는 바다가 주는 풍족한 해산물을 먹을 수 있어서 행복했다. 특히 '개 트는 날'(갯벌에서 낙지 등을 잡을 수 있게 법적으로 허가한 날)에는 나도 바닷가에 마중 나가 어머니와 누님이 잡아 온 해산물이 담긴 바구니를 함께 들고 귀가했다.

겨울철에는 맛있는 고막을 채취해와 삶아 내오면 김이 모락모락 올라오는 고막 그릇 주위에 온 가족이 둘러앉아 고막을 까먹는 즐거움이란 이루 말할 수 없었다. 또 굴을 채취해온 날이면 굴을 삶고 껍질을 까서 그릇에 넣고 김과 파 그리고 깨소금을 뿌려 먹곤 했는데, 세상 그 어떤 음식보다 맛있고 기분이 좋았다.

그 바닷가에 죽방(대발)을 설치해놓고서 온갖 고기를 잡는 주 씨 아저씨가 생각난다. 그 아저씨는 우리 마을 한쪽에 있는 두무골에 살면서 목수로서 집 짓는 일도 하고, 쟁기나 여물통, 그 밖에 생활용품을 만들어 마을 사람들에게 제공했다. 나의 책상도 그 아저씨가 만들어 주셨다. 그 아저씨는 우리집 대밭에서 자란 대나무를 사다가 쪼개어 1km쯤 되는 죽방을 만들어서 바다 갯벌에 설치해놓았다. 그러면 밀물 때 각종 물고기가 그 죽방 속에 갇히게 되고 썰물 때가 되면 그곳에 들어가서 물고기들을 잡아 왔다. 한번은 상괭이(돌고래의 일종)가 고기들을 잡아먹으려고 뒤쫓다가 죽방에 걸려든 경우도 있었다.

그 주 씨 아저씨가 물고기를 잡아가지고 와서는 생선 사가라고 동네 사람들을 부른다. 그러면 동네 아낙들이 함지박을 들고나와 가족들이 먹을 생선을 사 갔다. 어떤 사람들은 그 생선들을 도매로 사다가 이웃 동네에 가서 팔기도 했다.

어느 가을날에는 그 바닷가에 멸치 떼가 많이 들어와서 주 씨 아저씨의 죽방에도 많이 잡혔다. 그래서 주 씨 아저씨가 멸치 사러 오라고 외쳐댔다. 집집마다 겨울 김장 준비를 위해 토실토실한 멸치를 사기 위해 바구니를 들고 나왔다.

나도 둘째 누님을 따라 바구니를 들고 그곳으로 갔다. 벌써 한 됫박, 두 됫박씩 사서 가는 사람들이 있었고, 그 밖에 많은 사람이 주위를 에워싸고 순서를 기다리고 있었다. 그런데 순서보다는 바구니를 먼저 내미는 사람들이 먼저 사가는 상황이 발생했다.

그런데 둘째 누님이나 나는 숫기가 없어서 남보다 먼저 바구니를 내밀지 못하고 기다리기만 하는데 멸치는 얼마 남지 않았다. 그러나 사려는 사람들은 점점 더 늘어만 갔다. 그렇다 보니 순서를 기다리지 못하고 바구니를 서로 먼저 내놓는 것이었다. 누님과 나는 난감하기만 했지 여전히 바구니를 내밀지 못했다, 답답한 마음에 빨리 바구니를 내밀라고 내가 다그쳤지만 계속 망설이기만 했다.

멸치가 다 떨어갈 즈음 나는 누님에게 다시 얘기했지만, 소용이 없었다. 내가 어찌할 바를 모르고 안절부절못하다가 앙- 앙- 하고 소리 내어 울고 말았다. 그랬더니 멸치 사는데 몰두하고 있던 사람들이 멈칫하고 나를 쳐다보았다. 주 씨 아저씨도 "어, 평종이 왔구나!" 하면서 어서 바구니를 내밀라고 하더니 두어 사람 몫 정도 남겨진 멸치 중에서 한 됫박을 담아주었다.

집에 도착하자 누님이 멸치 사 왔다고 하면서 동생이 울지 않았으면 멸치가 다 떨어져서 못 사 올 뻔했다고 하니 아버지께서 잘했다고 칭찬해주셨다. 그러나 어머니는 빨리 바구니를 내밀어 사가지고 오지 사내 자식이 울기는 왜 우느냐고 핀잔을 주셨다.

그 후 동네에서는 나를 두고 울어서 멸치 샀다고 놀려대기도 했다.

토끼를 키우고 싶은 아이들

내가 초등학교 3학년 즈음에 우리집 암탉이 품은 알을 까고 병아리가 나오면 누나들과 동생 그리고 나는 가장 예쁘게 생긴 병아리 한 마리씩 각자 자기 것이라고 정해놓고 이름도 지어주고 하여 그것들이 자라나는 모습을 즐겁게 지켜보았다.

나는 내 병아리에게 누나들 몰래 밥도 조금 주고, 좁쌀도 주면서 다른 병아리는 못 먹게 쫓고는 하였다. 그러나 나의 병아리는 좀처럼 빨리 크지 않았다. 둘째 누님의 병아리는 아무것도 따로 주지 않았는데 내 병아리보다 더 크게 잘 자랐다. 중닭이 되고 보니 내 것은 암탉이고, 둘째 누님 닭은 수탉인 게 그 이유였다.

우리집 닭들이 거의 다 커갈 무렵 이웃에 사는 봉수와 나는 토끼를 기르면 어떨까 하고 이야기했다. 그래서 책에 적힌 토끼 기르는 법도 여러 차례 읽어보았다.

그때 마침 10km여 떨어진 곳에 시집가서 살고 있는 봉수 큰 누님이 친정 나들이를 와서 누님이 사는 동네에는 토끼를 키우는 아이들이 많다고 이야기해주었다. 그 소리를 들은 우리는 모아두었던 돈과 부모님을 졸라 모자란 돈을 타서 그 누님 동네에서 토끼를 사 오자고 결의했다. 그러나 그 먼 길을 찾아가기도 힘들고, 아침 일찍 갔다가 해지기 전에 돌아와야 하는 여정이었기 때문에 쉬운 일이 아니었다. 봉수도 포기하자고까지 했지만 그러한 난관들을 차치하고 우리는 어느 날씨 좋은 아침 드디어 그 일을 감행하기에 이르렀다.

봉수와 나는 아침 일찍 밥을 먹고 토끼 사려고 모아둔 돈을 챙겨서 집을 나섰다. 그리고 마을 어귀에서 6학년인 간종형을 만났는데, 우리에게 어디 가느냐고 물었다. 우리가 자초지종을 말했더니 돈은 주지 않고 자기 것도 하나 사다 달라는 것이었다.

의기양양하게 출발했지만 가는 길엔 큰 비탈길도 나오고, 산길, 밭길도 지나고 다른 동네도 지나갔다. 그런 다음 큰 고개(송치재)를 넘어가면서부터는 우리가 한 번도 가보지 못한, 어머니와 마을 사람들이 읍내 장에 다녀오시는 것을 멀리서 바라보기만 하던 길이었다.

그런 길들을 지나면서 어려움을 참고 땀을 흘리면서 읍내까지 가게 되었다. 거기서부터는 이 사람 저 사람들에게 길을 물어 물어서 점심 때가 돼서야 봉수 큰 누님댁에 도착할 수 있었다. 그런데 봉수 누님은 들에 나가고 안 계셨다. 한참 지나서야 누님이 들어오셨다. 밥을 금방 지어줄 수 없는 누님은 저녁밥 준비를 위해 삶아 놓은 보리와 감자 그리고 열무김치를 내어놓았다, 그 음식이 그렇게 맛있을 수가 없었다.

허기를 채운 우리는 그 동네 중학생쯤 되어 보이는 형한테 토끼 두 마리를 샀다. 우리 둘은 서로 더 큰 놈을 차지하려 신경전을 벌였지만 실제로는 똑같았다. 마침내 그렇게 고대해온 토끼들을 사서 바구니에 넣어서 우리는 의기양양해서 집을 향해 길을 나섰다. 봉수 큰 누님도 해지기 전에 집에 도착하려면 빨리 서둘러야 한다기에 물 한 바가지씩 마시고 바로 출발했다.

몇 시간을 걷고 이웃 동네를 지나서 산길을 따라오니 큰 냇골이라는 곳이 나왔다. 그곳에는 장에 다녀오거나 땔나무를 채취하여 짊어지고 오는 사람들이 큰 소나무 그늘에서 쉬는 공간이 있었다. 우리도 그곳에 잠시 쉬기로 했다. 그곳에서부터는 해가 져도 집에 갈 수 있다고 생각했기 때문이다. 쉬면서 토끼가 좋아하는 씀바귀, 고들빼기, 칡 잎사귀 등을 뜯어서 바구니에 넣어주니 잘도 먹었다. 또, 토끼 귀를 잡고 바구니에서 꺼내 잔디밭에 놓아 뛰는 모습도 구경했다.

마음에 좀 여유가 생기다 보니 6학년 형이 자기 것도 사다 달라고 했던 생각이 퍼뜩 떠올랐다. 내가 당황하여 어떻게 하느냐고 물으니 봉수는 돈도 받지 않았고, 함께 온 것도 아니니 어떻게 할 수 없지 않느냐고 했다. 그러나 나는 걱정이 컸다. 그 형은 우리들의 대장이었고, 자기가 원하는 것을 우리만 가지고 있으면 어떻게 하든 자기 손아귀에 넣으려고 회유도 하고, 협박도 하기 일쑤였기 때문이다.

우리가 길을 따라 동네 어귀에 다다랐는데, 아니나 다를까 그 형이 토끼 바구니를 들고 오는 우리와 마주쳤다. 그 형이 다짜고짜로 자기 토끼는 어디 있느냐고 물었다. 우리는 토끼 새끼가 두 마리 밖에 없어서 못 사 왔노라고 둘러댔다. 그 형이 다시 자기 것은 못 사와도 부탁한 사람 것은 사와야 하지 않느냐고 윽박질렀다. 그때 마침 집안 어르신이 지나가면서 무슨 일이냐고 물어 자초지종을 아뢰니 우리 둘이 데리고 가서 키우라고 하시자 그 형이 눈을 부릅뜬 채 쌩하고 가버렸다.

그날은 그렇게 마무리됐지만, 한동안 우리는 불안감을 느끼고 지냈다. 그러나 다행히 아무 일도 일어나지 않았으며 우리 토기들도 먹이도 잘 먹고 잘 자라나 어미가 되기까지 우리에게 기쁨을 주었다.

누에 치기

내가 어릴 적 우리집에서는 누에를 쳤다. 누에는 기른다는 말 대신 친다는 말을 쓴다. 그만한 정성과 관리가 필요하기 때문이다.

먼저 면사무소에서 파리똥 싸 놓은 것 같은 누에 알을 붙인 종이를 받아와서 채에다 놓아 방에 두고 2~3일을 기다린다. 그러면 잘 보이지 않을 정도의 작은 벌레들이 꼼지락거리기 시작하고, 어머니는 어린 뽕잎을 따다가 깨끗이 씻어 실날같이 잘게 썰어 그 위에 덮어준다. 그러면 이 뽕잎을 조금씩 갉아 먹고 자란 누에 새끼들이 뽕잎 위로 모습을 드러낸다. 누에들이 며칠 동안 뽕잎을 먹고 자라면서 똥을 싸 놓으면 어머니는 누에를 다른 곳으로 옮기고 똥을 치운다.

그때부터 어머니는 잠사에 가까이 오지 못하게 하셨지만 나는 궁금해서 몰래 가까이 가보곤 했다. 1주일이 지나니 누에들이 제법 커 있었고, 2주일쯤 되니 소낙비 내리는 것 같은 소리를 내며 뽕잎을 갉아먹었다. 한 달쯤 자랐을 때는 뽕나무를 가지 채 꺾어다 줘도 그 가지를 타고 올라다니면서 갉아먹었다.

누에가 익는다고 하시면서 누에를 손에 들고 빛을 비추어 보면서 기다리는 동안 아버지는 짚으로 섶을 만들어 방안에 주렁주렁 매달아 놓는다. 그러면 누에들은 섶을 따라가면서 실을 뽑아내며 고치를 짓는

다. 어떤 놈들은 천정까지 올라가 구석에다 집을 짓기도 한다.

참으로 신비로웠다. 뽕잎만 먹고 자란 누에가 그렇게 아름다운 명주집(고치)을 짓다니…. 고치가 다 지어지면 어머니는 그것들을 솥에다 넣고 끓여 명주실을 뽑아 물레에다 감아서 명주 타래를 만든다. 그다음 단계가 나에게는 가장 행복한 순간이다. 실을 다 뽑고 난 고치 속에는 맛있는 번데기가 들어있기 때문이다. 나와 누이들은 번데기 하나씩 집어먹는 게 큰 즐거움이었다.

무섭기도 하고 징그럽기도 하던 누에. 어머니의 손 맵시를 통해 나에게 비단옷의 귀공자로 변신시켜주었을 뿐만 아니라 노릇노릇한 번데기로 소소한 기쁨도 안겨주었다.

씨암탉 포획 작전

내가 초등학교 저학년일 때 둘째 누님이 시집을 갔다. 평소에는 좀처럼 친정 나들이가 어려웠다. 아기를 낳고 100일이 지나야 친정에 한 번 올 수 있었다. 그렇지만 매형은 가끔 처가에 들러 문안 인사도 드리고 누님의 안부도 전해주고 가끔은 집안일도 거들어주었다.

예나 지금이나 사위는 백년손님이란 말이 있듯이 나의 아버지와 어머니는 사위가 오면 반가워하면서 음식도 잘 대접했다.

어느 겨울 둘째 매형이 우리 집에 오셨을 때는 매형 또래의 동네 청년들이 몰려왔다. 어머니는 청년들 밥도 짓고, 술도 받아오고, 명절(설)에 쓰려고 사다 놓은 생선도 다 내놓았다. 평소 검소하고 알뜰함이 몸에 밴 어머니는 손님 접대로 돈과 음식이 바닥나는 걸 보고는 가끔 푸념도 하셨던 기억이 난다.

매형과 동네 청년들이 모이면 술 내기 닭 내기 화투판을 벌였다. 내키지 않은 경우도 더러 있었지만 새 사위가 오면 씨암탉 잡아 백숙 만들어 준다는 말처럼 어머니는 닭을 잡아 대접하곤 했다.

그날도 매형이 오신 날이었는데, 어머니가 친구와 놀고 있던 나에게 암탉 한 마리를 가리키며 "저놈 잡아 와라."고 했다. 닭장 속에 있으면 이리 쫓고 저리 쫓아 잡아 올 수 있는데, 닭장 밖에 풀어놓으면 먹이를 찾아 이웃집, 들판, 대숲 등으로 쏘다니기 때문에 참으로 잡기가 어려웠다. 새처럼 하늘 높이 날지는 못해도 다급하면 이웃집으로도 날아가고 담장도 날아 올라가고 지붕에도 올라갔다.

나는 어머니께 어떻게 그 암탉을 잡을 수 있느냐고 여쭤보았다. 어머니는 닭을 닭장 속으로 몰아넣으면 잡을 수 있다고 가르쳐주셨다. 그래서 나는 친구와 함께 장대 하나씩 들고 닭을 쫓기 시작했다. 그럴 때마다 이리 도망가고, 저리 도망가는 바람에 닭잡이는 틀렸다고 포기할까 했지만, 우리에게 사냥본능이 있는지 닭을 쫓기가 재미있었다.

한참 닭과 실랑이를 벌이고 나니 지쳤다. 닭도 지친 모양이었다. 그럼에도 불구하고 닭 쫓기가 한참 더 진행된 후 암탉이 소먹이가 쌓인 풀섶에 내몰렸을 때 몸은 밖에 두고 머리만 풀섶에다 박아 감추고 있었다, 그래서 내가 조용히 다가가 닭 양 날개를 잡아다가 어머니께 드렸다. 동네 청년들과 매형이 그 닭백숙을 맛있게 먹는 걸 보면서 나는 왠지 닭에게 미안해서 그날은 닭고기를 먹을 수가 없었다.

최근 TV에서 보니 동물원이나 야생에서 동물에게 예방주사를 놓거나 이름표를 달아주려고 포획할 때 제일 먼저 수건으로 눈을 가린다고 한다. 눈을 가리면 동물들은 온순해지기 때문이다. 잠을 자고 있다고 생각하는 건지, 위험물이 보이지 않아 안전하다고 생각하는지는 모르겠지만 예측성 면에서 인간과는 달라 보인다. 하나님께서 창조하신 동물 중 인간이 만물의 영장인 한 이유인가 보다.

제 3 부

나의 호 평산 平山

'평산'은 평범한 동네 뒷산을 의미하는 것으로
다박솔이 우거지고,
꿩, 산토끼, 노루와 산새가 사는
나지막한 산이다.
나는 그 산이 좋다.

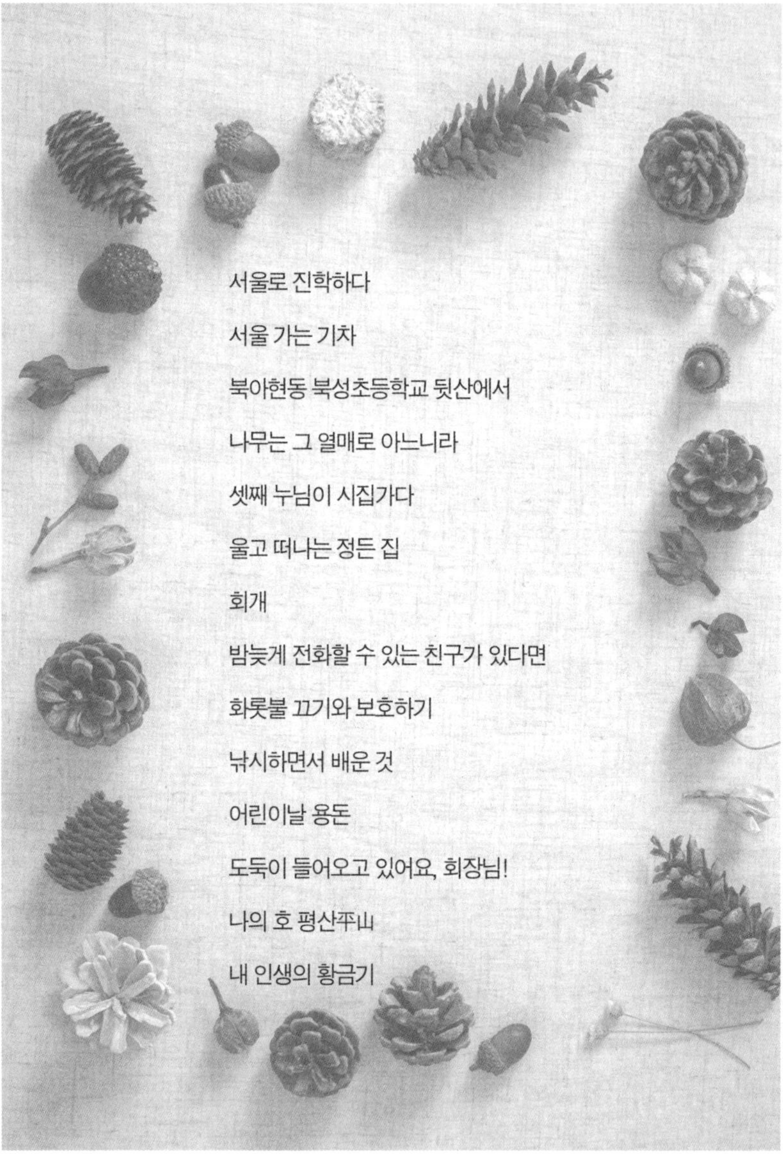

서울로 진학하다

서울 가는 기차

북아현동 북성초등학교 뒷산에서

나무는 그 열매로 아느니라

셋째 누님이 시집가다

울고 떠나는 정든 집

회개

밤늦게 전화할 수 있는 친구가 있다면

화롯불 끄기와 보호하기

낚시하면서 배운 것

어린이날 용돈

도둑이 들어오고 있어요, 회장님!

나의 호 평산平山

내 인생의 황금기

서울로 진학하다

놀며, 뛰며, 땔감 채취한다고 산에 오르락내리락하면서 어언 6년의 세월을 보냈다. 내가 다니던 두원초등학교 학생들은 졸업하면 으레 고흥중학교에 진학했다. 가정 형편상 중학교에 진학하지 못한 아이들도 6~7명이 되었다. 다행히도 우리 집은 시골에서 중농 정도는 되었으므로 중학교에 진학 못 할 형편은 아니었다. 특히 남아 선호 사상이 뿌리 깊은 우리 집은 누나들은 모두 상급학교에 보내지 않았지만, 교내 1~2등을 차지하던 나는 고흥중학교에 입학 할 예정이었다. 졸업 후 한둘은 순천이나 광주로 유학을 가기도 했지만, 우리 학년은 그런 아이들은 없었다.

그러나 부잣집이었던 나의 큰집은 상황이 아주 달랐다. 큰집의 장남인 점종형은 여수 수산학교를 나온 후 함경남도 퇴조에 가서 수산협동조합에 다니다가 6.25 사변이 나자 가족과 함께 고향으로 내려왔다. 차남인 양종형은 시골에서 초등학교와 도양중학교를 나왔고 한문도 읽히면서 부모를 도와 농사를 지었다. 또 삼남인 낙종형은 순천농업학교를 졸업하고 서울에 올라와 세무서에 다니고 있었다. 마지막으로 사남인 언종형은 서울에서 경동고등학교를 졸업하고 수재들만 들어간다는 서울대학교 법과대학에 당당히 입학하였다. 이 형은 초등학교 때부터 줄곧 1~2등을 차지하다가 위로 3~4살 많은 형의 가르침을 받아 1등 자리를 견고히 지킬 수 있었다. 6.25 사변 때는 고향인 고흥으로 내려와 고흥중학교를 졸업하고 고흥농고 진학 시에는 전체 수석으로 입학하여 주변 사람들의 부러움의 대상이 되었다.

서울대학교 1학년이었던 언종 형은 셋째 낙종 형을 설득하여 나를 서울에 있는 중학교에 진학시키자고 했다. 그리고 한성중학교 입학원서를 우편으로 보내왔다. 그 속에는 부지런히 공부하여 가문을 빛내야 할 것이고, 고생을 많이 한 자가 이후 더 큰 행복을 꿈꿀 수 있다는 격려의 편지도 함께 들어있었다.

단지 고흥중학교에 입학하리라는 생각밖에 없었던 나에게는 청천벽력 같은 소식이 아닐 수 없었다. 나는 그렇게 예기치 못한 인생의 전환점을 맞이하고 있었다.

그 원서가 학교로 배달되었기 때문에 담임인 송계윤 선생님은 고흥중학교가 아닌 외지로 진학할 사람은 서둘러야 한다고 말씀해주셨다. 애들 또한 내가 서울로 중학교에 간다며 부러움 반 놀림 반으로 나를 당혹게 했다.

그날 정신이 없어서인지 점심시간이 지난 다음 오후 수업이 있는 데도 빨리 집에 가서 부모님께 말씀드리고 싶다는 생각에 젖어 책보를 싸가지고 학교를 나오려 하고 있었다. 그러는 나를 보고 친구들이 아직 수업이 다 끝나지도 않았는데 집으로 가느냐는 소리에 나는 정신을 차리고 다시 교실로 들어가서 공부를 마치는 해프닝마저 발생했다.

집에 와 보니 아버지와 어머니께서도 이미 상의가 끝났는지 쌀을 팔아 학비 댈 생각에 분주했고, 누님들은 동생이 서울로 공부하러 가는 게 좋은지 한껏 들떠 있었다. 누님들은 외아들인 내가 공부를 더 한다는 것에 시기나 질투는커녕 자기들이 희생해서라도 동생을 공부시키는 것을 당연하게 생각했다.

입학원서를 쓰고, 원서에 붙일 사진이 필요하여 고흥 가는 길 송치재에 있는 사진관에서 사진도 찍었다. 완성된 원서는 서울로 다시 부쳐졌다. 고향 땅에 아직 남아있던 나는 공부도 손에 잡히지 않고 얼떨떨한 기분으로 시간을 보내고 있었다.

그때까지 나는 학교 수업시간에 배운 것 외에는 공부한 바가 없었다. 수업이 끝나면 친구들과 어울려 놀며 산에 올라가 땔감을 구하고, 들에 나가 소에게 풀을 뜯기고, 바닷가에서 고기를 잡으며 노는 게 전부였다. 그런 내게 서울은 동경의 대상이면서 아울러 두려움이 대상이었다. 서울 말씨 또한 배우기 어려울 것만 같았다. 가끔 여름밤이면 동네 입구 정자나무 아래 모여 군대 다녀오면서 서울을 거쳐 오는 길에 서울 구경을 해 보았다는 형들은 서울엔 전차가 다니고, 사람들의 혼을 빼놓고 물건과 돈을 훔쳐 가는 소매치기가 많다고 했다.

내게 사촌 언종형이 없었다면 언감생심 어찌 그런 서울 생활의 엄두를 낼 수 있었겠는가? 그 형에게 은혜 입은 바 크다는 생각을 평생 해오고 있다.

서울 가는 기차

중학교 입학을 며칠 남겨 둔 시점인 1958년 2월 말의 어느 날 서울 초행길을 어머니와 함께하기로 했다. 순천이나 광주도 아닌 서울행을 위해 옷도 새로 사 입고, 신발도 새로 사 신고, 이발도 하였다.

우리를 서울까지 길 안내할 사람은 우리집 사립문 밖 아랫집에 사는 김상석 씨였다. 그분은 고흥에서 고등학교를 졸업하고 해병대로 군 복무를 파주 근방에서 하고 있었는데, 휴가 나왔다가 귀대하는 길이었다.

고흥에서 순천 가는 버스표를 사서 차에 올랐다. 차 안은 만원이었다. 나는 트럭을 타고 순천 송광사에 수학여행을 가 본 경험이 있었기 때문에 그 경로에 있는 과역, 남양, 동강, 벌교까지는 낯이 좀 익어 보였다. 비포장도로를 버스는 먼지를 일으키며 달려가고 정류소마다 장사꾼들이 버스에 올라와서 몸을 날렵하게 움직이며 물건을 팔았다. 차창 밖에서는 복숭아 바구니를 끼고서 복숭아 사라며 목소리를 높이는 상인들도 보였다.

순천역에 도착하니 오후 시간이 되었다. 역에 내리니 여수로 가는 사람, 전주로 가는 사람, 대전과 서울로 가는 사람, 부산으로 광주로 가는 사람들로 북새통을 이루고 있었다. 그중에는 미국인으로 보이는

코 크고 눈이 파란 두 사람이 영어로 이야기하며 기차를 기다리고 있었다. 어머니와 나는 그들의 말을 한마디도 알아들을 수 없었지만 한참이나 신기하게 바라보았다. 우리는 집에서 가져온 삶은 계란과 개떡을 나눠 먹었다. 그리고 저녁 시간에 서울발 기차에 올랐다.

야간 3등 열차 안은 피난 열차와 다를 바가 없었다. 여수에서 출발한 기차였으므로 자리는 이미 만석이었고, 서 있는 사람들로 빼곡했다. 온갖 보따리가 빈틈 사이사이에 박혀있었고, 서울로 품팔러 가는 핫바지 차림의 사람들이 앉아 통로까지 막고 있었다. 장사꾼들은 그 사이사이를 잘도 비집고 다니면서 야식거리들을 팔았다.

기차의 움직임에 따라 이리저리 밀리면서도 12시간이나 가야 한다는 서울에 과연 살아서 갈 수 있을까 하는 생각과 두려움을 떨쳐버릴 수가 없었다.

전주를 지나고 몇 시간을 가다 보니 그 좁은 곳에서도 잠을 자는 사람들이 있었다. 어린 나는 어른들이 짐칸에 올려주어서 잠시 눈을 붙이고 내려올 수 있었다. 아침이 밝아오는 시각에 기차가 서울역에 도착했다. 서울이 너무 춥다는 기억이 가장 크게 남아있다. 동네 형들로부터 군대 갔다가 들러봤다는 서울 이야기처럼 큰길, 큰 건물, 차들… 그중에서도 전차가 눈에 띄었다.

서울역에서 나와 마지막 도착지인 봉암 형님댁으로 갔다. 서소문동 75번지에 자리하고 있었다. 그 형님과 형수님 그리고 언종 형이 그곳에 있었다. 형들은 나의 어머니께, 나는 형님과 형수님께 인사를 드렸다. 그 두 분이 참으로 어렵게 느껴졌다. 그분들과 처음으로 서울에서의 아침 식사를 했다.

서울대 법대에 입학하여 우리 가문의 영광을 안겨준 언종 형이 한성중학교 입학 수속을 마치고 시험을 볼 수 있게 해주었다. 시험 보는 날 나를 따라오신 어머니는 "우리 조카는 서울대에 다닌다"고 하니 주변에 있던 사람들이 부러워하더라고 말씀하셨다.

마침내 한성중학교에 입학한 나는 처음으로 서울 표준어를 사용하는 아이들을 만났다. 조카 용환이도 같은 학년이어서 그 아이 친구들도 만나보았다. 내가 사투리를 많이 쓰니 아이들이 '전라도' '전라도' 하며 놀려댔다. 특히 내가 'OO랑께' 하면 더 놀리고 웃어댔다. 서울말을 당장 배울 수 없는 노릇이라 나는 그들의 놀림을 참을 수밖에 다른 도리가 없었다.

며칠 후에 어머니는 시골로 내려가셨다. 외아들을 떼어놓고 가는 마음이 어떠셨을지 뻔하다. 그런데도 어머니는 강한 표정을 지으시며 정직하고, 형들 말씀 잘 듣고, 공부 열심히 하라는 말씀을 남기고 서울역에서 남행열차에 오르셨다.

그날로부터 나는 어머니 안 계신 서러운 서울 생활을 시작했다, 나를 번번이 무시하는 조카 용환이 그 서러움을 더했다. 나이로 보나 항렬로 봐도 그렇고, 힘도 더 센 아저씨 벌인 나를 자기 집이라고 무시하는 조카 때문에 마음 상해 시무룩해 있는 나에게 어느 날 형수님이 "어무니가 보고 싶으요?"라고 물었다. 나는 이윽고 참았던 울음을 터트리고 말았다. 그 이후 형수님은 돌아가시는 날까지 어머니 보고 싶어 울었다며 가끔씩 나를 놀려주곤 하셨다.

나의 서울 생활은 그렇게 눈물로 시작되었지만, 나의 인생을 바꿔놓은 계기가 되었으니 봉암 형님과 형수님, 그리고 언종 형으로부터는 한없는 은혜를 입은 셈이다.

북아현동 북성초등학교 뒷산에서

초등학교를 막 졸업한 어린 나이에 어머니 품을 떠나 중학교 진학을 위해 상경한 나는 사촌 형 집에서 같이 지내고 있었다. 그런데 그 사촌인 언종 형님이 고등고시에 합격하여 근무처인 전남도청이 있는 광주로 내려가시게 되어 나는 오도 가도 못 할 신세가 되었다.

딱히 거처할 곳이 없었던 나는 궁여지책으로 서대문구 옥천동에 있는 사촌 형 댁으로 거처를 옮기게 되었다. 그 형님댁에는 나보다 두 살 아래인 아들과 다섯 명의 딸들이 있었다. 대식구를 뒷바라지하던 형수님의 벅찬 일을 도와줄 사람은 하나도 없었다. 그 시절의 학생들은 어머니가 싸주신 도시락을 가지고 가서 점심을 먹고 오후까지 수업하고 돌아오는 게 일상이었다. 그런데도 남자들은 부엌일을 도울 생각도 못 했고, 부엌 근처에는 얼씬도 못 하게 하는 폐습이 엄존하고 있었다.

가족 수발에 지친 형수님은 결국 병이 나고 말았다. 어느 날 형수님과 병원에 다녀오신 형님이 저녁 시간에 나를 부르셨다. 그리고 "아이들이 많아 네 형수가 힘든데 너까지 와 있으니 도저히 감당하기 어렵단다. 하니 시골에 계신 부모님과 상의하여 나가 살도록 하여라."고 하시는 거였다. 나는 "예"라고 대답할밖에 달리 도리가 없었다. 그리고는 형님 방을 나와서 생각해보았지만, 방도가 떠오르지 않았다. 하숙하자니 비싼 하숙비에 시골 부모님의 얼굴이 자꾸 떠오르고…. 고민만 깊어갔다.

학교가 끝나면 집으로 돌아가야 하는데, 며칠째 도서관에서 공부할 기분도 나지 않고, 집을 향한 발걸음이 떨어지질 않았다. 거리를 서성거리던 나는 북아현동에 있는 북성초등학교 뒷산으로 발길을 옮겼다. 난생처음 가 본 곳이었다. 그곳에 오르니 사방이 툭 트여 저만치에 마포나루와 한강이 내려다보였고, 신촌의 이화여대와 연세대학이 한눈에 들어왔다. 그리고 지금의 충정로가 길게 뻗어있었다. 중앙여고 뒤의 북아현동 부자 동네에는 아름다운 집들이 자태를 뽐내고 있었고, 아현동 전찻길 그리고 경서중학교와 경기공전 등도 보였다. 무엇보다 건너편 높은 언덕에 있는 균명학교가 눈에 띄었는데, 그 아래로 다닥다닥 붙은 수많은 집과 그곳으로 들어가는 사람들이 모습이 인상적이었다.

그 많은 집을 물끄러미 바라보던 나는 '집이 좋건 나쁘건 하다못해 판잣집이라도 다들 돌아갈 곳이 있는데, 나에게는 이 한 몸 쉴 곳이 없구나!'라는 생각에 서글픈 눈물이 두 뺨을 타고 흘러내렸다. 시골집이 생각나고 부모님의 얼굴이 눈앞에 아른거렸다. 외아들로 자라면서 어느 누구에게도 천대받아본 적도, 배를 주려본 적도 없었는데…. 그런 저런 생각들에 젖어 나는 그날 꽤 오랜 오후 동안 그 뒷산을 맴돌았다.

저녁이 되니 균명학교 아래 작은 집들에는 하나둘씩 전깃불이 켜졌다. '저 집에도 내 또래 아이들이 학교에서 돌아와서 일 나가신 부모님을 기다리고 있겠구나. 저 넓은 서울의 많고 많은 집 중에 내가 쉴만한 방 한 칸이 없구나' 하고 다시 한번 탄식하며 떨어지지 않는 발걸음을 옮겨 형님댁에 도착했다. 그때 형수님이 마지막 따뜻한 밥상을 차려주셨다. 눈물 나게 감사했다. 이후 그 형수님이 연로하셔서 요양원에 계셨는데, 나는 그분이 지어주신 마지막 따뜻한 밥 한 끼를 늘 기억하며 자주 찾아뵙고 용돈도 손에 쥐여주곤 했다. 그렇더라도 그분으로부터 받은 따스한 사랑에는 미치지 못하리라.

한때는 방 한 칸이 없어서 서러웠던 나는 지금 이곳 서울에 대지 124평 건평 600평이나 되는 대궐 같은 큰 집에서 살고 있다. 거기에다 아들 며느리들에 9명이나 되는 손자 손녀를 두고 있으니 그만한 행복이 더 있을까? 다만 이 시간에도 머리 둘 곳 하나 없는 사람들을 생각하면 더욱 큰 겸손함과 검소함 그리고 감사함이 지금 누리는 행복감에 더해져야 함을 잘 알고 있다.

나무는 그 열매로 아느니라

(마태복음 12장 33절)

중학생 때부터 타향에서 유학하고 있던 나는 방학이 되면 곧장 고향에 내려가곤 했다. 그때마다 시집간 둘째 누님 집에도 자주 들렀다. 사람을 마치 짐짝처럼 가득 채운 버스를 타고 한 시간쯤 가서 내린 다음 다시 한참을 걸어야 누님 집에 도착할 수 있었다.

그날도 둘째 누님 집에 가기 위해 버스를 탔는데, 마침 장날이었던 지라 어른, 아이, 아낙네, 할아버지, 할머니, 총각, 처녀 할 것 없이 많은 사람들로 버스는 마치 꽉 찬 콩나물시루와도 같았다. 그런 버스에 한 건장하고 잘생긴 청년이 술이 거나하게 취한 채로 오르더니만 손아래 애들을 슬슬 놀리다가 동년배에게 시비를 걸고, 다시 가까이에 있는 처녀들을 희롱하기 시작했다.

그 광경을 지켜보던 중 의관을 잘 갖춰 입은 한 어르신이 참다못해 일어나더니 그 청년을 똑바로 쳐다보면서 큰 소리로 "너 이놈! 네놈은 도대체 뉘 집 자식이냐? 못된 놈 같으니라고!" 하면서 호통을 치셨다.

그러자 그 청년은 자기 집안이 알려질까 봐서인지 아니면 그 점잖은 어른의 위세에 눌려서인지 한 마디도 대꾸를 못 하고 차에서 내려 도망치듯 가버렸다. 힘이 없는 것도, 목소리가 작은 것도, 술이 깬 것도 아닐 터인데 그 청년은 왜 그랬을까? 지금 와서 생각해보니 그 청년은 자기의 가계와 가문이 탄로 나면 부모님마저 상스럽고 못된 놈이라고 손가락질당하고 명예를 더럽힐까 봐 두려웠던 것 같다.

임진왜란 때 수군은 이순신 장군의 영도 아래 백전백승을 하는 데 반해 육전에서는 신립 장군이 남한강 탄금대에서 배수진을 치고 전투를 벌였지만 패하여 후퇴에 후퇴를 거듭했다. 특히 전라도 금산 송치재 전투는 의병장 고경명 장군과 전라도 방어사 곽영 장군 휘하 군사가 임진 7월 9일부터 10일까지 처절한 싸움을 벌였으나 결국 패하였고, 또한 의병장 조헌과 승병 영규군도 모두 패하고 말았다.

관에서는 다시 많은 장병을 모집하여 훈련시켜 막상 군부대에 배치해 놓으면 왜군과의 전투를 기다리고 있는 동안 한두 명씩 야반도주하는 바람에 군부대를 유지할 수 없는 지경에 이르렀다. 도망간 장병들을 잡아다가 문초해보면 "어머니가 위독하셔서…", "외아들이라 대를 이어야 해서…" 등등의 핑계를 대니 큰 낭패가 아닐 수 없었다.

이때 광주 목사 권율 장군이 묘책을 강구했고, 군 편성을 획기적으로 바꾸는 방안을 마련했다. 그 방안은 군 편대를 각 가문 중심으로 완산 이씨 부대, 여산 송씨 부대, 대구 서씨 부대, 연안 이씨 부대, 광산 김씨 부대, 진주 강씨 부대, 청주 한씨 부대 등으로 편성하고, 그 씨족 문중 어르신을 부대장으로 임명하여 전투에 임하게 하는 것이었다. 그런데 문중 어르신이라는 부대장들은 보통 연로하여 전투에 전혀 도움이 안 되고, 오히려 장병 2, 3인이 업고 부대 이동을 할 상황이었다.

그럼에도 불구하고 그 어르신들은 집안에서 존경받는 분들로 "우리 부대 집안 후손들은 절대로 도망가면 안 되며 목숨을 걸고서 왜놈 목을 하나라도 더 쳐서 물리쳐야 한다. 왜놈과 싸우지 않고 도망간다면 우리 집안은 대대로 역적 집안이 될 것이야!"라고 독려하면 장병들은 물론이고 심지어는 장병 부인들까지 힘을 합쳐서 죽기로 싸웠다고 한다. 결국, 개전 이후 육전에서 처음으로 승리를 거두었고, 행주산성에서는 대승을 거두어 승리의 발판을 마련하였다.

열매가 그 나무를 알려주듯이 우리의 자녀들은 그들의 부모가 어떤지 가문이 어떤지를 보여준다. 뛰어난 사람은 주머니를 뚫고 나오는 송곳과 같다는 낭중지추囊中之錐라는 고사성어가 있는데, 우리 자녀들도 부단히 정진하여 훌륭한 사람이 되고, 모범적인 시민이 되어 자신의 가문을 빛내고, 부모님과 조상, 더 나아가서는 하나님을 영화롭게 해드릴 수 있기를 바란다. 나의 후손들은 특별히 신앙과 선행에 뛰어난 사람이 되었으면 한다.

셋째 누님이 시집가다

다른 글에서도 언급한 바 있는 나의 셋째 누님은 내 바로 위의 누님으로 서울로 유학하는 나 때문에 중학교에도 진학하지 못했다. 내가 방학 때 교복과 교모를 쓰고 고향에 내려가면 부모님보다도 더 잘 해주고 좋아라했던 누님이다. 옷도 잘 세탁하여 다려주고, 운동화도 깨끗이 빨아 신게 해주었다. 또 어디 가든지 '내 동생'이라며 자랑하곤 했다.

내가 고등학교 1학년이었던 겨울에 그런 나의 누님이 결혼하게 되었다.

중매쟁이가 다녀갔다 하고, 이곳저곳에서 들어온 선을 보았다는 소식이 들렸다. 어느 집 총각이 괜찮다는 등, 어느 집 부모가 어떻궁, 가풍이 저떻궁 하는 등의 말들이 오갔다. 보통은 장날에 혼담이 오가고, 통혼하는 집안에 시집가거나 타지에서 그 동네로 시집온 사람들이 자기 고향 사람들과 다리를 놓는 경우도 있었다.

그러던 어느 날 어머니가 셋째 누님을 장에 데려가서 김영 김씨 총각을 만나보게 했다고 한다. 누님을 만나본 그 총각이 누님이 마음에 들었는지 음식을 대접하고, 사진관에서 사진도 함께 찍었다고 한다. 누님도 그 총각이 마음에 들었나 보았다.

그런데 집에 돌아온 어머니와 누님에게 자초지종을 들은 아버지가 화가 단단히 나셔서 가정이 어떤지, 살림살이가 어떤지도 모르고 아버지의 허가도 없이 약혼사진부터 찍었느냐며 어머니와 누님을 집에서 나가라고 하셨다고 한다. 집에서 나온 어머니와 누님은 동네 한 아주머니 댁에서 주무시고, 아버지의 화가 조금 누그러지자 집으로 들어오셨다고 한다.

그 후 어머니와 누님은 결혼 이야기는 꺼내지도 못하고 죽어지내고 있는데 누님을 중매하신 분이 오셔서 결혼 날짜를 정하고, 청혼서를 보내오고 하면서 어느새 결혼이 성사되어버렸다. 집안은 가난했지만, 신랑 될 당사자는 얌전하고 똘똘하다는 평이었다. 그런데도 아버지는 여전히 화가 풀리시지 않았고, 결혼 준비도 해주시지 않았다고 한다.

나중에 수소문해 알아보니 그 집안은 가난해도 너무 가난하여 어머니마저 실망하였으나 막상 누님 당사자는 총각만 한 번 보고, 말 몇 마디 나누고 나서는 가난한 것쯤은 이길 수 있으니 부모님 처분을 기다리겠다고 하였다고 하다.

결국, 결혼 날짜가 정해지고 그런대로 준비하여 결혼을 시켰다고 한다. 결혼 뒤 어머니가 사돈댁(누님의 시댁)에 가 보니 너무도 가난하고 초라하여 눈물을 흘리고 돌아오셨고 밤잠을 이루지 못하셨다고 한다.

나는 서울에서 학교 다니느라 누님 결혼식에도 참석하지 못하였다. 겨울방학이 되어 집에 와 보니 그렇게 정들었던 누님이 떠난 집안이 텅 빈 것만 같았다. 휑한 마음을 감추지 못하고 있던 어느 날 누님이

동생이 내려왔다고 떡을 해서 친정 나들이를 왔다. 너무도 반가웠고, 집안이 곧 환해지는 것만 같았다. 너무 가난한 집에 시집갔다는 소식에 나도 걱정을 많이 했는데 막상 얼굴을 보니 그렇게 잘 먹지 못한 것 같지도 않고, 서글픈 기색도 없었다. 며칠을 함께 지내면서 대화도 많이 했다. 내 여동생은 언니 집에 가 보았는데 가난해도 사돈 어르신이 좋은 분이더라고 했다.

며칠 후 누님이 시댁으로 돌아갈 채비를 했다. 어머니는 다른 이바지(선물)보다는 가난한 집안이니 쌀을 보내는 편이 낫다고 생각하시고, 떡과 고기는 조금 준비하고, 동네 한 청년에게 쌀 한 가마를 지고 가도록 부탁했다. 나도 누님댁으로 함께 따라갔다.

누님 집은 우리집에서 약 6km쯤 떨어져 있었다. 고흥→순천→광주 방향으로 가는 버스를 타고 가다가 큰 길가에서 내려 다시 버스를 타고 4km쯤 가다가 내린 다음 1km쯤 걸어 들어간 곳에 있었다. 그래서 고기와 떡 보따리를 가진 나는 버스를 타고 먼저 가서 걸어 들어가는 곳에서 뒤따라 걸어오는 누님과 총각을 만나기로 했다.

예나 지금이나 차는 얼마나 빠른가. 만나기로 한 지점에서 누님과 총각을 기다리는데 1시간 또 1시간이 되어도 나타나지 않았다. 나는 시간이 너무 지나서 그들이 집으로 그냥 갔나 하여 이바지 보따리를 들고 동네 앞으로 가 보았다. 그때 어떤 사람이 논에서 일을 마치고 집으로 지게를 지고 가고 있었다. 그래서 내가 나의 셋째 매형 이름 김공석씨를 찾아간다고 하니 그 사람이 어디서 왔느냐, 이름이 뭐냐, 어디서 누님을 만나기로 했느냐 등을 묻기만 하고 그 집은 이렇게 저렇게 찾아갈 수 있다고 말로만 해주고 가버렸다.

결국, 집을 찾아가지 못하고 그곳에 서서 한참 더 기다린 끝에 누님이 나타났다. 약속한 장소에 왔지만 내가 없어서 버스 정류장까지 다시 가서 찾아보고 했다며 거의 울 듯한 표정을 지었다. 서로 길이 어긋났던 모양이다. 내가 움직이지 말고 한 곳에 그대로 있어야 했는데… 내 잘못 때문이었는데도 나는 사과하기는커녕 내가 버스도 못 타는 바보가 아니지 않으냐며 누님에게 화를 냈다. 누님은 이 동생을 남편과 시댁 식구들에게 소개해드리며 자랑하고픈 마음이 가득했을 텐데 말이다.

우여곡절 끝에 세 사람은 누님 집에 당도했다. 듣던 대로 가난기가 좌좌 흘렀다. 나는 사돈어른께 큰절하고, 매형과도 처음 만나 절을 하였다. 그런데 조금 전에 논일을 마치고 가던 그 사람이 아니던가? 옷도 허름하고 꾀죄죄해 보이던 사람이었는데 몸을 씻고 새 옷으로 갈아입고 앉아있으니 다른 사람 같아 보였다.

나는 그의 행동에 몹시 화가 났다. 처음 만났을 때 자기가 매형이라고 반갑게 맞이했어야 하지 않았느냐 말이다. 그리고 누님은 어디에 오는가 하고 같이 마중을 갔어야 옳지 않겠는가. 옷 좀 깨끗이 갈아입고 있으면 나의 누님이 시집을 잘 갔다고 생각해주고, 우리 매형 멋지다고 생각해줄 줄 알았단 말인가. 매형의 속내는 서울 가서 공부하고 온 처남에게 너무 촌티 나고 못사는 매형으로 보이지 않기 위해 그랬으리라는 짐작은 되지만 나의 어린 소견으로는 너무 가식적으로 느껴졌다.

누님이 해준 저녁을 그 집 가족들과 함께 먹었다. 누님 시댁 가족들은 쌀 지고 온 동네 총각과 자고 다음 날 가라고 했으나 화가 풀리지 않은 나는 그냥 집에 가겠다고 했다. 그 총각도 너무 힘이 들어 하룻밤 자고 갔으면 하는 표정을 보였지만 사돈어른께 인사를 하고 집을 나섰다. 매형은 따라오면서 떠나가는 것을 만류하고, 누님은 거의 울상이 되어 자고 가라고 애원했다.

그들을 간청을 뿌리치고 집에 돌아오니 한밤중이었다. 어머니가 깜짝 놀라며, 그렇게 행동하면 안 된다고 꾸지람을 하셨다. 피곤한 몸으로 하루 동안 실랑이하고 집에 왔으나 어머니마저 출가한 누님한테 그렇게 하면 안 된다는 훈계를 하시니 잠자리에 누웠으나 잠은 오지 않고, 누님한테는 미안한 마음이 들고 눈물이 났다.

그런 누님이 지금은 부모님으로부터 배운 근검절약 정신으로 가난을 떨쳐내고, 2남 3녀의 자녀를 잘 길러냈으며, 두 부부가 열심히 생활한 덕분에 점점 재산도 불리고, 좋은 논밭도 많이 장만하였다. 특용작물도 재배하여 돈도 많이 벌었다. 오늘날의 누님은 시골에서는 보기 흔치 않은 좋은 집과 자동차에다 큰 창고도 갖추고 있다.

내가 고향에 갈 때면 그 누님댁에서 묵었다 온다. 시집갈 때 잘 사는 게 중요한 게 아니고 신랑이 얼마나 건실한가, 얼만 큼 열심히 일하고 근검하며 가정에 충실한가를 보는 안목이 더 중요하다는 사실을 깨닫게 해주는 누님이다. 참으로 감사하다. 누님이 잘 살아주셔서…

울고 떠나는 정든 집

내가 아주 어렸을 때 큰 누님이 시집을 갔다. 그때는 가마를 타고 시집을 갔는데, 가마꾼들이 가마를 방문 앞에 대어놓고 어서 타라고 재촉했지만 큰 누님은 목 놓아 울면서 나오려 하지 않았다. 결국, 어머니가 방에 들어가 어서 가라고 손을 끌고 나오시자 누님이 수건으로 퉁퉁 부은 눈과 얼굴을 닦으면서 가마에 올라탔다.

사립문을 나서면서 누님이 어찌나 슬피 울던지 동네 사람들도 더러는 따라 울었고, 나도 떠나가는 누님을 생각하며 눈물을 흘렸다. "신랑 따라가는데 울기는 왜 울어. 조금 지나면 눈물 하나 안 나올 것이야"고 소리치는 아주머니가 있었는데, 나는 그 아주머니가 얄미웠다. 누님을 태운 가마가 동구 밖을 나설 때까지 누님은 계속 울었다.

둘째 누님이 시집갈 때는 방에서 조금 울다가 집을 나섰고, 고샅길을 돌아갈 때쯤까지만 눈물을 흘리고, 동구 밖을 나갈 때는 울음을 그쳤다.

그 후 내가 초등학교 고학년이 되어 동네 한 누님이 시집을 가는 것을 다시 보게 되었는데, 그 누님은 싱글벙글 웃으면서 가마를 타고 가는 걸 보면서 그 누님이 잘못되었어도 한참 잘못되었다는 생각을 했다. 시집을 가면 어머니, 아버지도 못 보고, 형제들이나 동네 친구들도 못 볼 텐데…. 참, 고약하고 인정머리 없고, 사랑이 없는 누님이라고 생각했다.

나도 초등학교를 졸업하고 서울로 사촌 형을 따라서 유학을 가게 되었다. 초행길이라서 어머니가 동행했기 때문에 그리고 서울로 공부하러 간다는 생각으로 몹시 들써 있어서 그다지 큰 눈물은 흘리지 않았다. 그러나 동구 밖을 지나 나의 집이 시야에서 점점 사라질 때는 뒤를 돌아다보게 되고, 눈물이 나오려고 했다. 비록 큰 기와집은 아니더라도 나의 정든 집이 자꾸 생각났다.

사촌 형 집에 나를 남겨 둔 채 시골로 내려가시는 어머니를 서울역에서 배웅할 때는 또 다른 감정이 북받쳐 올랐다. "마음 단단히 먹고 열심히 공부하거라"는 말 한마디 던지고 횡하니 개찰구를 지나 플랫폼으로 사라지는 어머니가 몹시도 서운했고, 눈물이 났다.

그때 느낀 점은 '이별은 곧 슬픔과 아픔이구나' 하는 거였다. '집이고 어머니고 고향 친구도 헤어질 때는 슬프고 마음 아픈 것이구나' 하는 거였다.

내가 퇴직하고 이곳 신촌 성전 가까운 곳에 원룸이 딸린 집을 사서 학생들에게 방을 세주고 살고 있는데, 그중 한 여학생이 생각난다. 경북 김천에서 올라온 여학생으로 예의도 바르고, 인사도 잘하고, 품행도 단정하고, 방도 청결하게 사용하는 등 나무랄 데가 없었다.

그 여학생은 교직과목을 이수하고 임용고시에 합격하여 학교 선생님이 되었다. 오랫동안 우리 집에서 살고 있던 그 여학생에게 우리 부부도 연말이면 쿠키도 만들어다 주며 "부모님이 시집가라 하지 않느냐?"고 하면 "좋은 사람이 나타나야지요."라고 하는 등 덕담도 하고 지내왔다.

그런데 송파구 문정동에 있는 학교에 발령이 나서 떠나게 되었다. 막상 이삿짐을 차에 싣고 우리 부부에게 인사를 하러 와서는 그 선생이 "시집갈 때까지 여기서 살려고 했어요."라고 하며 우는 것이었다. 우리 큰 누님이 시집갈 때처럼 그 선생이 그렇게 펑펑 우는 바람에 내 아내도 울고, 나도 눈물이 나오려고 했다.

우는 것은 참으로 자연스러운 것이며 정이며 사랑이라는 것을 다시금 느끼는 순간이었다.

임어당의 수필 중에 울고 싶은 사람은 실컷 울게 하라는 말이 있다. 울고 나면 마음이 개운해지고 사랑이 더욱 선명한 색깔로 다가온다는 것을 알게 된다. 식구뿐만 아니라 집도 고향도 친한 사람과도 헤어질 때는 눈물이 나는 것은 자연스러운 것이다. 그 눈물은 사랑이고 감사이다.

회개

내가 아주 어릴 적 시골에서는 가을에 벼 수확을 하고 나면 절구통에다가 벼를 넣고 절구로 찧고 겨를 제거해야 쌀로 밥을 지어 먹을 수 있었다.

어머니와 누나들이 땀을 뻘뻘 흘리면서 절구질을 하고 그것들을 키에 넣고 겨를 날려 보내고 또 찧기를 몇 차례 하고 나서야 겨가 다 제거된 흰 쌀이 나왔다. 그렇게 고생을 하면서도 어머니와 누나들은 결코 불평한 적이 없었다. 다만 그렇게 빻을 곡식이 있어서 가족들이 쌀밥을 입에 넣을 수 있다는 것만으로도 행복해하고 흐뭇해했다.

차츰 세월이 흐르자 발동기를 돌리고 또 쇄분기에 피대(두 개의 바퀴에 걸어 동력을 전하는 띠 모양의 물건)를 연결하여 벼를 찧어 쌀로 만들어내는 기술이 생겨났다. 어린 나의 눈에도 기름칠한 발동기가 돌아가면서 하얀 쌀을 만들어내는 것이 얼마나 신기하고 다행스러운 일인지 몰랐다.

그 발동기가 시동이 잘 걸리지 않으면 통통통 하는 소리와 함께 흰 연기를 뿜어냈다. 그 연기에서 풍겨 나오는 냄새마저도 좋게만 느껴졌다. 내가 더 어릴 적 흰 연기를 뿜으며 달려가는 트럭 뒤를 따라가며 맡았던 기름 냄새와도 같았다.

나를 포함한 몇몇 조무래기들은 발동기 옆에서 발동기가 힘차게 돌아가면 신나서 구경하곤 했다. 그런데 하루는 무엇이 잘못되었는지 발동기가 돌아가지 않는 것이었다. 기술자 아저씨가 무슨 연장을 들고 고치고 있었다. 그때 내 발밑에 나사 암컷 하나가 떨어져 있었다. 그것이 무엇인지 모르지만, 우리 농촌에서는 볼 수 없었던 쇳덩어리인지라 얼른 주워서 내 손안에 꼭 쥐었다. 일을 거의 마무리하던 아저씨가 그것을 찾고 있는 것 같았다. 그때 얼른 "여기 있어요!" 하면서 내어드렸으면 좋으련만 때를 놓친 나는 나사를 쥐고서 어쩔 줄을 몰라 하고 있었다. 아무도 그것을 봤다고 말하지 않자 사방을 찾아보던 그 아저씨가 우리에게 한 사람씩 차례대로 손바닥을 펴보라고 했다. 다들 주먹을 펴 보이는데 나는 창피하여 울고만 싶었다. 그러나 어쩔 도리가 없이 내 차례가 되어 주먹을 펴니 오른쪽 손바닥에서 그것이 또르르 하고 땅에 떨어졌다. 아저씨가 아무 말씀도 하지 않고 나사를 주워 기계에 채웠다. 발동기가 다시 힘차게 돌아갔다.

그 사건 이후로 나는 크나큰 교훈을 얻게 되었다. 잘못이 있으면 미루지 말고 바로 먼저 고백하고 잘못되었다고 말하기로 결심한 것이다. 가끔은 그 결심을 지키지 못할 때도 있지만 예닐곱 때의 그 기억이 항상 내 머릿속에 남아 내 행위들을 돌아보게 한다.

요즈음 일본인들에게 위안부 문제나 강제징용노동자 문제 등등 증거가 많은 일에 대해 잘못을 인정하고 사죄하라고 하는 우리의 요구를 받아들일 줄 모르고 양심을 어디에 두고 있는지 꿈쩍도 하지 않는다.

그것은 그들 스스로를 점점 더 구석으로 몰리게 하는 올가미가 될 터인데 말이다.

내가 서울성전 회장으로 부름을 받고 미국 솔트 레이크에 가서 훈련을 받고 있을 때 제일회장단과 십이사도 그리고 70인들이 모여 성전 의식을 받은 적이 있었다. 새벽 일찍 성전에 도착했는데 벌써 수백 명의 사람이 의식을 받기 위해 와 있었고, 흰옷 입은 봉사자들이 마치 천사의 모양을 하고 일하고 있었다.

나도 흰 성전복으로 갈아입고 서 있는데 연로하신 봉사자 한 분이 한국 서울성전 회장으로 부름을 받은 사람이 누구냐고 세계 각국에서 온 성전회장들에게 묻고 있었다. "제가 차기 한국 서울성전 회장으로 부름받았습니다." 하고 내가 대답했다. 그러자 다짜고짜 내 손을 붙잡고서 자기가 한국인들에게 사죄를 드려야 하는데, 한국인들을 대표해서 나에게 사죄하겠노라고 하는 것이었다.

내가 어리둥절해 하니 자기가 6.25 전쟁 당시 미군으로 한국에 파송되었었는데 한국인에게 저지른 잘못(전쟁 중 살인)을 사죄하고 싶고 하나님께 용서를 빌려고 했는데 기회가 없었노라고 하면서 비록 전쟁 중이었지만 잘못한 것을 눈물로써 용서를 구한다고 했다.

나도 눈물이 났다. 그때 미군도 이 땅에서 36,000명이나 꽃다운 나이에 목숨을 잃었는데…. 우리 조국의 자유와 민주주의를 위해서 함께 싸워주신 이 어르신이 무슨 잘못을 했다고 나에게 울면서 진심 어린 사과를 하는가? 참으로 거룩한 눈물을 보였기 때문에 나도 그의 두 손을 붙잡고 감사하다고 전하며 "당신들 덕분에 우리나라는 번영하게 되었고, 민주주의가 꽃피는 나라가 되었습니다."라고 화답했다.

그런데 일본 사람들은 사과할 줄을 모른다. 아니, 이 땅에 사는 우리들 중에도 정직하지 못하고, 사과할 줄 모르는 무리가 많이 있다. 잘못을 하면 잘못을 솔직히 고백하고 회개하면서 바르게 살았으면 좋겠다. 우리의 손자 손녀들도 그런 정직을 배웠으면 좋겠다.

밤늦게 전화할 수 있는 친구가 있다면

요즈음 코로나19로 세상이 어수선하고, 특별한 일이 없다면 외출을 자제하고 밖에 나갈 때는 꼭 마스크를 쓰라고 정부 방역 당국에서 권고하고 있다.

내가 다니는 교회도 주일 성찬식을 가정예배로 바꾸었으며 성전도 문을 닫았다. 가톨릭교회도 교회 역사상 236년 만에 처음으로 미사가 취소되었으며 원불교도 103년 만에 처음으로 법회를 취소하고 가정 법회를 하도록 했으며 조계종도 예불을 위한 산문山門 출입도 당분간 금지하였다.

집에 가만히 있으면서 코로나가 확산하는 뉴스를 볼 때마다 신천지 교회 신도들로 인하여 너무나 급속도로 바이러스가 퍼져나가는 것을 보면 안타깝기 그지없다.

그러는 순간 SNS에 '먼저 벗이 돼라'는 좋은 글이 올라왔다. 학창시절 "세 명의 친구를 가지면 성공한 인생이다."라는 말을 들었을 때 의아했다. 그런데 살아보니 진짜 친구는 한 명도 갖기 어렵다는 걸 실감하게 된다.

친구나 벗을 지칭하는 말은 동, 서양이 다르고, 한, 중, 일도 각각 다르다. 한국은 친구(親舊), 중국은 펑여우(朋友), 일본은 도모다찌(友達)라고 부른다.

'붕'은 봉황이 날 듯 새떼가 함께 무리를 지어 나는 모습이며 '우'는 서로 손을 잡고 돕는다는 의미다. 구체적으로 '붕'은 동문同門 수학한 벗이고, '우'는 동지同志로서의 벗이다. 따라서 같은 스승 밑에서 공부를 함께 하고 뜻을 같이한 벗을 붕우朋友라고 한다.

예로부터 그 사람의 미래를 알고 싶으면 그가 사귀는 벗을 보라고 했다. 친구라고 다 친구가 아니며 누구에게나 친구는 누구에게도 친구가 아니다. 성공은 친구를 만들고 역경은 친구를 시험한다. 아리스토텔레스는 "불행은 누가 친구인지 아닌지를 보여준다."고 했다.

친구는 어려울 때 힘이 되는 친구가 진짜다. "모진 바람이 불 때라야 강한 풀을 알 수 있다."(질풍지경초疾風知勁草)라는 글귀처럼 어렵고 위험한 처지를 겪어봐야 인간의 진가를 알 수 있다.

인간 세상이란 염량세태炎涼世態라서 잘 나갈 때는 친구들이 구름같이 몰려들지만 몰락할 때는 썰물처럼 빠져나가기 마련이다. 현역시절 잘 나가던 친구가 갑자기 몰락하고 병을 얻어 세상을 뜬 후 빈소가 쓸쓸한 것을 보면서 마음이 무거웠던 적이 있다. "정승 집 개가 죽으면 상가가 문전성시이고, 정승이 죽으면 텅텅 빈다."라는 말이 괜히 생겨났겠는가?

많은 이들이 다니던 직장을 그만두게 되니 공백기 동안 진실한 인간관계가 무엇인지 확실히 정리가 되는 깨달음의 시간이 되었다고들 한다.

동양에는 가난할 때 친구(빈천지교貧賤之交)란 말이 있고, 명심보감에는 난세에 마음을 터놓고 지낼 친구(급난지붕急難之朋)가 나온다. 나도 그런 친구가 그립다. 이런 글귀를 보면서 나는 나의 친구들에게 어떤 친구인가를 생각해 보아야겠다.

양반이고 전문가였던 추사 김정희가 제주도로 귀양을 가보니 그 많던 친구 중 누구 한 사람 찾아주지 않았다. 그런 그에게 항상 존경과 사랑을 보여주었고 전에 중국 사절로 함께 갔던 이상적李尙迪이라는 선비는 중국에서 많은 서적을 구해 와서 그 먼 제주도까지 보내주었다. 극도의 외로움과 육체적, 정신적으로 힘들어하고 있던 추사에게 그가 보내준 우정은 큰 위로를 주었다. 그를 향한 절절한 우정을 추사는 그 유명한 세한도歲寒圖에 담았다. '세한도'라는 뜻은 날씨가 차가워지고 난 후에야 소나무의 푸르름을 안다(歲寒然後 知松柏之 後也)라는 논어 구절에서 온 것이다.

인생에 있어서 다섯 가지 부자가 있다. 돈, 시간, 친구, 취미, 건강이 그것인데, 그 중에도 친구를 얻은 부자야말로 인생 후반이 넉넉한 부자라 할 것이다. 외롭고 힘든 인생길에서 따뜻하고 정겨운 우정보다 소중한 것은 없다.

세계적인 갑부 월마트의 창업자 샘 월턴Sam Walton은 임종 시 자신의 삶을 되돌아보고 참된 친구가 없음을 한탄하고 후회하였다고 한다.

내가 친구가 없는 이유는 내가 그 사람의 참된 친구가 되어주지 못하였기 때문이다. 흔히 친구를 쉽게 네 종류로 나눈다.

1. 화우花友: 자기가 좋을 때만 찾는 꽃 같은 친구
2. 추우錘友: 이익에 따라 저울과 같이 움직이는 친구
3. 산우山友: 안식처와 다름없는 산과 같이 편안하고 든든한 친구
4. 지우地友: 언제나 한결같은 땅과 같은 친구

이 중에서 나에게는 어떤 친구가 있는가? 로마의 현인 키르케고르는 인생에서 진정한 친구가 없다는 것은 마치 세상에 태양이 없는 것과 같다고 했다. 요즈음 외로이 집에만 있을 때 아무 거리낌 없이 밤늦게라도 전화를 걸어서 푸념도 하고 세상을 한탄도 할 수 있는 친구가 나에게 있는가 하는 자문을 해 보곤 한다. 나에게 그런 친구가 없다는 것은 내가 그런 친구가 되어주지 못하였다는 것을 의미할 수도 있다.

나에게도 그런 친구가 한두 명 있었는데, 한 친구는 시카고 공동묘지에 누워있고, 다른 한 친구는 뉴저지 공동묘지에 누워있으니…. 나에게는 진정한 친구가 지금 이 세상에 없으니 천국에서나 만나 볼거나! 아, 이 세상이 황량하구나!

화롯불 끄기와 보호하기

1940년대 내가 어렸을 때는 아직 시골에 전기가 들어오기 전이라 집집마다 호롱불을 켜고 살았다. 또 동네에는 기와집 몇 채뿐 보통은 초가집들이었다. 수도 대신 동네에는 우물이 있어서 어머니나 누님들은 아침저녁으로 물동이에 물을 길어 날랐다. 절구통에 곡식을 빻아 식사 준비를 해주실 동안 나는 늦잠을 자기 일쑤여서 고생하시는 어머니와 누님들 모습은 보지 못한 채 밥상머리에서 반찬 투정을 하곤 했다.

어머니와 누님들이 많은 일을 하시면서도 가장 중요하게 관리하던 것 중 하나는 불씨를 보존하는 일이었다. 불씨가 꺼지면 이웃에 얻으러 가야 했다. 이웃집 봉순이가 아침 일찍 우리집으로 불씨를 얻으러 왔던 기억이 난다. 어머니는 다른 사람 모르게 불씨는 넘겨주었지만, 아침밥상 머리에서 가족들 모두에게 항상 불씨 보존에 힘쓰라고 하시면서 행여나 다른 집에 불씨 얻으러 다니는 일이 없어야 한다고 당부하셨다.

나중에는 삼대에다 유황을 녹여 입혀서 불을 지피기도 했는데 이후로는 성냥이 나와 불을 켜기가 한결 편해졌다. 그러나 대부분 가정은 여전히 화로에 숯불을 담아서 겨울에는 방 윗목에다 두고, 여름에는 부엌 옆에다 두고서 불씨를 보관했다. 또 여름에는 모깃불을 놓기 위해서 화롯불을 마당에 두고 저녁때 그 화롯불 위에다 논둑 밭둑에서 베어온 풀을 쏟아부어 연기를 내어 모기를 쫓았다. 나는 그 풀 향기에 마음이 편안해지고 나른해지면서 스르르 잠이 들곤 했다.

저녁 식사를 마친 후 평상에서 이야기하다가 방으로 들어가면 모깃불도 사그라질 때가 된다. 예나 지금이나 불조심을 가르치듯이 아버지께서도 불조심을 가르치면서 화롯불 끄는 방법을 알려주셨다.

물을 부어서 화롯불을 끄는 방법도 있기는 하지만 아버지께서 가르쳐주신 방법은 우선 화롯불 주변을 말끔히 치워 불이 번지지 않게 한 다음 부지깽이로 숯불을 하나씩 흩트려 놓는 것이었다. 그리고 아침에 일어나서 보면 모든 장작불은 저절로 꺼져있고, 검은 숯만 남아있었다. 그 숯들은 모아두었다가 겨울에 다시 쓰였다.

화로의 장작들을 서로 모아두면 서로서로 영향을 받아서 아침까지 꺼지지 않고, 서로 떨어트려 놓으면 불이 꺼진다는 가르침을 통해 아버지는 나에게 무언의 교훈을 가르쳐주셨다. 우리가 더 좋은 사람으로 남고 싶으면 좋은 가족관계를 돈독히 하고, 좋은 친구들과 가까이 사귀면 서로가 서로에게 좋은 영향을 미쳐 좋은 사람으로 남는다는 것이었다.

우리는 일주일에 한 번씩 교회에 나가 성도들을 만나 신앙의 불씨를 서로 나누어 갖는다. 불교에서도 법회에 같이 모여 예불을 함으로써 서로 신앙을 보존하는 것이 아니겠는가.

이 세상은 혼자서는 견디기 어렵지만, 가족 간의 격려나 좋은 친구들이 말 한마디 행동 하나하나에 영향을 받아 살아가게 되어있다. 이런 교훈을 옛 어른들의 지혜로부터 배워 우리 친구나 후손이나 모두 서로서로 좋은 영향을 주고받아 더 좋은 사람이 되고, 함께 의를 살려 나가야겠다.

낚시하면서 배운 것

나는 바닷가에서 자라났기 때문에 낚시하는 재미를 일찍부터 알았다.

아주 어릴 적에는 동네 앞 염전 둠벙(염전의 바닷물을 가두어 놓은 곳)에서 문절이(망둥어)를 낚았다. 문절이는 고기 중에서 조금은 아둔해서 미끼만 던지면 덥석 물어서 낚시하기가 쉬웠다.

조금 더 커서는 가을마다 선창가에서 빌돔(도미새끼)을 주로 낚았다. 빌돔이 낚싯줄을 끌고 들어가는 것을 느낄 때는 스릴이 있었고, 잡아 올렸을 때는 비늘이 햇빛에 반짝이며 팔딱거리는 모습을 보는 게 즐거워서 해지는 줄도 모르고 낚시 삼매경에 빠졌다.

그런 시절을 보내고 서울에 유학을 온 이후로는 방학 때마다 고향으로 달려가 집안 형들과 낚시하는 재미에 밤이 깊은 줄도 몰랐다.

중학생이 되어 고향에 갔을 때의 일이다. 사촌 형님 중 제일 큰 형님은 일제 강점기 때 여수 수산고등학교를 졸업하고 함경도 퇴조에서 어업조합장을 하셨던 분으로 낚시를 매우 좋아하셨다. 또 물고기의 생리도 잘 알아서 똑같은 낚시를 하더라도 큰 고기들을 잘 낚았다. 여름방학이 끝나갈 무렵 그 형님이 동네 어부들과 낚시 가시면서 나를 데리고 가겠다고 하셨다. 흥분된 마음을 감추지 못한 나는 아침 일찍부터 준비하여 선창가로 나가 동행하실 분들을 만나 배를 타고 배낚시에 나섰다.

도시락도 준비하고 지렁이 미끼도 잘 준비하여 큰 고기가 잘 잡힌다는 낚시터로 갔다. 뱃머리와 뒤 그리고 양쪽에 각자 자리를 잡고 낚싯줄을 던졌다. 조금 있으니 유 선장님이 큰 돔을 낚아 올렸다. 나는 나의 낚싯줄을 두고서 그 큰 돔을 구경했다. 크기도 했지만, 비늘 색깔도 화려하고 팔딱거리는 모습이 참으로 싱싱해 보였다. 큰 형님도 고기를 낚아 올렸다. 또 한 분도 낚아 올렸다.

그런데 나의 낚싯줄은 입질도 없었다. 조금 후 입질이 있어서 줄을 올려봤더니 미끼만 따먹고 달아나버렸다. 미끼가 좋지 않아서 그런가 하여 제일 크고 싱싱한 갯지렁이를 낚시에 달아 넣어도 고기는 역시 오지 않았다. 그래서 내 자리가 나빠서 그런가 하고 답답한 생각이 들었다.

결국 내가 유 선장님께 자리를 바꿔 달라고 했더니 선선히 그렇게 해주셨다. 그 자리에 가 보니 잘 생기고 싱싱한 고기들이 여러 마리 낚여 물속에 잠긴 바구니에 담겨있었다. 나도 그곳에서 큰 돔 한 마리쯤 잡을 수 있겠지 하는 희망을 품고 바닷속에 낚시를 던졌다. 그러나 웬일인지 아무리 기다려도 고기의 입질이 없었다. 입질이 있어도 미끼만 따먹고 도망갔다.

그런데 내 자리로 옮겨간 유 선장님은 여전히 고기를 낚아 올리고 있었다. 그래서 나는 그곳으로 다시 고기가 몰려갔나 하고 속이 부글부글 끓어올랐다. 같이 가신 분들 모두 많이씩 고기를 낚았는데 나는 조무래기 몇 마리 잡았을 뿐이었다.

잠시 휴식을 취하면서 도시락을 먹을 때 유 선장님이 나에게 이렇게 말씀해주었다. 고기가 쉽게 낚이는 게 아니고, 고기가 미끼를 먹고 싶게 내가 유혹을 하여야 한다고 했다. 또 고기가 어디서 놀고 있는지 알아서 알맞은 깊이로 낚싯줄을 당기고 손끝에 오는 감촉을 느껴서 처음 고기가 와서 미끼를 먹으려고 할 때 낚싯줄을 당겨야 한다고 했다. 왜냐하면, 미끼가 도망가려 하면 빨리 잡아먹고 싶어서 고기가 입을 벌리고 달려들기 때문이라고 했다.

교육을 받고 나서 점심 후에 다시 낚시를 시작했지만 역시 잘되지 않았다. 썰물 때가 되어 낚시를 끝내고 돌아오면서 보니 나만 빼고 다른 일행들은 한 바구니 가득 물고기를 잡아 왔다.

집에 와서 곰곰이 생각해보면서 '나는 왜 그렇게 고기를 잡지 못했을까?'하고 또 화가 났다. 그렇게 벼르고 갔던 낚시였는데…. 그러면서도 유 선장님이 나에게 해주었던 조언에 대해서도 곰곰이 생각해보았다.

이후론 그 유 선장님의 가르침을 기억하면서 고기 입장에서 낚시를 거듭하다 보니 나도 조금 더 고기를 잘 낚게 되었다. 그러나 그런 기술이 하루아침에 얻어지는 것은 아니고, 실패도 맛보면서 몸에 익혀야 한다는 것도 알게 되었다. 운동경기도 어디 생각과 이론대로 곧장 잘할 수 있던가? 배우고 연습하고 실패도 해가면서 몸에 익혀야 비로소 나의 것이 된다는 것을 낚시를 통해 배우게 되었다.

어린이날 용돈

나는 아이들을 키우면서 돈의 가치를 알게 하고 저축하는 습관을 어떻게 하면 잘 가르칠까 고심하던 중 한 가지 아이디어를 생각해냈다.

그것은 용돈 지급을 차등으로 해 보자는 것이었다. 특히 어린이날 주는 용돈을 통한 교육을 시도해보기로 했다. 저축을 열심히 해야 한다고 아이들에게 늘상 이야기해온 것에서 진일보하여 더 구체적이고 구미가 당기는 방법을 써서 1년 동안 저축을 얼마나 잘하는지 보겠고, 무엇을 사고 싶으면 그 물건값의 반을 저축하는 사람에게 사주겠다는 약속도 해주었다.

나에게는 아들이 셋 있는데 생각과 행동이 제각각 다르다. 아마도 전세前世에서부터 발전하여온 과정이나 환경이 달랐던 것일까. 한 아들은 저축을 열심히 하는 편이나 또 한 아이는 돈을 잘 쓰는 편이고, 마지막 한 아이는 사고 싶은 물건이 많은 편이다.

이들에게는 각자 저금통과 은행 예금통장이 있는데 세뱃돈이나 외할머니, 당숙 그리고 다른 친척들이 집에 방문하면 주시는 용돈을 모아서 교회에다 십일조를 내고, 일부는 쓰고, 나머지는 통장에 넣는다. 예금이 조금씩 늘어나면 아이들도 기쁨을 맛보겠지 하면서 나와 나의 아내는 '가정의 밤' 때면 아이들에게 저축의 중요성을 강조하곤 했다.

그리고 "100원을 번 사람이 101원을 쓰면 평생 빚쟁이로 살고, 99원을 쓰고 1원을 저축하면 평생 여유롭게 살게 된다. 그러니 돈을 꾸어 쓰는 것을 질병 피하듯 하라"고 가르쳤다.

계획 한 바 그해 어린이날에는 아침 일찍 세 아들에게 저금통장과 예금통장을 가지고 거실로 모이라고 알렸다. 그리고 한곳에 모인 아이들에게 나는 저금통장과 예금통장에 든 저축액을 합한 금액만큼 어린이날 용돈을 주겠다고 선언했다. 그러자 아이들은 거실 바닥에 저금통을 쏟아놓고 돈을 세느라 정신이 없었다.

돈을 다 세고 난 아이들이 내 앞으로 다시 둘러앉았다. 그중 한 아들이 자신의 총저축액은 78,640원이라고 힘찬 목소리로 말했다. 그래서 나도 그에게 78,640원을 주었고, 그 아이는 의기양양하여 물러갔다. 이번에는 다른 아들이 저축액이 50,000이라고 했다. 나는 똑같은 금액인 50,000원을 그 아이에게 주었다. 그러자 그 아이는 다른 아이보다 적은 것에 약간의 부끄러운 표정을 하고 물러갔다. 마지막으로 다가온 아이의 저축액은 30,000원 정도라고 했다. 그리고 나는 그 액수만큼의 30,000원을 그 아이에게 주었다.

이후로는 세 아들 모두 용돈을 받으면 꼭 써야 할 곳 외엔 쓰지 않고 다음 어린이날을 위해 저축에 힘썼다.

도둑이 들어오고 있어요, 회장님!

내가 교회 선교부 회장으로 봉사할 때의 일이다. 당시의 부산선교부 경계는 부산, 경남, 대구, 경북, 제주였다. 젊은 선교사 120여 명이 둘씩 동반자가 되어 교회가 있는 곳마다 배치되어 하나님의 복음과 사랑을 전하고 있다. 그들의 나이는 19~22세로 생애 가장 건강하고 의욕이 넘치며 신앙에 따라 강한 간증을 전하는 시기이다.

동반자라는 이름으로 둘씩 짝지어 복음을 전하다 보면 온갖 어려움도 따른다. 그런 상황을 지혜롭게 헤쳐나가기 위해 선임(senior)과 후임(junior)이 정해지고 선임에게 최종 결정권이 주어진다. 또 자기 스스로를 잘 관리하기 위해 선교사 규칙이 주어지고 엄격하게 지키게 하고 있다. 아침에 일어나는 시각, 운동하고 샤워하는 시각, 식사 준비하여 식사하는 시각, 언어공부와 복음 공부하는 시각, 하루 일과를 동반자와 함께 기도로 계획하고 결정하는 시각을 준수한다. 귀가시각은 저녁 9시이며 돌아와서는 DL(district leader)에게 보고하고, DL은 ZL(zone leader)에게 보고하고 기도 후 잠자리에 든다.

이렇게 규칙적인 생활을 준수하면서 밤 10시부터 새벽 3시까지는 회장인 나에게 다음의 경우를 제외하고는 전화하지 말라고 권고하고 있었다. 이래야 우리 부부도 잠을 제대로 잘 수가 있기 때문이었다.

첫째, 아파서 병원에 실려 가야 할 경우
둘째, 집에 불이 났을 경우
셋째, 이 땅에서 전쟁이 발발하여 미국인들이 철수할 경우

그런데 어느 날 밤 12시가 넘은 시각에 구미 선교사 장로로부터 전화가 걸려왔다. 걱정하면서 받아보니 선교사 집에 도둑이 들어오려고 한다는 것이었다. 나는 우선 그를 안정시키고 절대로 문을 열면 안 된다고 일렀다. 그리고 어떻게 도둑이 들어오려고 하느냐고 물으니 밤중에 초인종을 누르고, 누구냐고 물으니 대답도 없고, 잠자리에 들려고 하면 또 초인종을 눌러댄다는 것이었다.

아직은 나이 어린 선교사들이어서 집에 있는 역기, 아령, 야구방망이 등을 도둑에게 휘둘러 인명 살상이라도 일어나선 안 된다는 판단으로 선교사들을 진정시키느라 애를 먹었다. 마음이 어느 정도 진정된 듯한 그들에게 이제 112에 전화하라고 일렀다. 그런데 신고를 했는데도 일정한 간격으로 벨을 누른다면서 도둑이 틀림없다고 했다.

나는 '우리나라 도둑들이 얼마나 영리한데 가져갈 것 하나 없는 선교사 집에 들어오겠는가?' 하고 생각하면서 그들을 계속해서 안심시켰다. 한참을 기다린 다음에야 경찰이 출동하여 그 도둑을 잡고 보니 도둑이 아니라 한 중년 취객이 정신을 잃고 쓰러져 있었다고 한다. 그 사람은 파출소로 실려 가고 선교사들은 마침내 잠자리에 들 수 있었다.

내가 아침에 파출소에 알아보니 그 사람은 술이 너무 취해 자기 집

과 호수는 맞는데 동이 다른 선교사 숙소에 온 것이었다. 가끔 만취해서 들어오는 그에게 부인이 문을 잘 열어주지 않는 경우가 많아서 계속해서 초인종을 누른 것이었단다.

내가 직장 생활할 때도 술 많이 마시고도 끄떡없이 집에 갔다는 얘기, 집 현관까지는 갔으나 신발 벗고 난 뒤의 일은 기억이 나지 않았다는 등 무용담처럼 자랑하던 사람들은 나이가 들어 저세상으로 먼저 가기도 했고, 건강 이상이 생겨서 문밖출입도 못하는 경우도 있다.

모든 사람은 절제할지어다. 본인 건강과 가족과 사회를 위하여….

나의 호 평산平山

나는 평소 호號는 작가나 화가, 작곡가, 정치인 등 인구人口에 회자膾炙되는 유명한 사람에게나 붙여지는 것이라는 생각을 하고 있었던 터라 자기의 호를 직접 지어서 불러 달라는 몇몇 친구들을 볼 때면 왠지 거북스러웠다.

또 호는 그럴만한 위치에 있는 분이 지어주어서 큰 뜻과 함축하는 바가 있어야 간직하고 지낼만한 가치가 있는 것 아닌가 하고 생각해오고 있었다.

그러던 차에 나의 처 외조부모 제사에 가서 만나 뵌 처 이모부가 "송 서방도 이제 나이가 들었는데 '송 서방, 송 서방' 하기가 거북하네. 호가 하나 있어야 하지 않겠나?" 하시는 거였다. 나의 처 이모부(효산 조정근)님은 전원불교 교정원장과 원광대 이사장을 역임한 분이다. 그분은 또 "생각한 글자가 하나 있는데, 전주에 있는 모악산 눌연訥然계곡의 완만함과 참음을 따서 '~연' 했으면 좋겠는데, 앞 자를 무엇으로 할까 하고 고민 중이네!"라고 덧붙이셨다.

그분은 나에게 고향 주소와 선조 명을 적어보라고 하셨다. 내가 모두 적어드리니 고조할아버지 함자의 '호'浩자를 따서 '호연'이라고 지어도 좋겠다고 의견을 제시하셨다. 그때 순간적으로 나의 집안과 관련

된 것들이 생각났다….

학자셨던 나의 할아버지의 호는 일산一山이고, 그의 장남이고 나에게는 백부가 되는 큰 큰아버지 호는 소산紹山이다. 원래는 '작을 소'小를 썼으나 주위 사람들로부터 고향의 큰 인물이니 '이을 소'紹를 써야 한다는 요청을 따른 것이라고 한다.

그리고 이 백부님의 넷째 아들 언종 형의 호는 봉산奉山이다. '두 어른의 뜻을 받든다'는 뜻도 있지만, 이 형님의 어릴 적 이름 '봉종'의 '봉'자를 활용한 차원도 있다.

이 형님으로 말하면 고등고시 양과에 합격하고 군수, 시장, 내무차관, 지사, 체신부장관, 초대 민선 광주광역시장을 역임하였고, 나의 삶에도 지대한 영향을 주었다.

내 호를 만든다면 이분들의 호를 이어받아 '~산'이 의미 있지 않나 생각하면서 나는 앞 자를 어떤 자를 붙여야 할지 궁리해보았다. 내가 송가이니 같은 음으로 '소나무 송'松자를 붙일까, 아니면 내가 태어나고 자란 전남 고흥 바닷가가 연상되는 '언덕 안'岸자를 붙일까 하다가 내 이름 '평'平자를 차용하여 '평산'平山이라고 하면 좋겠다고 생각했다.

나의 뇌리를 순간적으로 스쳐 지나간 생각들을 종합하여 나는 엉겁결에 처 이모부님께 "집안에서는 제 이름자 '평'을 차용해서 '평산'이라 부르기로 했습니다."라고 말씀드렸다.

그러자 처 이모부께서는 좋다고 하시면서 원불교 법호와도 비슷하다고 말씀하시며 앞으로 그렇게 불러주겠노라고 하셨다. 그리고 '호연’浩然은 아호로 사용하라고 하셨다.

이후 내가 책 한 권을 사서 이모부께 선물로 보내드렸다. 그랬더니 “평산, 책 잘 받았네. 고맙게 읽겠네.”라고 문자를 보내주셨다. 외부 어른한테 나의 호가 처음으로 불린 순간이었다.

앞으로는 고향 조카들도 서울 아저씨라고만 부르면 혼동할 수 있으니 ‘서울 평산 아저씨’라고 불러 달라고 해야겠다.

호는 이렇게 얼떨결에 생기나 보다. ‘평산’은 평범한 동네 뒷산을 의미하는 것으로 다박솔이 우거지고, 꿩, 산토끼, 노루와 산새가 사는 나지막한 산이다. 나는 그 산이 좋다.

내 인생의 황금기

나이가 들면 누구나 추억을 먹고 살아가는가 보다. 나와 가까이 지내신 분들도 만나면 추억어린 이야기들을 자주 꺼내곤 한다. 나에게도 많은 추억이 켜켜이 쌓여있다. 그중에서도 특별히 좋았던 시절이 언제냐고 묻는다면 나의 중학생 시절을 꼽고 싶다.

어린 나이에 서울에 유학 온 나는 여름방학이 되면 기다렸다는 듯이 삼등 열차를 타고 고향 집으로 달려갔다. 서울역에서 전라선 야간열차를 타면 세 사람씩 끼어 앉아 자리도 불편했지만, 마음이 들떠서 뜬눈으로 밤을 지새우곤 했다.

그중에서도 첫 여름방학 때 탔던 야간열차에 얽힌 이야기는 지금 생각해봐도 겸연쩍은 웃음이 절로 난다. 그때 나는 기차역에 서둘러갔지만 좌석이 이미 다 차버려 하는 수 없이 입석을 끊어 기차에 올랐다. 처음엔 참을 만했는데 점점 서 있기가 힘들어졌다. 그래서 내 앞에 앉은 사람의 의자 팔걸이에 기대었다.

그런 나를 보고 어린 나이에 서서 가는 것이 안쓰러워 보였던지 그 좌석에 앉은 사람이 자리를 비집고 나를 끼어 앉게 해줬다. 좁은 공간이나마 앉게 되자 노곤했던 나는 곧 잠에 빠지고 말았다. 내가 잠시 엉덩이를 붙였다가 다시 일어나기를 바랐던 자리 주인은 곤하게 자는 나를 차마 깨우지 못했나 보았다. 그대로 앉은 채 나는 대전, 전주, 남원, 구례에 이어 동트는 섬진강 강가를 지나 아침 해가 높이 떠오른 순천까지 가버렸다. 일어나 보니 나의 자리 주인은 어느 역에서 내렸는지 보이지 않고, 한 아주머니와 여학생이 내 옆에 앉아있었다.

순천에서 하차한 후 버스를 타고 3시간 정도 먼지 나는 비포장도로를 달려가면 마침내 고향, 흙냄새를 맡으며 땀내 나는 고향 사람들 사이를 지나 보고 싶었다. 부모님, 누님들, 동생들 그리고 동네 친구들을 만날 수 있었던 그때가 나는 제일 좋았고, 기억에 남는 시절이다.

지금 살아계셨다면 100세쯤 되신 나의 고모님은 일제 강점기 때 결혼하여 집도 없고, 돈도 없었지만, 그때가 좋았노라고 하곤 하셨다. 또 나의 사촌 형수님은 6.25 전쟁이 끝나고 어려운 시절을 보냈지만, 그때가 좋았노라고 하신다. 왜 그러신가 하고 여쭤보면 열심히 일하고, 아이들을 기르고, 배가 고프니까 모든 음식이 맛있었고, 주위 사람들보다는 상대적으로 덜 배고픈 삶을 살았기 때문이라고 대답하신다. 나의 셋째 누님은 4.19 이후 혼란스러운 시기였지만 우리 집의 농토도 불어나고, 농사도 풍성히 잘 되어 우리 일곱 식구가 나물밥이라도 먹는 게 그렇게 행복했노라고 한다. 내 아이들에게도 똑같은 질문을 하면 가장인 내가 자가용을 타고 출근하고, 자기들에게도 가끔 자가용을 태워주면 그때가 참으로 행복했다고 말한다.

또 다른 나의 좋았던 때는 1969년도에 은행에 입사했던 시절이다. 첫 월급을 받아 부모님께는 겨울 내복을 사다 드렸다. 그리고 곶감 한 다발(100개들이)을 사 들고 고교 은사님을 찾아뵈었다. 기쁨으로 화색이 가득하시던 그 은사님의 모습이 눈에 선하다. 그해 여름휴가 때에는 첫 월급으로 받은 돈을 은행에서 신권으로 바꿔 넣은 봉투를 어머니와 아버지께 각각 갖다 드렸다. 두 분의 흐뭇해하시던 모습 또한 잊을 수가 없다. 어머니께 들은 후일담인데, 아버지께서는 그 용돈을 쓰지도 않으시고 가끔 혼자서 만져보시기도 하고, 세어 보기도 하시더라는 것이다.

누구나 인생을 살다 보면 여러 가지 어려운 고비도 있고, 기쁘고 행복한 순간들도 있다. 그러한 모든 순간은 인생이라는 천에 함께 아로새겨지는데, 그중에서 가장 기운차고 건강하고 젊음이 약동하는 시기가 가장 좋은 시절로 새겨질 것 같다. 노년에는 모든 것이 풍족하고, 젊어서는 꿈도 꾸지 못했던 좋은 집에다 차에다 음식에다 사회보장과 의료혜택까지 누리고 살지만, 그보다는 피가 뜨거운 젊은 시절, 튼튼한 다리로 어디든지 뛰어다닐 수 있고, 가슴엔 사랑이 꿈틀대는 그 시절이 가장 좋은 때가 아닌가 하는 것이다.

지금이야말로 우리는 옛 왕이나 고관대작도 누리지 못했던 모든 물질적인 풍요를 향유하고 있다. 그런데도 그것이 행복한 추억으로 아로새겨지지는 않는 것 같다. 그렇게 볼 때 물질적인 것보다는 감사한 마음과 받은 복을 세면서 살아가는 게 보다 중요하다고 느낀다.

나는 '지금이 내 인생에서 가장 황금기다.'라고 되뇌면서 북한산을 오른다.

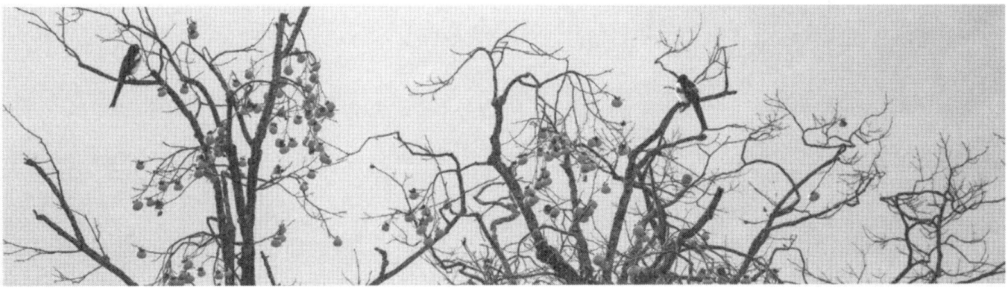

제 4 부

여름밤의 이야기

밤도깨비 이야기를 듣다가 스르르 잠이 들면
누님이 나를 업어다가 방에다 눕혀주었는데
아침에 깨어난 나는
마당 평상에 누워있던 내가
어떻게 방에 있는지 궁금해하곤 했었다.

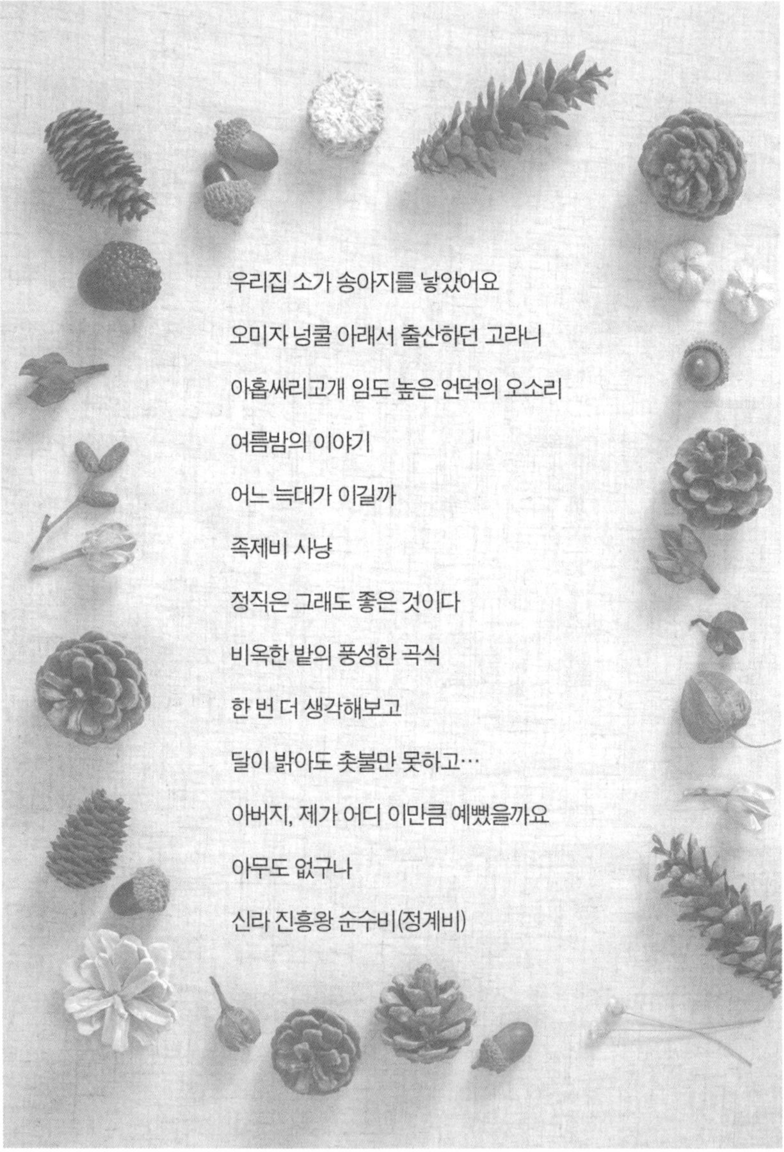

우리집 소가 송아지를 낳았어요

오미자 넝쿨 아래서 출산하던 고라니

아홉싸리고개 임도 높은 언덕의 오소리

여름밤의 이야기

어느 늑대가 이길까

족제비 사냥

정직은 그래도 좋은 것이다

비옥한 밭의 풍성한 곡식

한 번 더 생각해보고

달이 밝아도 촛불만 못하고…

아버지, 제가 어디 이만큼 예뻤을까요

아무도 없구나

신라 진흥왕 순수비(정계비)

우리집 소가 송아지를 낳았어요

우리나라에서 소는 굉장히 중요한 가축이라서 다른 가축, 즉 돼지, 닭, 염소, 개 등과는 달리 잔치나 명절에 고기로 사용하려면 관가에 허가를 받아야 했다. 그만큼 소는 집안에 큰 재산이었으며 논밭을 갈고 일을 시키는 지금의 트랙터 같은 존재였다.

우리집에는 항상 소가 있어서 학교 다녀오면 소를 몰고 나가서 풀을 뜯기거나 망태기 가득 꼴을 베어다가 먹이곤 했다. 오후가 되면 소나무밭에 매여 놓은 소를 들이나 산등성이로 몰고 가서 풀을 뜯기다가 해 질 녘이면 집으로 몰고 왔다. 집으로 돌아오는 길은 아카시아 향기 만발하고, 집집이 저녁 짓는 연기가 피어올랐다. 그때의 향기 어린 풍경은 평생 내 마음속에서 지워지지 않는다.

8.15광복 절에는 면에서 주최하는 대회에 참가하고자 동네 형들과 배구 연습을 하는 즐거움 또한 컸다. 8.15가 가까워지면 풀은 자랄 대로 잘 자라고, 날씨는 더욱 더워지고, 매미가 요란하게 울어댔다. 소먹이는 일이 따분해지는 오후 시간에는 소를 산이나 들에 매어 놓고 아이들과 고누를 두거나 오이 서리로 갈증을 달래기도 하고 때로는 나무 그늘에 앉아 만화책도 보면서 상상의 나래를 펴기도 했다.

그즈음의 어느 날 우리집 소는 풀잎이 풍성한 곳에서도 풀을 뜯어

먹으려 하지 않고 자꾸만 집으로 가려고 했다. 내가 그러는 소의 고삐를 바짝 잡고 먹이려 해도 먹으려 하지 않자 이상한 생각이 들어 고구마순을 조금 뜯어 먹여보았으나 같은 반응을 보였다. 나는 하는 수 없이 소 풀 뜯기기를 포기하고 동사무소 옆 공터에 있는 나무에 소고삐를 매어 두었다. 그리고 동사무소 앞마당으로 달려가서 형들의 배구연습을 구경하는 데에 몰두하다가 그만 어둑어둑 땅거미가 밀려오기 시작했다. 소를 매어 둔 것도 까마득히 잊어버린 나는 연습이 끝난 형들과 샘물을 길어 마시면서 떠들고 있었다. 그때 한 형이 "앗 저 소 좀 봐라." 하고 외쳤다. 웬 축구공만 한 둥근 것이 소 꽁무니에 달려 있고, 소는 이리저리 빙빙 돌고 있었다.

그것은 다름 아닌 우리집 소였다. 내가 한걸음에 달려가 보니 소고삐는 꼬여있고, 소는 해산의 진통으로 땀을 흘리며 고통스러움에 안간힘을 쓰고 있었다. 소를 잘못 돌봤다는 아버지의 질책이 머리를 스치고 지나가는 순간 송아지가 흰 거죽을 쓰고 소 뱃속에서 나오고 있는 게 아닌가! 소도 빙글빙글 돌며 한참 동안 신음을 하더니 흰 보자기에 싸인 송아지가 풀밭에 툭 하고 떨어졌다.

그런 다음 우리집 소는 그 흰 보자기 같은 애기 주머니를 다 핥아먹었다. 우리는 송아지의 탄생을 경이로운 눈으로 지켜보았다. 조금 지나서 어미 소가 된 우리집 소는 송아지를 계속 핥아주었다. 그러자 송아지가 비적비적 거리며 일어섰다 쓰러지기를 몇 번 반복한 후 마침내 일어나서 어미젖을 찾아 빨기 시작했다. 태어난 지 한 시간도 안 되어 걸었고, 걷자마자 어미젖을 찾아 빠는 송아지가 참으로 신기했다.

그 시각 기별을 받았는지 아버지가 오셨다. 아버지는 우리집 어미 소를 쓰다듬어 주시고는 갓 태어난 송아지를 가슴에 안고 앞장 서 가셨다. 내가 고삐를 쥐자마자 어미 소는 어린 송아지가 다칠세라 아버지를 졸졸 따라갔다. 그날 저녁 어머니는 새끼를 낳은 우리집 어미 소에게 곡식과 좋은 풀로 쑨 여물을 맘껏 먹게 해주었다.

이후 송아지는 무럭무럭 자라나서 어미 소가 쟁기질할 때면 한 두 둑도 거르지 않고 졸졸 따라다녔다. 그리고 나서도 한참 자라 목매기 송아지가 되자 나의 만류에도 불구하고 부모님은 송아지를 소장에 내다 팔기로 하셨다. 어미 소와 함께 데리고 가서 송아지를 팔고 돌아오는데 어미 소가 얼마나 울어대던지, 또 새끼한테로 가려고 몸부림치다가 코뚜레에 피가 흐를 정도였다고 한다. 그러고 나서 밤새 외양간에서 목이 쉬도록 송아지를 찾으며 울어댔다. 그 송아지도 밤새 어미 소를 찾으며 울었으리라.

사람이나 소나 새끼에 대한 어미의 마음은 매한가지다. 그때 우리집 소와 송아지의 모습이 지금도 눈에 선하다.

오미자 넝쿨 아래서 출산하던 고라니

6월은 온갖 산나물이 무럭무럭 자라나 우리의 입맛을 돋우는 계절이다. 이즈음의 녹음방초는 화려하게 피었다 지는 새봄의 벚꽃이나 매화 그리고 산수유 같은 꽃 이상으로 싱그러움과 아름다움을 더한다. 이 계절에 갖는 산행의 묘미 또한 더할 나위 없는 기쁨을 선사한다.

이러한 기쁨을 놓칠세라 우리 일행은 O형을 대장 삼아 아침 일찍 강원도 홍천으로 출발했다. 그곳은 두릅, 더덕, 병풍취, 곰취 등등 산나물도 풍성한 곳이다. 팔당에서 옥천으로 가는 남한강 가를 달리다 보면 따스한 물안개가 피어오르고 나지막한 산에서는 푸른 나무들이 싱그러운 합창을 하는 듯하였다.

우리의 산행 목적지는 육군과학화부대 한켠에 있는 산속이었다. 예전에 내가 땅두릅을 발견하고 채취한 곳이기도 하다. 가을이면 빨갛게 익은 오미자 송이들이 주렁주렁 매달려 있는 게 멀리서 보면 마치 꽃송이와도 같다. 가까이서 보아도 작은 전구들이 영롱한 불빛을 발하는 것처럼 보인다.

이때쯤이면 개구리와 뱀들도 밖으로 나와 사랑을 노래하고, 온갖 벌 나비도 부지런히 활동하고 새끼를 키운다. 동물이나 식물이나 생을 구가하며 새끼를 길러내고 풍요를 노래하는 호시절임에 틀림없다.

우리는 길가에 차를 세워두고 숲을 지나고 개울을 건너면서 조금씩 산속으로 들어갔다. 발아래는 온갖 산나물과 이름 모를 풀꽃들이 자라고 있었다. 조금 더 들어가니 오미자 넝쿨이 햇빛을 보기 위해 온갖 힘을 다하여 다른 나뭇가지에 대한 실례도 무릅쓰고 붙잡고 하늘로 하늘로 오르고 있었다. 다래나무, 칡나무, 머루나무 등도 뒤질세라 나무를 타고 올라가고 있었다. 오미자 넝쿨에는 꽃이 진 후 녹두 알만한 작은 열매들이 빼곡하게 달려 있었다.

우리 일행은 가을이 되면 다시 와서 빨갛게 익은 저 오미자를 따자며 산을 오르고 있었다, 그런데 얼마 지나지 않아 오미자 넝쿨이 연이어 어우러진 나무 아래에 한 동물이 보였다. 푹신한 풀들이 자라고 있는 평탄한 곳이었다. 산짐승은 인기척이 있으면 몇십 미터 전방에서도 사람 냄새를 맡고 후다닥 하고 튀어 달아난다. 그런데 이 동물은 바로 앞까지 우리가 다가갔는데도 움직임이 없었다. 이상하게 여긴 우리 일행은 혹시 죽은 동물인가 아니면 병들어 죽어가고 있는 동물인가 하여 한 발자국 더 가까이 가 보았다.

우리의 예상과는 달리 그것은 살아있는 고라니였다. 그 고라니가 놀라지 않도록 더욱 천천히 다가가 보니 아뿔싸, 새끼를 낳고 있는 게 아닌가. 새끼가 어미 몸 밖으로 두 다리를 내어놓고 있었고, 조금 지나자 머리 일부가 몸 밖으로 나오고 있었다. 생명 탄생의 기적을 목도하는 순간이었다. 이 경이로운 장면에 우리 일행은 경건해졌고, 그 고라니 어미가 새끼를 순산하게 해달라는 기도가 마음속에서 우러나왔다.

우리 모두에게서 고라니를 잡겠다는 '나쁜 생각'은 싹 사라지고 조용히 멀리서 조금 더 지켜보고 있다가 우리 인간이 자리를 피해 주는 것이 위대한 생명의 탄생을 축하해주는 것임을 깨닫고 가던 길을 다시 가기 시작했다.

아마도 그 고라니는 새끼를 낳아 태를 다 핥아먹고 나서 새끼에게 걸음마를 시키고, 젖을 먹이고, 인간이 없는 산속 깊은 곳으로 들어갔을 것이다. 아마도 그 어미 고라니는 자기를 항상 못살게 굴고, 돌을 던져 잡으려 했던 인간들이라도 새끼를 낳는 동안에는 조용히 축복해 주고 물러갔다고 생각하며 새끼에게도 우리의 미행을 미담 삼아 들려주리라.

그날따라 우리는 질 좋은 산나물을 많이 채취하였다. 아마도 그 고라니에게 잘 대해준 우리를 하나님이 축복해주셔서 좋은 곳으로 인도하셨나 보다고 생각하면서 기쁜 마음으로 하산하는데 저녁노을이 곱게 물들어 있었다. 식물이나 동물이나 인간은 모두 하나님의 피조물이니 각자의 영역 안에서 번성하고 후손들을 통해 기쁨을 맛보며 세상을 살아가라는 그분의 목소리를 들을 수 있는 하루가 무척 행복하였다.

아홉싸리고개 임도 높은 언덕의 오소리

강원도 홍천과 인제 사이의 아홉싸리고개에는 임도로 들어가는 길이 있는데, 임도는 23km나 되는 산허리를 구불구불 돌아 건설된 곳이다. 채취된 임산물이나 벌목된 나무들을 실어 나르는데 유용할 뿐만 아니라 산에 산불이 발생하였을 때 소방차와 소방대원이 차를 타고 빨리 접근할 수 있게 해준다. 이곳 도로에는 1-8, 2-6, 5-7과 같은 이정표가 세워져 있다.

이 임도를 따라가다 보면 봄이면 온갖 산나물들 즉 곤드레, 취, 참취, 잔대, 더덕, 두릅, 엄나무 순 등이 그들을 찾는 애호가들을 기다리고, 길가에는 민들레, 질경이, 독활 등도 자라고 있다.

산에는 도토리가 익어가고, 다래 머루도 익어가는 2017년 가을이었다. 나와 친구 몇 명은 산속 열매들이 손짓하는 그곳 임도로 향했다. 좋은 다래가 있나 하고 산허리를 둘러보았는데, 손닿는 데에는 좋은 열매가 없고, 키 큰 도토리나무를 타고 올라가서 꼭대기에 주렁주렁 달린 다래들이 우리를 내려다보며 놀리는 것 같았다. 여름날 강렬한 햇빛 속에서 익은 도토리나무 꼬투리에도 알토란같은 알맹이들을 품고 있었다. 그래서 우리는 조금 더 들어가 보기로 했다. 가다 보니 노루가 우리 앞을 가로질러 가고, 꿩이 푸드득 하고 날아올랐다. 차를

15~16km쯤 운전하며 천천히 들어가는데, 산허리를 잘라 길을 만드느라 형성된 10여 미터나 되는 수직 벽이 나타났다. 우리는 아슬아슬한 그곳을 지나가게 되었다.

그때 갑자기 한 동물이 우리 차 앞에 나타나더니 앞질러 뛰어갔다. 아무리 동물이 빠르기로서니 차보다 빠르겠는가. 우리를 데리고 간 O형이 운전을 빨리하여 그 동물을 따라가니 그 동물은 급하게 도망치느라 깎아놓은 수직 벽을 타고 위로 오르다가 미끄러져 내동이 쳐지고 또 오르려다가 다시 미끄러졌다.

그런 상황을 보자 일행 중 한 명이 "오소리다" 하면서 북한에서는 오소리를 잡으면 로또 당첨된 거나 다름없이 매우 비싼 값에 팔린다면서 국내에서도 오소리 쓸개는 곰쓸개 버금가서 한 마리의 쓸게 값이 200만 원을 호가한다고 했다. 그러면서 긴 자루가 달린 호미를 가지고 나가서 그 오소리를 내리치려고 하였다. 그래서 내가 그의 손을 잡으며 "오늘 우리가 온 것은 동물 사냥하러 온 것이 아니니 그러지 말게." 하며 만류했다. 그의 행동이 슬그머니 멈추었고, 오소리도 몇 번의 시도 끝에 1~2m 떨어진 곳 위로 오르는데 성공하여 줄행랑을 쳤다.

차에 돌아온 우리는 잠시 오소리에 대한 이야기꽃을 피웠다. 우리는 "이 숲속의 주인은 우리가 아니라 저 오소리, 노루, 고라니, 토끼, 꿩, 비둘기, 멧돼지가 그 주인이지." 하며 한바탕 웃었다.

어쩌면 오소리는 "이곳이 우리 아니 나의 터전인데 저 인간들이 '이상한 물건'(차)을 가지고 나를 쫓아오는데 나보다 더 빨리 달려서 하마터면 그 물건에 치일 뻔했어. 사람들이 길을 내느라 산허리를 잘라

수직 벽이 생겨서 도대체 뛰어오를 수도 없어. 게다가 아름다운 자연을 다 버려 놨어."라고 투덜거리며 가족들에게 불평을 토로할지 모르겠다. 그리고 "그 이상한 물건을 보면 얼른 숲속으로 숨어라. 우리가 제아무리 달려도 그놈은 이길 수 없어."라고 당부할지도 모른다. "정작 이 산속의 주인은 산에서 내어주는 알맞은 먹이를 취하며 욕심 없이 살아가는데, 인간들은 하나님의 자녀이며 만물의 영장이라 하면서 우리의 터전을 못 쓰게 만들어놓았다." 하며 원망도 하리라. 또 "우리는 필요한 먹이만 최소한으로 취하며 남을 해치지 않고 조용히 낳고 자라고 꽃피우고 열매 맺고 세상을 떠나가는데, 저놈의 인간들은 자기 필요한 것 이상으로 욕심을 부리고, 심지어는 자기 새끼네 필요한 것까지 미리 준비한다고 야단법석이지." 하고 책망도 할지 모르겠다.

우리도 이 세상의 풀, 곡식, 열매나 고기를 알맞게 취하는 염치가 좀 있었으면 좋겠다. 사람뿐만 아니라 모든 초목, 모든 물고기, 모든 동물 심지어 곤충까지 동시대에 살고 있는 만물은 서로의 존재에 감사하고 애정으로 대하는 것이 창조주가 원하는 바일 것이다.

우리에게 놀란 아홉싸리고개 임도에서 만난 오소리가 대대로 번성하고, 여생을 무사히 마치기를 기원해본다.

여름밤의 이야기

손자: 할아버지 생각했어요?

손자: 다리 몇 개?

할아버지: 4개

손자: 어디서 살아?

할아버지: 동네 살지요.

손자: 무서워?

할아버지: 조금은 무서워.

손자: 사람이 좋아해?

할아버지: 아니, 미워해.

손자: 어떻게 울어?

할아버지: 모르겠는데요.

손자: 빨라?

할아버지: 그럼 매우 빠르지요.

손자: 사람한테 이로워?

할아버지: 이롭지 않아요. 닭도 잡아먹어요.

손자: 꼬리가 길어?

할아버지: 꼬리가 길지요.

손자: 털 색깔이 무슨 색이야?

할아버지: 갈색이지요.

손자: 그러면 알았다. 족제비지?

할아버지: 맞았어요.

손자: 할아버지 다른 것 또 생각하세요.

여름 휴가 동안 미국에서 온 나의 손자 '호영'이와 저녁에 불을 끄고 방에 누워 '동물 이름 맞추기' 놀이를(손자는 '다리 몇 개' 놀이라 부른다) 한 내용이다.

재작년에도 그 아이와 이 놀이를 했었는데, 이번에도 "할아버지, 우리 '다리 몇 개' 하자요. 자리 펴고 누워서 불을 끄고 하는 거지요?"라고 해서 나는 그렇게 하자고 하였다.

나는 손자를 재우기 위한 방법으로 이런 게임을 하자고 했었다. 집짐승, 산짐승, 들짐승, 날짐승 등을 하고 나서도 손자는 재미있는지 그칠 줄을 모르고 책에서 읽었다는 아프리카 대륙의 '마못'에 이르기까지 이어나갔다.

이 얼마나 정겨운 놀이 모습인가! 내가 어렸을 적에는 저녁에 팥죽을 끓여 먹고서 누님들과 어머니 아버지가 평상에 누워 모깃불 피워놓고서 은하수를 바라보며 견우와 직녀 이야기, 북두칠성 이야기, 밤도깨비 이야기를 듣다가 스르르 잠이 들면 누님이 나를 업어다가 방에다 눕혀주었는데 아침에 깨어난 나는 마당 평상에 누워있던 내가 어떻게 방에 있는지 궁금해하곤 했었다.

그때가 마냥 그리워진다. 지금 저세상에 계신 어머니와 누님들이 보고 싶어 잠을 이루지 못하고 있다. 나의 손자들도 그런 추억을 간직하여 두었다가 내가 먼 나라로 여행을 떠난 다음 별을 바라보며 할아버지를 그리워할 수 있다면 얼마나 좋을까.

오늘도 나는 나의 아홉 손자 손녀들에게 그런 추억을 만들어 주고 싶다. 그리고 내가 배운 것들을 전해주고 싶다.

어느 늑대가 이길까

체로키 인디언 할아버지가 나무 그늘에 앉아서 사랑스러운 손자를 가르친 이야기다. 이 할아버지는 지혜로운 분이라서 어린 손자가 스스로 생각하고 성장하여 지혜로운 자가 되기를 바라면서 대화법으로 가르쳤다.

할아버지가 이렇게 말했다.

"사랑하는 나의 손자야, 내 얘기 잘 들어보렴. 모든 사람과 마찬가지로 네 몸 안에는 항상 싸움이 그치지 않고 있단다. 두 마리의 늑대가 으르렁거리며 싸우는 무시무시한 싸움이지.

한 마리는 분노, 시기, 질투, 슬픔, 욕심, 후회, 거만, 자기 연민, 죄책감, 분개, 열등감, 거짓말, 그릇된 자존심, 우월감, 이기심이 가득한 사악한 늑대야.

다른 한 마리는 기쁨, 평화, 사랑, 형제애, 희망, 고요함, 겸손, 친절, 자비, 공감, 관대, 진실, 동정, 믿음으로 무장한 선한 늑대야.

이 두 늑대가 무섭게, 처절하게, 죽기 아니면 살기로 살기가 등등하여 싸우고 또 싸우고 있단다."

손자가 이렇게 물었다.
"할아버지, 그 두 마리 중 결국은 어느 늑대가 이기게 되나요?"

할아버지가 지그시 눈을 감고 한참 뜸을 들이다가 대답하셨다.
"그거야! 네가 날마다 먹이를 주고 기른 늑대가 이긴단다."

생각을 곰곰이 하게 해주는 참으로 좋은 이야기다. 할아버지의 지혜가 훌륭하다.

족제비 사냥

족제비를 본 적이 있는가? 몸이 날렵하고, 행동 또한 민첩하고 영리하여 사냥을 잘하는 동물 말이다.

내 어릴 적 시골에서는 저녁 어둠이 내리기 시작할 때쯤이면 대숲 같은 데서 족제비들이 집 근처로 어슬렁어슬렁 나타나곤 했다. 그러다가 사람을 마주치면 눈 깜박할 사이에 담장을 넘어 이웃집이나 남새밭(텃밭)으로 달아났다.

닭을 많이 키우고 있던 우리집은 족제비가 닭을 잡아갈까 봐 닭장 상태를 잘 단도리 하고, 닭장 문 닫는 일도 소홀히 할 수 없었다. 저녁때가 되면 아버지와 어머니는 나에게 닭장 문을 확인해보고 오라고 내보내곤 하셨다.

어느 날 있었던 일이다. 그날도 역시 아버지는 나에게 닭이 다 들어왔는지 확인해보고 닭이 다 들어왔으면 닭장 문을 잘 닫고 오라고 당부하셨다. 그래서 닭장에 가 보았더니 닭장 속의 닭들이 이리저리 파닥거리고, 닭장 속에 숨어들었던 족제비가 인기척이 나자 재빨리 도망쳤다. 행동이 얼마나 빠르던지 족제비인지 여우인지 구별이 안 될 정도였다. 내가 큰소리를 치니 방에서 뛰어나오신 어머니가 조금만 늦었더라도 닭 한 마리 잡아먹힐 뻔했다고 하시면서 안도의 한숨을 내쉬었다.

그 일이 있은 후 며칠이 지난 어느 날 아침이었다. 아버지께서는 간밤에 족제비가 암탉 한 마리를 잡아갔다고 하시면서 닭장 대나무 창을 고치고 계셨다. 내가 살펴보니 대나무 창이 조금 휘어져 있어 약간의 공간이 생기기는 했지만, 족제비가 드나들 정도는 아닌 것 같았다. 저런 좁은 곳을 어떻게 족제비가 들어왔었는지 놀라울 따름이었다. 아버지의 말씀은 족제비가 용을 쓰면(머리를 쓰면) 몸을 작게 만들 수도 있고, 문틈으로 머리만 집어넣으면 나머지 몸은 어떻게든 들어갈 수 있다는 것이다.

닭장에 용을 써서 족제비가 들어왔다고 하자. 그렇다면 족제비 한 몸도 어려운 좁은 공간을 닭 한 마리까지 물고서 어떻게 빠져나갈 수 있었을까? 아버지가 다시 나의 궁금증에 대해 대답해주셨다. 족제비가 잡은 닭이 다리를 퍼덕일 때 다리 하나를 물어서 대나무 발 사이 밖으로 빼놓으면 대나무가 휘어지면서 자기는 물론 닭까지 빼내어 갈 수 있다는 것이다.

그런 족제비를 당해내기란 쉽지가 않다는 것을 인식하고 있던 동네 사람들은 어떻게든 족제비를 잡아야 한다는 공감을 하고 있었고, 잡은 족제비를 장에 내다 팔면 돈도 벌 수 있으니 일석이조가 아닌가 하는 생각들을 하고 있었다.

그때 나에게는 집안 조카인 봉수가 자기 형이 족제비를 잡을 수 있는 틀을 만든다고 하였다. 나는 호기심에 그 족제비 틀을 보러 가 보왔다. 사과 궤짝 옆구리 판자를 뜯어내고, 그곳을 입구로 만들었다. 그 입구에는 족제비가 좋아하는 참새를 잡아 구워서 실에 매달아 놓았다. 그러면 참새구이를 먹으려고 족제비가 그 실을 잡아당기면 입구 위에 만들어놓은 문이 아래로 찰깍하고 떨어지면서 족제비를 궤짝 속에 가두기 위해서였다. 한번 닫힌 문은 안에서는 열리지 않게 되어있었다. 요즈음 멧돼지 포획 틀도 비슷하다.

봉수와 나는 등불을 들고 잠자리채 같은 채를 만들어서 장대 끝에다 매달고서 밤에 참새를 잡으러 나갔다. 초가집 섶에 난 구멍에 참새가 들어가서 자는데, 그 구멍에다 장대에 매단 채를 쑥 집어넣었다. 그렇게 몇 번 시도 끝에 참새 서너 마리가 잡혔다. 우리는 잡은 참새를 봉수의 형에게 가져갔다. 그러자 그 형은 족제비가 구운 참새를 좋아한다고 하면서 모닥불에다 참새를 구웠다. 그 냄새가 얼마나 고소했던지 우리도 먹고 싶을 정도였다. 구운 참새를 상자 안에 늘어뜨린 실에다 매달고, 입구의 문을 위로 올려놓고서 우리집 창고 옆 대숲으로 가는 뒤뜰에다 갖다 놓았다.

나는 그날 저녁 잠이 오지 않았다. 조그마한 소리에도 혹시 족제비가 잡혔나 하고 나가 보았으나 족제비 틀만 그대로 남아있었다. 달빛은 한없이 밝았고, 족제비 틀 너머 감나무에는 감이 빨갛게 익어가고 있었다. 그날은 그렇게 지나갔다. 아침에 가 보아도 그대로였다. 족제비는 산 짐승을 좋아하지 구운 것은 좋아하지 않는다는 어느 어르신의 말씀이 맞는 것인가 하는 의구심도 들었다. 그렇게 하루 이틀이 지나가니 나의 호기심도 그만큼 줄었다.

며칠이 지난 아침에도 평상시와 같이 일어나 칫간(화장실)에 가면서 족제비 틀을 바라보았다. 그런데 웬걸 족제비 틀 입구의 문이 내려져 있고, 궤짝 판자 틈새로 한 동물이 날뛰는 모습이 보였다. 너무 흥분한 나머지 나는 칫간 가는 것도 잊어버리고 봉수의 형에게 뛰어가서 족제비가 잡혔다고 소리를 질렀다. 그래서 봉수의 형과 함께 뛰어와 살펴보니 과연 족제비 한 마리가 틀 속에 갇혀있지 않겠는가!

봉수의 형이 그 틀을 가지고 둠벙(물웅덩이)에 넣었다. 그러자 그 속에서 족제비가 한동안 요동을 치더니 죽었다. 그 형은 죽은 족제비를 꺼내면서 꽤 크다고 말해주었다. 우리 닭을 잡아가서 미워했지만, 막상 죽어 나오는 족제비를 보니 불쌍하고 안 돼 보였다.

이후로는 우리집에 다시는 족제비 틀을 놓지 못하게 하라고 나는 아버지 어머니께 당부했다. 봉수의 형도 다시는 족제비 틀을 우리집에 놓아두지 않았다.

그 족제비를 생각하면 지금도 안쓰러운 마음이다. 가끔 닭을 잡아가더라도 그것이 자연의 이치임을 어찌하랴! 하나님께서는 족제비를 그렇게 창조해 놓았으니 상생할밖에…

정직은 그래도 좋은 것이다

1970년대 우리나라는 북한의 무력 도발에 직면해 있었고 남북 양국 모두 군비 증강에 혈안이 되어있었다.

북한은 노농적위대를 조직하여 남한을 위협하였고, 또, 김신조 일당을 남으로 침투시켜서 청와대를 습격하여 박정희 대통령을 시해하려고 하던 때였다.

그래서 우리나라도 예비군을 조직하였는데 직장 중대, 지역 중대 등으로 편성하고 군 제대 군인들을 직장에도 채용케 하여 예비군을 육성하던 때였다.

내가 다니던 직장에도 예비군이 조직되어 중대장으로 예비역 대령이 와서 부점장급으로 일하였고, 하사관 출신도 1명이 왔으며 장교 출신, 각 병으로 제대한 사람들이 있어서 예비군이 조직되고 1년에 2회 이상 소집, 예비군 훈련소에 입소시켜서 각 병과 별로 훈련을 시키고, 실탄사격도 시켰다.

그러는 동안 정부에서는 각 직장 특히 공공성을 띠는 직장에는 예비군에게 잘해주고 지원을 아끼지 말라는 특명을 내려서 예비군 소집 때는 직장에서 일하지 않도록 배려해주고 점심도 주었으며 오가는 차편도 편리하게 제공해주었다.

처음에는 소풍 가는 기분으로 갔으나 몇 번째를 거듭할수록 훈련도 세게 시켰고, 또, 실탄사격이 있는 날에는 기합이 이만저만이 아니었다. 예비군 훈련장에는 현역 대위, 중위 등이 배치되어 있어서 여간 빡세게 시키는 것이 아니었다. 이미 군에서 모든 훈련을 이수한 이들은 잘도 따라 했으며 사격도 아주 잘하여 만점 맞는 사람도 있었다.

그러나 나 같이 노부모(60세 이상의 부모)를 둔 독자로 의가사 군 면제되었던 사람들도 예비군 훈련만은 면제되지 않았다. 그래서 군대 밥 한 끼 먹어보지 않은 나도 예비군에 편성되어 다른 군필자와 같은 조에 편성되어 훈련을 받았는데, 우선 군대 용어부터 어리둥절하고 남이 하는 대로 눈치껏 따라 하는 수밖에 없었다.

특히 각개 전투에서는 요령이 없어서 철조망을 뚫고 지나가다가 긁히기도 하고, 총을 처음 쏠 때는 겁이 나서 눈을 감고 쏘는 등 많은 실수를 범했다. 그중에서 장애물을 넘어가고 줄을 타고 건너가는 훈련을 할 때는 먼저 자기의 관등성명을 크게 외치고 뛰어가 줄을 타고 장애물을 넘고 또 줄을 타고 웅덩이를 건너가서 엎드려 쏴 자세로 언덕에 기대어 서서 적을 감시하는 훈련이었다. 모두들 "상병 OOO," 하고 뛰어가고, "병장 OOO" 하고 뛰어가는데, 나는 군대 갔다 오지 않았으니 참으로 난감했다. 그래서 어떻게 할까 하면서 마음을 졸이고 망설이는데, 막상 나의 차례가 되어 "방위병 송평종" 하고 뛰어나가니 모든 사람들이 내가 조금만 실수를 해도 "저러니까 방위지…" 하며 조롱하고 웃었다.

그렇게 훈련을 마치고 돌아오니 우리 직장 예비군 중대 본부에 계신 예비역 중위가 나를 불러놓고 그냥 "병장 송평종"이라고 하면서 뛰어나가도 아무도 모르는데 왜 군이 방위병이라고 하였느냐며 웃으면서도 핀잔 섞인 말을 하는 것이었다. 계급장을 달고 있지 않으니 다들 자기 계급을 한 단계씩 높여 부르고 나가는데 나만은 무슨 방위병이 좋은 계급이라고 큰소리로 외치고 뛰어갔느냐고 했다. 힐책 아닌 힐책을 들으며 돌아오는 차 안에서 웃음꽃이 피었다.

아 그렇지. 향토 예비군은 복장도 똑같고, 계급장도 없는 데다가 확인하는 사람도 없는데, 정직이 중요하다고만 생각했지 소위 군에서 말하는 '마이가리'(은근슬쩍 이라는 의미의 일본말)를 몰랐었다. 나중에 들어보니 방위병이 한 사람 더 있었는데, 그는 병장이라고 외치고 나가서 훈련을 마쳤다고 했다.

그러나 나는 내가 조금도 잘못되었다고 생각지 않았다. 그때 조금 웃음거리는 되었지만 지금 생각해도 흐뭇할 뿐 창피하지 않다. 이와 마찬가지로 그 순간을 모면하기 위해 거짓말하거나 정직하지 못했다면 두고두고 후회했을 것이고 남은 모르더라도 내가 나를 용서하지 못했을 것이다.

정직이 최고의 덕목이다. 잘못을 하거나 잘못 생각했던 것이 있다면 변명하지 말고 바로 사과하는 것이 훌륭한 인격자이고, 최상이라고 생각한다. 우리집 자녀들에게 주는 가훈도 '정직, 겸손, 근면'이다.

비옥한 밭의 풍성한 곡식

강원도 용평에서 잠시 쉬는 동안 나는 1,458km 되는 발왕산에 즐겨 올랐다. 그곳에 올라 태백준령과 동해 쪽을 바라보면 마음이 탁 트이고 시원해졌다.

그다음엔 도암댐에 가서 담수호를 구경하고 옛 화전민의 터전이었으며 지금은 고랭지 채소로 유명한 안반덕이 드넓은 밭을 구경할 수 있었다.

산 높은 곳의 안반덕이 비탈밭에 끝없이 펼쳐진 고랭지 배추포기들을 바라보면서 그렇게 풍성한 채소를 키워낸 토양 앞에 경이로움으로 머리가 절로 숙어졌다.

땅은 참으로 위대하다. 그 땅이 풍요로운 곡식을 품고 있으면 더욱 그렇다. 전라도의 넓은 평야에 황금빛의 벼 이삭들이 가을바람에 살랑거리며 또 고개 숙여 인사하는듯한 모습에서도 그런 경이의 감탄사가 저절로 터져 나온다.

익산 황등벌판은 어떤가? 아주머니들이 그곳에서 고구마 캐는 모습을 본 적이 있었다. 고구마 줄기에 주렁주렁 매달려 나오는 고구마를 보면서 땅의 위대함이 새삼 느껴졌다.

서울 홍대 앞 지하철역을 지나면서 어느 젊은 여성이 세 아이를 데리고 지하철을 타러 가는 모습을 보았다. 아이 둘은 양손에 잡고, 맏이인 아이는 그들 옆에 걸어가고 있었다. 그 젊은 여성이 참으로 훌륭해 보였다. 마치 사과나무에 사과가 주렁주렁 열려 결실을 기다리는 것 같았다.

지하철 밖으로 나오니 젊은 여성과 남성들이 떼 지어 가고 있었다. 그중에서도 이루 헤아릴 수 없이 많은 젊은 여성들은 발랄하고 건강미가 넘쳐 보였다.

그들을 보면서 문득 한 가지 생각이 내 머리를 스치고 지나갔다. '저 건강하고 활기 넘치는 여성들이 곧 짝을 만나 아이들을 낳아서 그들 손을 잡고 길을 걸어간다면 얼마나 더 아름답고 풍요로운 세상을 만들 수 있을까?' 젊은 여성이 엄마가 되어 고사리손을 잡고 걷는 모습이 내 눈에는 그렇게 선해 보일 수가 없다.

나의 며느리 셋 모두가 세 자녀씩 낳아 양육하는데 애를 쓰고 있다. 8살, 5살, 3살짜리 자녀를 둔 며느리가 서울에 와서 지하철을 탔는데, 한 할머니가 "이 아이들이 모두 색시의 아이들이요?" 하면서 "젊은 엄마가 어쩌면 이렇게 셋씩 낳아 기르느냐."면서 칭찬을 하셨다고 한다. 며느리로부터 그 얘기를 듣던 나도 흐뭇했다.

7명의 손자와 2명의 손녀가 우리 집에 모두 모인 적이 있었다. 그 아이들의 재잘거림과 시끌벅적대는 소리들이 내게는 소음이 아니라 사람 사는 소리로 들려왔다.

비옥한 토지에서 풍성하게 자라난 곡식들이 사람에게 풍요로움을 선사하듯이 젊은 여성들이 아이들을 낳아 업고 손잡고 가는 것을 보면 풍성함이 느껴진다. 그들은 우리에게 웃음과 기쁨과 풍성함을 선사한다. 내가 늘상 주장하듯이 모든 생물은 낳고 자라서 꽃피고 열매를 맺어야 이 세상에 온 사명을 다하는 것이다.

서울 홍대 앞 많은 젊은이들이 마음껏 생을 즐기면서도 자녀를 많이 낳아서 풍성한 열매로 세상을 빛낼 수 있기를 빌어본다.

한 번 더 생각해보고

내가 은행에서 계장으로 한창 열심히 배우면서 일하던 시기에 있었던 일이다.

그때는 내 나이가 30대였고 몸도 건강했으며 일에 대한 열정 또한 대단했다. 무엇이든지 배우려는 욕구가 있었고 바르지 않은 관행이라든가 불합리한 규정이 발견되면 상사에게 항의하는 경우도 더러 있었다.

당시는 우리나라에 한창 경제개발의 속도를 올리고 있었고, 한편으로는 민주화의 열망이 들불처럼 번지고 있었다. 그런 여파로 인해 시중은행들의 임원이나 부장, 지점장들은 은행 감독원과 감사원 감사를 제일 무서워했다. 그러나 실무자들은 전혀 무서운 기색을 보이지 않았다.

그러던 70년대 중반에는 본점 영업부 법인 당좌계장이 되었다. 상당히 선망의 자리였던 이유도 있었지만, 무엇보다도 일에 대한 의욕이 넘쳤던 나는 직원들과 거의 매일 야근까지 해가면서 직장 일에 최선을 다했다.

그때 한국은행에서 정기 검사를 실시하기 위해서 모든 본점 부서와 함께 직접 예금 대출을 하는 영업부에는 십 수 명의 베테랑 검사역(검사원)들이 들이닥쳤다. 말은 지도검사였지만 잘못된 것, 즉, 업무집행 등을 적발하도록 고도로 훈련받은 우리나라의 엘리트 은행원 검사역들이었다.

우리는 그들의 검사를 받으면서 한국은행의 업무지침과 또 은행의 예규집 그리고 각종 공문서의 하달 사항들을 들춰보고 절차와 내용이 위의 제 규정에 위배되는 사항이 없나 보고 상사, 즉, 대리, 차장님들과 상의하면서 업무를 진행해왔었다.

그런데 어느 검사역이 무조건 야단을 치고 기를 확 잡으려는 듯이 윽박질렀다. 그런 검사역에게 내가 예규집을 들이대면서 검사역이 잘못 아신 거라고 했다. 나의 그런 모습을 물끄러미 바라보던 차장님이 그때는 가만있더니 저녁에 조용히 나를 불러 응접실로 데리고 갔다. 그리고 내게 이런 말을 해주었다. "송계장, 열심히 일하고 있고, 규정도 부지런히 익혀서 잘하고 있지만 한 가지를 더 노력해야 겠어요."

내가 무엇을 어떻게 해야 되느냐고 되물으니 경험 많으신 분에게 옳고 그름을 따지는 식은 지혜로운 방법이 아니다. 그런 분들에게 대답하는 지혜를 길러야 한다고 조언해주었다. 피감기관인 우리는 검사관이 설사 어떤 문제에 대하여 잘못했다고 지적을 하면 그 자리에서는 수긍을 하고, 더 알아보겠다느니 더 확인해보고 말씀드린다고 해야지, 규정이 이렇게 되어있으니 검사관의 말씀은 옳지 않다고 대답하면 검사관은 자기 잘못을 확인하더라도 전혀 잘못을 인정하지 않으려는 경향이 있고, 속으로 '요놈 봐라 어디 두고 보자' 하면서 잘못한 일을 찾으려고 혈안이 된다고 말씀하시면서 다음과 같은 가르침을 주셨다.

"'오늘 검사시 어떤 문제가 잘못됐다고 야단을 치면 조용히 다 듣고 나서 제가 잘 모르니 다시 한 번 확인하여 말씀드리겠습니다.'하고 일단 물러 나와서 온갖 자료를 다 찾아서 확인하여 보고 중요한 명문 규정을 메모하여 두었다가 식사하고 일하러 들어오시면 차 한 잔 하신 다음에 그 규정의 메모를 들고 들어가서 이렇게 말씀드려야 하지. '오전에 검사관께서 이런 문제에 대하여 이렇게 말씀하셨는데, 제가 나가서 모든 규정을 찾아보니 이렇게 되어있었습니다. 이 규정이 혹시 바뀌었으면 제가 잘못 알고 있는 것이 아닙니까. 확인 한 번 하여 주십시오.' 이렇게 대답하면 그 분은 전문가이시기 때문에 금방 그 내용을 알아보시고 '거기 그 메모 두고 가게. 내가 다시 한 번 확인해보지.' 한 후 아무 말씀이 없으면 나의 의견을 받아주시는 것이니 옳고 그름보다는 피감기관의 직원 태도가 더 중요하다."고 하셨다.

그 후로 검사를 받을 때마다 그 상사의 충고대로 했더니 칭찬은 더 받고 지적사항은 더 적게 나왔다.

우리가 인생을 살아가면서도 직장에서처럼 가정에서도 웃어른이 무슨 말씀을 하면 즉각적으로 대꾸할 것이 아니라 한 박자 쉬면서 한 번 더 생각하고 말씀을 드리는 것이 참으로 중요하다는 것을 깨우치게 되었다. 그리고 그렇게 실천하면서 살려고 노력했다.

어릴 때나 젊어서는 웃어른과 부모님으로부터 지적받을 때 그것이 부당하다고 생각되는 경우가 많았는데, 이런 가르침을 먼저 배웠더라면 마음도 편하고 가족 간에도 더 평화로웠을 것이다. 그러나 그런 가르침을 받은 이후라도 그것을 실천할 수 있어서 감사하다.

이제 할아버지가 되어 자식들이라든가 손 자녀들과 이야기하다 보면 모든 세상사를 보는 눈이 나만 옳다고 할 수는 없는데, 그때마다 자녀들과 손 자녀들이 즉각적으로 할아버지가 틀렸다고 하면 기분이 안 좋으나 시간이 지난 후에 나의 말이 옳지 않을 수도 있다고 지적해주면 슬그머니 뒤로 물러나게 된다.

세상 이치도 이와 같아서 즉각적으로 대꾸하는 것 보다는 한 번 더 생각해보고 대답하도록 노력을 해야 한다. 그렇게 하는 것이 좋은 줄 알면서도 그렇게 되지 않는다면 노력에 노력을 기울여야 한다.

달이 밝아도 촛불만 못하고…

나는 어릴 적 농업과 어업이 조화를 이룬 시골 바닷가에 살았다. 그 시절 그곳엔 전깃불도 없었고 자동차도 없었다. 여름엔 모닥불을 피워 놓고 평상에 누워서 밤하늘을 쳐다보면 별들이 쏟아져 내릴 것만 같았다. 어느 날 밤에는 쏟아져 내리는 별똥별들이 마치 올림픽 경기장에서 다이빙 선수가 다이빙대에서 뛰어내리는 것 같았다.

그렇게 아름다운 밤에는 별을 보면서 우리는 "저 별은 신 참봉이요(짚신을 삼고 있는), 저 별은 각시별이요(모시를 삼고 있는 직녀)."라고 했고, 칠석날에 견우와 직녀가 은하수를 건너서 1년에 한 번만 딱 만난다고 얘기했다. 그래서 우리는 칠석날 잠을 자지 않고 견우와 직녀가 만나는 광경을 보고 자겠노라고 초저녁부터 눈을 말똥말똥 뜨고 기다리다가 어느새 나를 선두로 해서 차례차례 잠들고 말았다.

누님들과 나는 어머니 등에 업혀 방에 누인 줄도 모른 채 실컷 잠자고 다음날 아침에 일어났는데, 둘째누님이 나에게 "어젯밤 견우와 직녀 만나는 걸 보았니?" 하고 물었다. 나는 머리를 긁적거리며 못 봤다고 하니 자기는 보았다고 했다. 그래서 어머니께 진짜 둘째 누님이 견우와 직녀 만나는 걸 보았느냐고 물어보았다. 어머니 왈 "너희들 모두 다 잠들어 내가 방에다 업어다 뉘었는데 어떻게 보았겠느냐."라고 하셨다. 어머니도 구름이 끼어서 못 보았다고 하셨다. 그래서 내가 둘째 누님에게 거짓말쟁이라고 놀렸는데, 누님은 꿈에서 보았다고 둘러댔다.

칠석이 지나고 8월이 되면 보름달이 유난히 밝았다. 뒷동산에 두둥실 떠있는 달이 얼마나 크고 밝은지… 마치 대낮 같았다. 그 달이 비추인 동네는 낮같이 환했고, 우물 속에 비친 달은 정말 환상적이었다. 그런 달밤에는 잠이 오지 않고 나는 무어라도 하고 싶었다. 큰집에도 가보고 싶었고, 친구집에도 가보고 싶었다. 또 바닷가 모래사장에도 나가보고 싶었다.

그 달을 보고서 어머니와 누님에게 내가 보름달이 마치 해처럼 밝아 뭐든 할 수 있겠다고 하면서 집에 켜놓은 촛불과는 비교도 안 될 것 같다고 말했다. 그러자 누님은 그렇게 밝은 달이라도 촛불만 못하다고 했다. 나는 누님의 말에 극구 반대하면서 "밖에 나가봐. 유자나무가 다 보이고, 오동나무 잎사귀 그림자도 달빛에 어려 있고, 달빛에 대나무 떠는 모습도 다 보이지."라고 했다.

그때 어머니가 나에게 "이리 와 봐." 하시더니 반짇고리에서 바늘과 실을 꺼내 주시면서 달빛에 가서 실을 꿰어오라고 하셨다. 나는 그까짓 것 못할 게 뭐냐 싶어 달빛 밝은 마당으로 바늘과 실을 가지고 내려갔다. 그런데 그렇게 의기양양하게 나와 바늘에 실을 꿰어보려고 했지만 바늘귀가 보이지 않았다. 실도 잘 보이지 않았다. 한참 실랑이를 하고 있는데 누님이 나와서 엄마가 그만 방으로 들어오라고 하신다고 하여 바늘귀에 실을 꿰지 못한 채 방으로 들어갔다.

어머니가 이번에는 내게 촛불 앞으로 오라고 하셨다. 그리고는 더 가는 바늘과 실을 주시면서 다시 한 번 바늘에다 실을 꿰어보라고 하셨다. 촛불 앞에서는 쉽게 바늘귀에 실이 꿰어졌다. 그러자 어머니가 실 꿴 바늘을 받으시면서 아무리 달빛이 밝다 해도 촛불만 못하고, 아무리 촛불이 밝다 해도 햇빛만 못하다고 말씀해주셨다. 그리고 무엇이든지 자기가 안다고 우기지 말고 차근차근 다른 사람 이야기도 들어보고 잘 생각해서 대답하라고 하시면서 부모님의 사랑은 햇빛과 같고, 형제간의 우애는 촛불과 같으며 이웃이나 나라님의 사랑은 달빛과 같다는 가르침을 주셨다.

어머니의 그 가르침이 아직까지 기억에 남아있다. 그 후로 친구들간에 우기다가도 다른 사람이 우기면 나는 조금 뒤로 물러서서 생각하는 습관이 생겼다. 그로 인해 좋은 점도 있고, 손해 보는 경우도 있었으나 한 가지 얻은 교훈은 내가 항상 맞다는 보장이 없다는 사실이다.

아버지, 제가 어디 이만큼 예뻤을까요

사람이나 초목이나 동물이나 낳고 자라고 꽃피고 열매 맺고 죽는다. 이 순환과정은 생물이라면 모두 거쳐 가는 과정이다.

내가 시골에서 자라나던 어느 여름 저녁 식사로 맛있는 팥죽을 먹고 나서 가족끼리 평상에 둘러앉아서 이 이야기 저 이야기로 이야기꽃을 피웠다. 그 중에서 지금까지 기억나는 이야기가 있다.

결혼해서 첫 아이를 낳은 어느 손자부부, 증손자, 아버지, 어머니, 할아버지, 할머니가 한 자리에 모였다. 서로 담소를 나누다가 증손자가 발걸음을 떼면서 '아빠,' '엄마'하고, 넘어지고, 또 일어나고 하는 걸 보고 아이 부모가 잘한다고 격려하며 박수를 쳤다. 그러니까 그 아기도 일어서서 방긋방긋 웃으며 자기도 박수를 치면서 아빠 엄마 앞에서 또 넘어지고 또 일어나 걸어서 엄마 품에 안기는 것이었다.

아기의 그런 모습을 보면서 아기 아빠 엄마가 함박웃음을 짓자 그 아기의 할아버지 왈 "애미야, 애비야," 라고 하고 불렀다.

그러자 그 아기의 아빠 엄마가 아버지를 물끄러미 바라보니, 그 아버지가 "애비야, 애미야, 애가 웃고 걷고 박수치는 것이 귀엽고 기특하며 즐거우냐?"라고 하셨다.

그때 그의 아들이 무심코 "예, 아버지, 저 아이가 참으로 이쁘고 기특합니다."라고 대답했다. 그러자 그 아버지가 "우리 부부도 너를 낳고 기를 때 참으로 이쁘고 귀엽고 천지를 다 얻은 것처럼 기뻤단다."고 했다. 그 말을 들은 아기의 아빠가 "아무려면 이 정도로 이뻤겠어요?" 하였단다.

그때 가만히 듣고만 있던 아기의 증조할아버지가 담뱃대에서 연기를 뿜어내더니 "나도 처음 네 아비를 낳고 기를 때 그렇게 이쁘고 귀여울 수가 없었지."라고 하셨다. 옛 어른이신 증조할아버지는 증손자를 본 기분이 여간 좋은 게 아니라고 하면서 벼싹, 보리싹, 고구마순, 죽순 등등 만물의 새싹이 이쁘고, 귀엽고, 웃음이 난다고 하셨다. 또 병아리, 토끼새끼, 오리새끼, 송아지, 망아지 등 새끼들을 보아도 그렇게 이쁠 수가 없다고 하셨다.

모든 생물은 이 세상에 와서 씨를 남기고 가며, 새로 태어난 씨들은 이 세상 어느 것 보다 좋고, 이쁘고, 귀여워 그들의 뿌리인 부모님들이 좋아라 하는 것이라 했다.

나의 아이가 귀여운 것 같이 아이의 부모도 할아버지, 할머니께도 그랬고, 할아버지, 할머니도 증조부님께는 그랬으며, 증조부모님도 고조부모님께는 그렇게 똑같이 이쁘고 귀여웠다는 것을 평상에서 배웠다. 만고의 진리를 그때 배웠다.

아무도 없구나

지금 같은 산업사회가 되기 전 내가 살았던 시골에는 한 집에 4대, 즉, 할아버지, 할머니, 아버지, 어머니 그리고 아들 내외 그리고 출산을 한 새 며느리가 함께 살았다.

이런 집에서 할아버지, 할머니는 노쇠하여 들에서 거둬들인 벼나 고추 등을 마당에다 말렸다가 창고에 들이는 일을 하셨다. 마당에 펴놓은 곡식을 쪼아 먹으려고 오는 닭을 쫓는 일도 이분들의 일이었다. 아버지 어머니는 아들 내외와 함께 들에 나가 농사일을 했다. 그러다가 증손주가 태어나면 할머니가 돌보고, 아기 엄마도 나가 농사일을 도왔다.

가을에는 일손이 모자라서 모두 바삐 움직이고, 들에 나가 일하기에 집에는 늙으신 할아버지 할머니만 계시기 마련이었다.

나에게도 7촌 대부(할아버지와 같은 항렬인 남자 친척)가 계시는데, 아들 내외와 손자 내외 그리고 증손이 함께 살았다.

나의 큰 아버지 댁 사랑방에는 동네 사람들이 주로 모여 세상사는 이야기를 나누곤 했다. 그 할아버지는 아들 내외에게 안방을 내어주고 뒷방 신세로 살고 계시면서 이 사랑방에는 잘 나오시지는 않았지만 어느 날 그 할아버지가 몹시 화가 나서 이곳에 와서 털어놓으셨다는 이야기가 있다.

"지금 우리 동네에 예절이 없어졌어. 도대체 어르신 모시는 게 무너지고 어디 이웃 동네 사람들에게 양반마을, 효자마을이라고 말할 수 있겠는가.

오늘 아침 아들 내외와 손자 내외가 들에 나가 일하러 가고, 나 혼자 방 아랫목에 앉아 담배 한 대 피우고 있는데, 아랫집에 사는 손부가 방문을 열어보더니 나를 보고서도 '어, 아무도 없네' 하면서 문을 닫고 횡하니 가버리더라구. 공경하지는 못할망정 만났으면 인사라도 해야지. 내가 아무리 늙고 쓸모없는 사람이라도 '아무도 안 계시다'도 아니고 '아무도 없다'지 않나. 이런 배운데 없고 예절이 없는 사람이 우리 집안의 손부로 들어왔으니… 우리 집안의 망조이고 세상이 끝나려나. 하여간 윤리 도덕은 어디서 찾으란 말인가. 자네들 이 일을 어떻게 하면 좋겠는가?"

이렇게 말씀하시고 사랑방을 나가셨다. 그러면서 또 한마디 덧붙였다. "죽지 못해 사는 것이 큰 죄이지."

다음날 그 집안의 가장을 동네 어르신들이 불러다가 자초지종을 이야기하고 나서 우선 그 손부의 시아버지가 어르신 앞에 꿇어 엎드려 백배 사죄하고 자기가 며느리를 잘못 가르쳤다고 용서를 빌라고 조언해주었다.

어르신들의 말씀대로 그 시아버지가 어버지께 무릎꿇고 빌었는데,

할아버지는 뒤로 돌아앉아 "됐다. 내가 늙어 죽지 않고 이렇게 살아서 욕이 되니 내가 어서 죽어야지."라고 하는 것이었다.

그 뒤로 그 집 시아버지 시어머니, 시할머니까지 두 번 세 번 빌었으나 할아버지는 그들의 용서를 받아주지 않으셨다.

결국 시아버지가 그 며느리를 크게 꾸짖으며 친정에 가있으라고 했다. 그러자 이번에는 어린 증손자가 증조부 앞에 와서 무릎을 꿇고 사죄를 하며 "어머니가 보고 싶어요." 하는 것이었다. 결국 증조할아버지도 마음이 약해져서 "네가 무슨 죄가 있겠느냐. 외가에 가서 어미를 데려오너라."고 하셨다.

아들이 외가에 가서 어머니를 모시고 오자마자 그 증손부의 친정아버지가 할아버지를 찾아뵙고 딸을 잘못 가르친 죄에 대해 용서를 빌겠노라고 연락이 왔다. 그러자 할아버지는 그럴 필요 없다고 하시면서 "나는 얼마 있지 않으면 죽으리니 너희들은 이 양반동네의 윤리가 무너지지 않도록 하라."고 그 일을 마무리 지었다고 한다. 동네 유지들은 할아버지께 약주를 대접하면서 모두 마음을 풀었다고 한다.

말은 쏜 화살과 같다고 하였다. 한 번 잘못 뱉은 그 말 한마디가 그 집안의 손부, 시아버지, 할머니, 아들, 친정아버지, 그리고 동네 유지들까지 힘들게 했던 것이다. 이 이야기를 생각하면서 항상 말을 조심조심하고 살아야 겠다.

신라 진흥왕 순수비(정계비)

올해에도 날씨 좋은 날 하루 잡아 북한산 종주를 하고 싶었다.

그래서 잡은 날이 10월 16일 수요일이었다. 날씨는 쾌청하고 덥지도 춥지도 않은 천고마비의 계절이다.

다행히 동행해줄 두 사람을 찾았다. 평소에 맨발 걷기를 강조하고 등산을 즐기는 강건한 친구 그리고 나를 대동하여 홍천 땅에 있는 거의 모든 산을 섭렵해온 심마니 같은 친구가 함께 하기로 했다.

우리는 은평구 독바위 역에서 만나 족두리봉에 올랐다. 그리고 향로봉, 비봉, 사모바위, 문수봉을 넘어 대남문 대동문을 거쳐 백운대 정상에 오르고 나서 도선사로 하산하는 계획을 세웠다.

그 종주 중에 북한산 봉우리 중 비봉이라는 곳에 신라 진흥왕 순수비(정계비)가 있다. 지금 원비는 국립박물관이 보존되어 있고 그 자리에 사본이 서있다.

내가 몇 년 전 처음으로 올랐을 때에는 혼자 가서 그런지 무섭고 힘들었는데, 옆에 있는 전문가의 조언과 안내에 따라 그 비석에 접근해서 비문도 만져보고 했던 기억이 난다. 그때 하산 하면서 젊은 여성이 혼자서 그곳에 오르는 걸 본 이후로는 용기를 내어 북한산 산행을 이어왔다.

이렇게 수년간 이곳을 올라온 터라 오늘은 등산에 능한 두 친구들에게 그 비문을 만져보지 못한다면 평생 후회하게 될 거라고 큰소리치며 올라갔다. 그러면서도 나의 다리가 후들거리고 무서운 것은 어쩔 도리가 없었다.

그러나 혼자일 때보다는 함께 하는 친구들로 인해 훨씬 위안이 되고 의지가 되어 세 사람 다 무리 없이 비문에 손을 대어보고 내려오면서 '휴-' 하고 안도의 숨을 내쉬었다.

책에 추사 김정희가 이 순수비에 올라와서 탁본을 뜨고 연구를 하였다는 이야기를 읽어본 적이 있는데, 실로 어려운 일을 감행하지 않았을까 하는 짐작이 간다. 지금처럼 등산복이나 등산화도 없었을 테니 몇 몇이 핫바지 저고리에 짚신을 신고 올라왔을 것이다. 고작 미끄럼을 방지하기 위해 새끼줄로 발을 둘둘 감아 동여매는 게 전부였을 것이다.

지금은 질 좋은 등산화를 신고 올라도 경사진 바위를 오르기가 여간 힘든 게 아니고 발 한자국 잘못 디디면 아래로 추락할까봐 무섭고 겁이 나는데, 짚신 한 벌 신고 이런 곳에 올랐다니… 이해를 넘어서는 경지가 아닌가 한다.

어쩌면 추사선생은 올라오지 않고 젊고 날쌘 하인에게 탁본을 떠오라고 했을 수도 있다. 그러나 호기심 많고 고매하고 열정적이었던 추사선생이 순수비를 직접 만져보고 싶었을 가능성이 크고, 탁본이 아무리 잘 되어도 탈자가 있을 수 있기에 직접 이 북한산 비봉에 올랐을 가능성이 크다는 생각이 내 머릿속에 더 와 닿는다. 한복 입고 갓 쓰신 추사가 그 가파른 바위틈과 능선을 기어 올라가는 모습이 눈에 선하다.

사람들은 자기가 좋아하는 일을 하면서 열정을 불태우면 진정 행복하고, 그 일을 성취도도 높아진다. '재주 있는 자는 노력하는 자를 못 이기고, 노력하는 자는 즐기는 자를 못 이긴다.'는 말이 맞다고 생각한다. 앞으로는 점점 자기가 좋아하는 일을 열심히 하며 살아가는 세상이 될 것 같다.

내 나이 75세로 하루에 북한산을 종주하는 것은 쉽지 않다고들 걱정하지만 지금껏 계속 해온 터라 그냥 넘기기가 아쉬워 시행한 일이었다. 결국 종주를 마치고 나니 내년도 은근히 기대가 된다. 그렇게 할 수 있도록 건강관리를 잘 해야겠다는 다짐도 커진다.

THE
BOOK
OF
ANOTHER TESTAMENT
OF JESUS CHRIST
THE BOOK OF MORMON

제 5 부

전쟁과 만년필

그 만년필로는
일기와 감사를 전하는 편지를 쓰는데 사용하고
남을 질책하거나 나쁜 마음을 전하는 글을 쓸 때는
결코 사용하지 않겠노라고 다짐했고
그렇게 실천하면서 살아왔다.

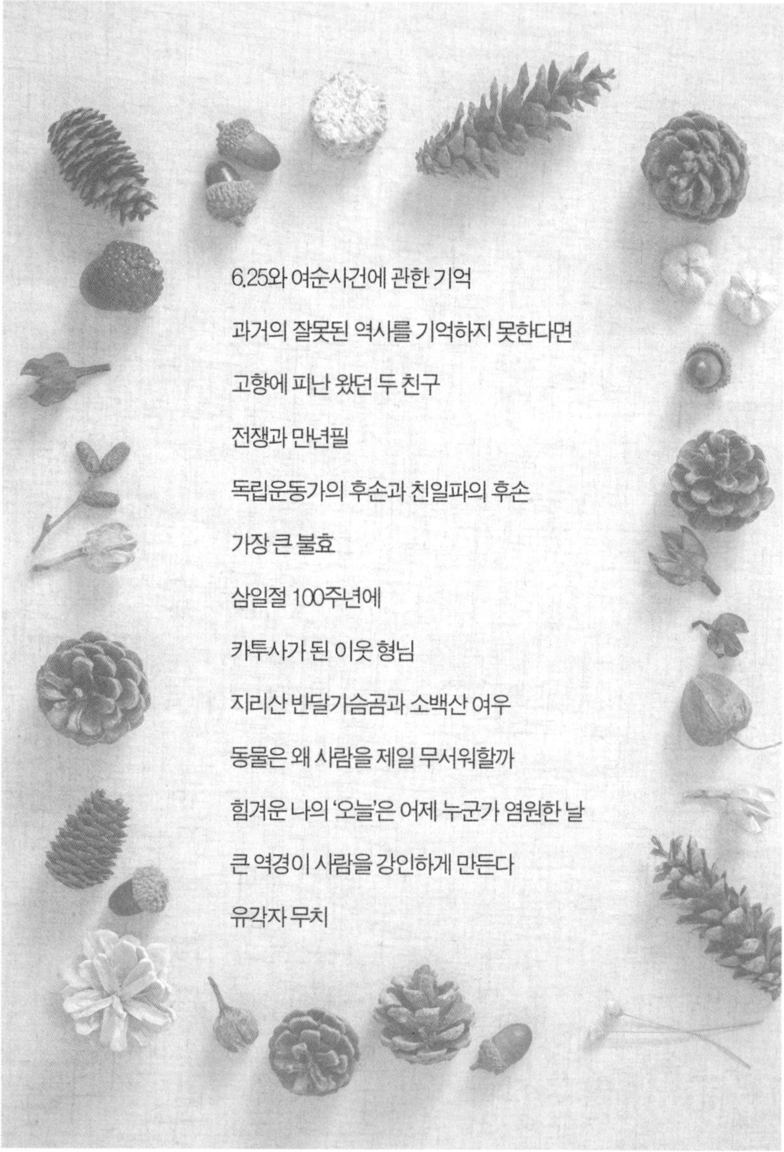

6.25와 여순사건에 관한 기억

과거의 잘못된 역사를 기억하지 못한다면

고향에 피난 왔던 두 친구

전쟁과 만년필

독립운동가의 후손과 친일파의 후손

가장 큰 불효

삼일절 100주년에

카투사가 된 이웃 형님

지리산 반달가슴곰과 소백산 여우

동물은 왜 사람을 제일 무서워할까

힘겨운 나의 '오늘'은 어제 누군가 염원한 날

큰 역경이 사람을 강인하게 만든다

유각자 무치

6.25와 여순사건에 관한 기억

전쟁에 대한 직접적인 기억은 내게 없다. 다만 전쟁으로 인하여 동네에서 일어난 사건에 대해서는 몇 가지 잊지 못할 기억이 있다.

첫째는 우리 부모님이 쌀을 헛간 짚더미 아래에 묻어놓은 항아리에 숨겨 두고서 그 위에다 짚을 높이 쌓아두었던 것이고, 둘째는 우리 선산 뒤편에 있는 보성산에서 공비들이 밤늦게 횃불로 연락을 취하는 모습의 목격이었다. 우리집 툇마루에 앉아 있으면 바다 건너 산에 불이 올라갔다. 고흥의 우리 뒷산에서도 횃불이 올라갔는지는 본 적이 없다.

그 무렵의 어느 날 우리 동네에 전쟁 소식이 전해졌다. 총을 쏜다는 소리에 나의 부모님과 누님 그리고 동네 사람들이 이불을 갖고 원굴(큰 굴)로 들어가 피신을 했다. 총알이 솜을 뚫지는 못한다면서 굴 앞쪽을 이불로 막았다. 총을 맞으면 누구나 죽는다고 했다. 무서웠다. 나의 어머니는 이불을 굳게 붙잡고 나를 당신 뒤에 숨기는 것도 모자라 굴속에 있는 흙더미 속에 숨으라고 했다. 어느 시점에서인지 나는 졸음을 참지 못하고 잠이 들었다. 얼마나 잤는지 모르지만 깨어보니 집이었다. 누님이 업어서 데려온 모양이었다. 이웃동네 관덕리는 불에 탔고, 사람들도 많이 죽었다고 했다.

그 사건이 있은 후 6.25 전쟁도 끝나고 여순사건도 끝난 시점인데 군인들이 우리 동네에 들어왔다. 그리고 아주 험악한 일이 벌어졌다.

동네 사람들을 한곳에 모아놓고 여인네들과 아이들은 멀리서 보게 한 후 성인 남자와 청년들을 서로 마주 보게 한 다음 한쪽에서 빰을 때리면서 "아나, 공산주의!" 하면 다른 쪽 역시 빰을 때리면서 "아나, 공산주의!"를 번갈아가면서 하게 했다.

나의 아버지는 하필 4촌지간인 송동 당숙과 마주서게 되었다. 어찌 사람으로서 할 짓인가! 그래서 서로 살살 때리면 개머리판으로 엉덩이, 종아리를 사정없이 때렸다. 참으로 반인간적이고 가증스러운 짓을 우리 국군이라는 자들이 자행했다. 공산주의를 혐오하도록 하는 교육이었다.

그런데 그 보다도 더 가증스러운 일이 어느 추운 겨울에 일어났다.

군인 몇 명이 총을 가지고 우리 동네로 들어왔다. 젊은이들을 사상교육시킨다는 미명하에 동네 사람들을 동네 앞에 있는 한 논에 모이게 했다. 나도 어머니 치맛자락을 붙잡고서 그곳으로 나갔다. 집에 있다가 들키면 총살을 당한다고 했기 때문이다

그들은 동네의 청장년들을 앞으로 나오라고 해서 수십 명을 일렬로 논바닥에 엎드리게 했다. 거의 간격이 없이 엎드리게 한 후 초가지붕을 덮는 이엉을 이들 위에 덮은 다음 몽둥이를 들고서 이들 위를 질겅질겅 밟으면서 엉덩이를 두들겨 팼다. 두들겨 맞는 청년들의 신음소리가 동네 산에 메아리쳤다. 소름끼치는 일이었다. 몽둥이로 선량한 민간인을 두들겨 팬 자들은 다름 아닌 우리 군인들이었다. 그들은 마치

망나니가 날뛰듯이 몽둥이를 내리치는 것 같았다. 천인공노할만한 그들의 악행을 제어할 힘을 가진 사람은 우리 중 어느 누구에게도 없었다. 그들은 그 일을 즐거이 하고서 장교의 인솔 하에 이웃 동네로 이동했다.

지금 같으면 어떻게 그렇게 할 수 있겠는가. 사람의 탈을 쓴 군인은 무소불위였다. 그런 군인들을 왜 우리는 그토록 지원하고 의지한 것일까. 거창사건, 제주 4.3사건 등등 수도 없이 저질러진 군인들의 행태는 논의의 대상이 되고 비난받아야 마땅하다.

공산주의를 말살한다는 명분하에 수도 없이 저질러진 우리 군인들의 만행이 종식되어야 했음에도 1980년대에 광주민주화 운동 때 전두환 일당이 또 그런 만행을 저질렀다. 참으로 개탄스럽지 않을 수 없다.

과거의 잘못된 역사를 기억하지 못한다면

동유럽 여행 중 체코의 프라하에 위치한 옛 유태인 거주지역 게토를 방문했을 때의 충격도 컸지만 폴란드의 아우슈비츠 포로수용소를 둘러보고서는 치가 떨리고 다리가 후들거리며 정신이 멍해졌다.

그곳에는 유대인들의 소지품인 안경, 지갑, 가방, 구두, 벨트 외에도 어린이들이 갖고 놀았을 인형 같은 것들이 진열되어 있다. 그 광경을 본다면 누구라도 눈물을 흘리지 않을 수 없을 것이다.

잘못된 지도자 한 사람 때문에 수많은 사람의 희생, 특히 유대인들의 학살이 이루어졌고, 하나님의 아들딸들의 학살에 가담했던 사람들의 영혼을 병들게 했다. 심지어는 국가의 권력자들이 학살을 앞둔 수용자들을 속여 캐나다로 갈 수 있는 가짜 여권과 배 승선표까지 팔았다는 안내자의 말을 들었을 때는 인간이 마지막으로 지켜야할 보루마저 팔아먹었던 자들이 아닌가 하는 생각이 들었다.

때마침 유태인 고등학생들이 아우슈비츠 견학을 온 모양이었다. 실제로 가족 중에 이곳 포로수용소에서 목숨을 잃은 사람이 있다면 후손들의 느낌이 어떻겠는가? 자칫 복수심이 가득차오를 수도 있을 것이다. 그러나 그 복수심은 다시 그들에게 큰 교훈을 곱씹는 계기가 될 것이다. 그래서 이곳 정문에는 “과거의 잘못된 역사를 기억하지 못한다면 그 역사는 되풀이 된다."고 적혀있다.

우리나라도 일제 강점기에 목숨을 걸고 독립운동에 나섰던 조상들의 기록을 읽을 때면 지금도 눈물이 난다. 단재 신채호 선생도 바른 역사를 후손에게 가르치면 결코 나라가 망하는 일이 없을 것이라고 가르쳤다.

우리의 가정사나 과거의 잘못된 점을 바르게 이해하고 그것으로부터 교훈을 얻어 좀 더 나은 사람, 좀 더 발전된 생각, 더 나아가 훌륭한 행동으로 이어질 때만이 우리에게는 밝은 미래가 펼쳐질 수 있는 것이다.

모름지기 역사로부터 배워 더 좋은 나라, 더 좋은 사회, 더 나은 가정, 더 나은 나 자신을 만들어보자.

고향에 피난 왔던 두 친구

6.25 전쟁 후 나의 고향에 피난 왔던 두 친구가 있었다. 도시에서 살다 와서 그런지 두 사람은 아는 것도 많고 이야깃거리도 많았는데, 아쉽게도 초등학교 4~5학년을 마치고 둘 다 부모님을 따라 서울로 가버렸다.

한 명은 최원규라는 친구였는데 나와 같은 반이었다. 체구도 우리들보다 크고, 북한 말투를 썼다. 공부 또한 월등히 잘 했다. 나도 제법 공부를 잘 하는 편이었으나 그 친구를 따라 갈 수가 없었다. 그런 그에게 선생님의 칭찬도 자자했다.

다른 한 명은 김상복이라는 친구였다. 그와 함께 피난 온 가족은 아버지 어머니 고모 등이었는데, 고모가 서울 멋쟁이였고, 아버지도 깨인 분인지 서울 다녀오면 라디오도 가져오고 아들을 위해 야구 글로브도 가져와서 우리도 함께 가지고 놀곤 했다.

나도 초등학교를 졸업하고 사촌 형님 따라 서울에 와서 진학했지만 이 친구들과는 다시 만날 기회가 없었다. 그런데 중학교 1학년 때 어느 날 길을 따라 걷다가 서울중학교 교복을 입은 최원규를 잠시 스쳐간 적이 있었다. 분명 그인 줄 알았지만 나는 그에게 말을 붙여보지 못하고 그냥 지나치고 말았다. 김상복 친구도 동네 아이들을 통해 경동

중학교에 들어갔다는 소식을 간접적으로 들었다.

나는 대학을 졸업하고 은행에 들어가 일하며 자녀 셋을 다 키우고 퇴직 후 내가 다니는 예수 그리스도 후기 성도 교회 부산 선교부 회장과 서울 성전회장 부름을 수행하고 나서 시간이 좀 나자 그 친구들 근황이 몹시 궁금해졌다.

그래서 나는 궁리 끝에 서울고등학교 졸업생인 한 친구에게 최원규를 찾아 달라고 부탁했고, 경동고등학교 65년 졸업생 친구에게는 김상복을 찾아달라고 부탁했다. 그러나 막상 이들 연락처를 받아들고서는 망설여졌다. '이들이 나를 기억할까?' '전화하면 반가워할까?' 등등 여러 가지 생각들이 교차했기 때문이다.

잠시 동안의 망설임 끝에 나는 최원규 친구에게 먼저 전화를 걸었다. 내가 "최원규씨 아닙니까?" 그랬더니 "누구세요?" 라고 나에게 물었다. 그래서 내가 서울고등학교 출신 OOO 소개로 전화를 드렸다고 했더니 OOO 친구는 잘 안다고 했다, 그래서 전남 고흥이라는 곳에 피난 와서 학교 다닌 적이 있느냐고 했더니 그렇다고 했다. 다시 나는 내 이름을 밝히고 옛 친구들, 담임 선생님 성함도 상기시켜주었지만 기억나지 않는다고 했다. 그러나 그는 통화할 수 있어서 반갑다면서 지금 동해시에 사니 서울 오면 한 번 보자고 하고 전화를 끊었다.

다음엔 1년 후배 김상복에게 전화를 걸었다. 그는 나와 한 동네에서 살면서 2.5km 거리의 학교까지 통학하면서 많은 추억을 함께 쌓으며 보낸 사이였지만 나를 모른다고 했다. 다만 나의 고향 풍류리에 피난 와서 두원초등학교에 다녔다는 것은 기억한다고 했다 지금은 대전에 살고 있고, 부모님은 모두 돌아가셨고, 딸 셋을 두었는데 모두 시집보냈다고 했다.

이들은 왜 나를 기억하지 못하며 내 전화를 반기지 않는 걸까? 초등학교 시절에 그렇게 명석하고 공부도 잘한 아이들이었는데….

아마도 부모님과 어려운 피난살이를 하던 그들로서는 농사를 지으면서 그런대로 어렵지 않아 보이는 농촌 아이들이 부러웠던 걸까? 그리고 그 어렵던 피난 시절을 더 이상 떠올리고 싶지 않아서일까?

여하튼 여러 방면으로 노력을 기울인 결과 60년 전의 친구들의 안부를 전할 수 있어서 반가웠고, 그들이 우리 대한민국에서 가정을 이루고 잘 살아왔다는 생각에 감사했다. 비록 살아온 긴 이야기를 나눌 기회는 아직 갖지 못했지만….

대신 최근 연락이 된 고향의 집안 조카 둘을 만나 지나온 세월 이야기도 나누고 격려도 해주는 시간을 가져야 겠다.

늙어가면서 옛 추억을 먹고 사는가 보다.

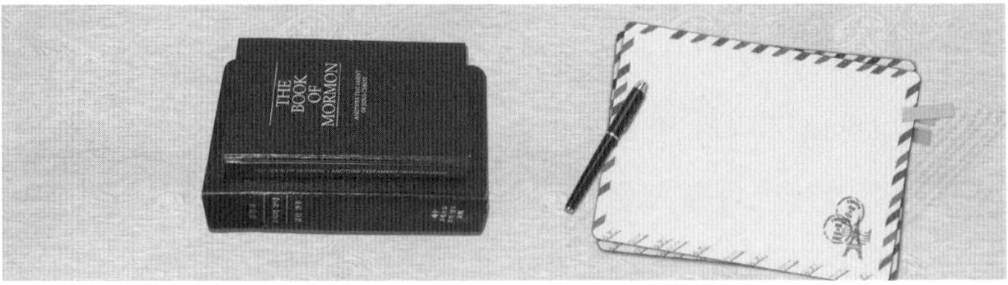

전쟁과 만년필

나처럼 대한민국에서 해방 전후로 몇 년 사이에 태어난 사람들은 6.25라는 동족상잔의 비극을 어머니의 치맛자락에 싸여 겪고, 그 전쟁으로 인한 폐허 속에서 초등학생 시절과 중 · 고등학생 시절을 보내면서 4.19 학생혁명을 목격한 이후 대학생활을 시작하였을 때는 군 입대 연령이 되었다.

그 시기인 1964년 9월에 월남 전쟁이 발발했고, 약소국이었던 우리나라는 국토방위, 즉 공산주의를 막아내는 데는 미국의 힘이 절실했기 때문에 미국의 요청에 따라 월남 전쟁에 뛰어들게 되었다.

나의 기억으로는 비둘기부대(전쟁 부상병 치료를 위한 의료부대)를 먼저 보내고, 수도 기계화 보병 사단과 맹호부대를 파견하게 되었다. 맹호부대 파견 즈음에는 가수 최희준씨가 부른 '맹호부대'가 길거리에 울려 퍼졌다.

> 자유 통일 위해 조국을 지키다가
> 조국의 이름으로 님들은 뽑혔으니
> 그 이름 맹호부대 맹호부대 용사들아
> 가시는 곳 월남땅 하늘은 멀더라도

한결같은 겨레마음 그대 뒤를 따르리라

이 군가가 방송과 시내를 뒤덮었다. 나의 친한 친구들도 차출되어 속속 월남전에 참가하게 되었다. 제일 먼저 S군이 비둘기 부대로 파병되어 갔고, 뒤 이어 K군도 맹호부대로 입대하였다. 주위에 있는 집안들 중 한 명쯤 월남전 참전하지 않은 가정이 없을 정도였다.

월남전에 참전하여 혁혁한 공을 세웠다는 소식이 TV, 라디오, 극장가의 대한뉴스에 흘러나왔다. 매번 승리와 영웅담이 소개되어 세계에서 우리 군이 가장 강하고 용맹한 줄로 알았다.

그러나 한편으로는 전사자가 계속해서 늘어나고 태극기에 덮인 관들이 국립묘지로 옮겨졌다. 월남전에 참전한 친구들이나 가족이 있는 가정에서는 매일 기도를 드리고, 어머니들은 정한수를 떠놓고 새벽마다 무사귀환을 빌었다. 4~5명의 친구들을 월남 전장에 떠나보낸 나 역시도 학교에서나 집에서나 심지어는 잠을 잘 때도 두 다리를 쭉 펴고 편히 잠들지 못하고 조마조마한 생활을 하였다.

그런 시간이 어느 정도 경과하면서 전쟁에 대한 생각들이 조금씩 무디어질 때 쯤 친구들이 하나 둘씩 귀국하기 시작했다. 친구들이 돌아오면 환영행사에도 가고, 군부대에 면회도 가고, 휴가 나오면 모두 모여 기쁨을 나누었다. 돌아온 친구들은 선물로 라이터도 가져오고, 양주 조니워커도 가져와 함께 마셨다.

나와 가장 친한 친구 K군은 나를 위해 파카만년필을 선물로 사왔다. 그가 월남 전쟁터에 있을 때 내가 보낸 위문편지가 그렇게 고맙고 위안이 될 수가 없었다고 하면서 긴요한 필기도구가 되었으면 한다고 했다. 그 만년필은 그렇게 나의 특별하고 좋은 필기구가 되었다. 나는 그 친구를 늘 기억하면서 그 만년필로는 일기와 감사를 전하는 편지를 쓰는데 사용하고 남을 질책하거나 나쁜 마음을 전하는 글을 쓸 때는 결코 사용하지 않겠노라고 다짐했고 그렇게 실천하면서 살아왔다.

나는 60여 년간을 이 만년필을 사용하고 있으며, 이 글도 그 친구를 그리며 그 만년필로 쓰고 있다. 그러나 그 친구는 병마를 이기지 못하고 멀리 미국 시카고 아들 집에서 세상을 떠났다. 이후 미국에 가서 그 친구 부인과 아들과 함께 그 친구 묘지를 세 번 방문했다. 그의 묘지 앞에 설 때마다 그 친구가 그립고 또 전쟁 중에도 그 친구의 답장이 기다려지고 그리워하면서 보냈던 시간들이 머리를 스쳐 갔다. 친구는 갔어도 우정은 영원하며 아름다운 추억이 깃든 이 만년필은 여전히 남아 나의 글쓰기 친구가 되고 있다.

친구여, 낙원에서 편히 쉬게! 나는 우리의 우정을 담아 자네가 전장에서 사다준 이 만년필로 편지를 쓰네. 나중에 만나면 그간 쌓아둔 이야기들 끝없이 하세나!

독립운동가의 후손과 친일파의 후손

내가 직장에서 한참 일할 때 주위에서 알게 된 서로 비교되는 두 사람이 있었다.

한 사람은 독립유공자 후손이었고, 다른 한 사람은 친일파 후손이었다.

독립유공자자가 직장에서 일을 하다가 규정에 조금 어긋나는 일을 하여 인사위원회에 회부된 적이 있었다. 그는 자신이 행한 일을 소명하기 위해 인사위원회에 출석할 때 보따리 하나를 가지고 와서 풀어놓았다.

그것은 다름 아닌 독립유공자 선정증서였다. 할아버지가 대한독립유공자여서 늘 자랑스럽다면서 그런 후손이 작은 이해관계에 얽혀서 잘못한 게 아니라 단지 실수와 옆 사람의 잘못을 내치지 못해서 생긴 일이라고 읍소하였다.

나중에 그에게 더 자세한 이야기를 들은 바로 그의 할아버지는 전라북도 어느 부농의 아들이었는데 독립운동을 위해 가산을 다 팔아 독립군 자금을 대었고, 가족의 안위와 영달 보다는 모든 것을 조국의 독립을 위해서 일하느라 자녀들을 공부시키는 데는 엄두도 못 내고, 할머니, 어머니가 겨우 삯바느질을 해서 입에 풀칠을 했다는 것이다. 그 와

중에도 일본의 고등계 형사들의 눈초리 때문에 조그마한 일도 마음대로 할 수 없어서 거의 패가가 되었다고 한다. 아버지도 제대로 일을 못하고, 자기 자신도 겨우 변두리에서 고등학교를 졸업하고 이 직장에 들어오게 되었는데, 뼈대 있는 가문의 자손으로서 자기는 결코 부정을 저지를 마음이 없었고, 옆 동료의 비행을 막지 못해서 일어난 일이라고 항변했다.

다른 한 사람은 공부도 많이 하고 직장에서도 촉망받는 중견간부였다. 그는 가정이 유복하고 교육도 제대로 받았으며 지금도 주요 요직을 두루 거치면서 약삭빠르게 사익을 챙긴다.

가까이에 있다 보니 친해지게 되었고, 그는 나에게 자신의 가족 이야기를 털어놨다. 자기 할아버지는 일제 강점기에 고관을 지냈고, 아버지도 교육을 많이 받아서 모 기관의 장을 지냈다고 한다. 모두들 어려운 시절인데도 그는 집에 전화기와 자가용이 있다고 했다. 그런 유복한 그를 모두들 부러워했다. 잘 먹고 잘 입고 좋은 자리를 골라 다녔다.

어느 날 저녁 나는 두 사람의 상황을 생각하면서 과연 이 두 갈래의 길이 내 앞에 놓여있다면 '나는 과연 어떤 길을 택할까' 하고 자문해보았다. 참으로 어려운 문제였다.

처음 언급한 사람의 할아버지인 독립유공자는 나라의 독립을 쟁취하기 위해 자신의 온 재산과 목숨을 바쳤고, 두 번째 언급한 친일파 할아버지는 약삭빠르게 가산을 지키고 가계를 지켰다.

그러나 내가 내린 결론은 우리는 나라를 위해서 자유와 신앙을 위해서 자신의 모든 것을 바친 사람들을 존중하고, 국가가 당연히 보살펴야 하고, 사회가 따뜻이 그들을 품어야 한다. 이들 역시 떳떳이 국가에 도움을 요청할 수 있기를 바란다. 이들이 계시지 않았다면 지금 우리가 누리고 있는 자유, 민주, 경제적 풍요 등을 어떻게 누릴 수 있었겠는가?

한 대가 희생하며 자녀를 잘못 가르치거나 가난해지면 그 후손들이 교육을 제대로 못 받게 되고, 사회에서도 소외계층화 될 수밖에 없다.

가장 큰 불효

이문열 작가의 『선택』이란 책 속에는 『디미방』을 저술한 한 할머니의 이야기가 나온다. 거기에 인용된 할머니의 말씀은 이러하다.

“수많은 죄를 지어도 불효만큼 큰 죄는 없고, 아무리 큰 불효를 저질러도 부모보다 먼저 죽는 것보다 더 클 수는 없다.”

예로부터 부모가 돌아가시면 산에다 묻지만 자식이 먼저 죽으면 부모 가슴에다 묻는다고들 한다. 자식을 앞세우고 평생 가슴에 자식을 묻어 안고 사는 어머니를 나 역시 보아왔다.

내가 고교 동기회 회장을 맡고 있던 시점에 졸업 40주년을 맞이했다. 내 생각으론 40주년 기념은 조촐하게 하고 50주년 기념행사를 크게 하기를 원했다. 그러나 많은 학우들은 50주년 때는 직장에서 은퇴하는 사람도 많고, 건강이 나쁜 사람들도 있으니 기다리지 말고 40주년 행사를 성대하게 치르자고 했다. 다수의 의견을 존중하여 나는 회장단과 행사 준비위원회를 구성키로 하였다.

학우들이 학교 졸업 후 각자의 위치에서 열심히 살아온 덕분에 기금 모금에는 별 문제가 없을 것으로 예상하여 상당한 예산을 세우고 호텔 신라를 예약했다. 우선 졸업 40주년 기념 동기회 모임 소식을 전하면서 각자 부담할 금액과 보낼 계좌를 알리는 서신을 보냈다.

그 서신을 띄우고 10여 일이 지났을 때 내가 근무하고 있던 은행에 한 점잖은 부인이 나를 찾아왔다. 예금하러 오셨거나 대출이 필요해서 찾아오신 분인가 하여 창구로 나갔다.

그런데 그 어른이 나에게 인사를 하며 "송평종이 맞느냐?"고 했다. 그래서 내가 "네, 제가 송평종입니다."라고 대답했다. 그러자 "고맙다"라며 다시 인사를 했다. 내가 얼떨떨해 하니 "죽은 내 아들 노길생을 기억해줘서 고마워서 이렇게 찾아왔어요."라고 했다. 실상 나는 그의 이름이 어렴풋이 기억났지만 얼굴은 전혀 기억나지 않았다.

그 어른은 봉투를 하나 내밀고서 "동기회 모임 잘하게. 그리고 나의 큰아들 노길생이도 친구들이 기억해주면 좋겠네." 한 후 총총히 나가셨다.

그때 나는 제대로 된 인사도 못한 채 내 방으로 돌아와 건네받은 편지 봉투를 열어보았다. 봉투 속에는 죽은 아들 길생을 기억해줘서 고맙다는 인사말과 함께 졸업 40주년 기념행사를 축하하고, 다른 친구들도 아들 길생을 기억해달라는 편지글이 적혀있었다. 그리고 상당한 양의 찬조금도 들어있었다.

내가 실수하여 이미 타계한 동문한테까지 편지를 보냈던 것이다. 거기다 일부러 오신 학우의 어머니를 방으로 모셔서 차라도 대접해드리지 못한 게 내내 죄송스럽고 후회스러웠다. 그간의 이야기도 좀 들어드렸어야 했는데….

나는 동기회 준비모임하면서 이 어머니의 이야기를 들려주었다. 그리고 10월 13일 스승님들을 모시고 부부 동반하는 모임을 성황리에 치룰 수 있었다. 그 어머니를 비롯하여 여러 분들의 쾌척이 있었기 때문에 성대한 행사를 마쳤지만 기금이 남아 후임자에게 넘겨줄 정도였다.

모임을 마친 다음 나는 부회장 2명과 함께 과일 한 상자와 동기회 기념사진과 비디오 CD 및 다른 선물들을 챙겨가지고 노길생 친구의 모친을 찾아뵈었다. 안양에 살고 계셨다. 마치 아들이 저 세상에서 환생한 것처럼 우리를 반겼다.

이후 나는 임기를 마친 후에도 그 어머니께 가끔 연락드렸다. 후임 회장단도 찾아뵐 때마다 그렇게 반가워하셨다고 한다.

그렇게 하여 그 어머니는 동기회 모임 때마다 금일봉을 쾌척해주셨고, 졸업 50주년에는 큰돈을 주셨다. 또 우리 모교 한성에다가는 한푼 두푼 모아두었던 돈 1억원을 기부금으로 내놓으며 일찍이 세상을 떠난 큰 아들을 기리는 장학금으로 써달라고 했다.

교회 선교회장과 성전회장으로 몇 년간 봉사를 마친 후에 친구들과 함께 그 어머니를 찾아뵈었더니 90이 넘으신 연세에도 내 이름을 기억하며 반겨주셨다. 어머니는 우리 친구인 먼저 간 큰 아들 외에 두 아들이 있지만 그 아들을 그렇게 잊지 못하고 가슴에 묻어두고 그의 친구들을 대하시는 거였다.

그러니 세상의 자식들은 모두 부모님을 생각하여 항상 건강에 유의하고 바르게 살아서 부모님께 효 중에 가장 큰 효를 기억하고 기억하며 살아야겠다고 그 어머니의 영전에서 다짐해본다.

아울러 오랜 세월 가슴에 묻어두었던 큰 아들과의 기쁜 상봉의 시간이 되시기를 간절히 빌어본다.

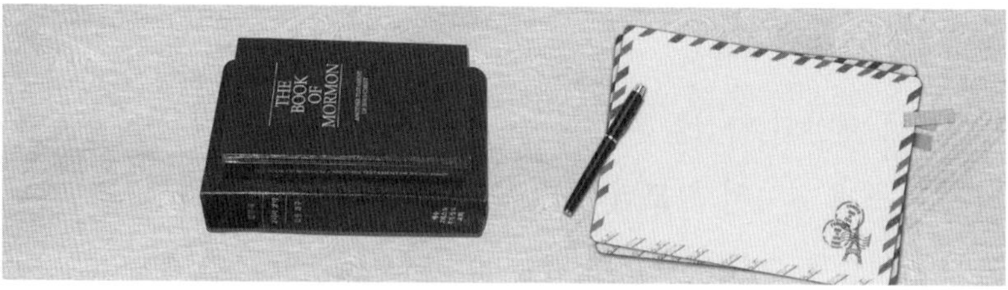

삼일절 100주년에

나는 아버지로부터 "왜놈을 미워하지는 말되 왜말을 배우지는 마라."는 당부의 말씀을 듣고 자라났다.

왜정 시대에 내가 다니던 전남 고흥 두원초등학교에도 일본 선생이 왔었는데, 한국 사람과 한국 학생들을 깔보고 함부로 대하였단다. 일본이 패망하여 돌아갈 때 그 선생은 한국 사람들에게 혼줄이 나서 야반도주했단다. 그러나 한국을 사랑하고 한국인과 학생들에게 깨우침을 주고 심지어 학교 앞에 무궁화를 심고, "여러분, 공부를 열심히 하여 여러분의 나라가 세계에 우뚝 서는 나라로 만들기 바랍니다."고 가르쳤던 선생과는 다시 만나자고 하면서 눈물로 헤어졌단다.

내가 봉사했던 교회의 부름 중에서 회원 복지사업과 관련된 부름을 받아 일하고 있을 때 아시아 지역 복지책임자로 도쿄사무실에서 일하고 있던 유키오 구마자와라는 훌륭한 소양과 마라톤을 좋아하는 장로가 있었다. 그는 2004년 가을 한국 담당자 훈련을 위해 왔다.

어느 날 그와 함께 차를 타고 우이동 도선사까지 가서 북한산을 오르기로 했다. 북한산은 단풍이 그지없이 아름다웠고, 다람쥐가 뛰어놀았고, 하늘은 파랗다 못해 거의 남빛이었으며 계곡물은 졸졸졸 상쾌한 소리를 내며 흐르고 있었다.

산을 오르면서 구마자와가 자못 진지한 얼굴표정을 하고서 "우리 일본인들이 식민 통치 36년간 한국 사람들에게 도대체 무슨 잘못한 것이 있어서 한국 사람들이 일본인에 대하여 응어리를 풀지 않고 있나요?" 하고 물었다.

그는 그들의 잘못에 대해 교육도 받지 못했고 깨닫지도 못하고 있었다. 나의 대답은 이러했다. "다음 세 가지만 우선 생각해보시라."

1. 일본인은 우리에게 성을 갈라 하고 창씨 개명을 요구했다. 우리 한국인들에게 성을 간다는 것은 가족의 패망과 목숨을 잃을 거라는 생각을 갖게 한다.

2. 일본인은 우리에게 우리말과 세계에서 가장 잘 만들어진 우리글을 못쓰게 했다. 일본 글자는 우리 한글이 표기할 수 있는 음성의 1/5밖에 못쓰는데도 말이다.

3. 일본인이 우리의 왕비(민왕후) 즉, 나라의 황제비를 살해했다.

"이것만 생각하면 나도 당신의 조상들(일제식민지 치하의 통치자와 순사 군인 등)에게 적개심이 불탄다."

그랬더니 그가 다시 "일본인들이 한국인들에게 좋은 일을 한 것은 없나요?"라고 물었다.

내가 다시 대답했다.

"물론 있지요. 그것은 우리가 서구에 문을 늦게 열어서 모르는 것들이 있었기 때문이었지요.

첫째는 학교를 세운 것

둘째는 우편제도를 확립한 것

셋째는 한국에 철도를 부설한 것(이것은 비록 만주침략을 목적으로 한 것이지만)

이런 것들이 우리나라의 발전을 도모하는데 도움이 되었지요." 했다.

그런 이야기를 하는 가운데 한참 걸어서 인수봉 밑에 다다랐을 때 그는 이렇게 얘기했다.

"송장로의 얘기를 들으니 나도 화가 납니다. 그 못된 군인들(단순한 명령과 복종만 존재했던)이 아무것도 모르면서 그런 나쁜 짓을 했군요. 사과합니다."

그 얘기를 듣고 백운대 정상을 밟은 후 하산하면서 내가 "일본인들은 왜 사과를 할 줄 모르냐. '군위안부'와 '강제징용노동자' 등에 대하여 잘못된 것은 잘못되었다고 이야기를 못하는 백성인 것 같다."고 했더니 자기가 나에게 대신 사과하겠다고 하여 웃고 말았다.

아무것도 모르는 군인에게 핑계를 대는 일본 현재의 지식인과 북한산을 내려오면서 씁쓸한 입맛을 다시지 않을 수 없었다.

카투사가 된 이웃 형님

1954년도 겨울 우리집 이웃에 사는 K형님이 카투사에 들어갔다.

초등학교밖에 나오지 못했지만 이 형님은 당당한 카투사가 되어 휴가 나올 때마다 미제 초콜릿이며 드롭스 또는 의약품들을 가져왔다. 간간이 그 귀한 것들을 한 두 개씩 선물로 받은 이웃들은 그 형님을 몹시 부러워했다. 미국 군인과 생활하면서 초콜릿, 드롭스, 고기 등을 매일 먹고 지낸다고 하지 않는가!

이 형님이 제대 전 휴가 때는 재봉틀까지 한 대 사가지고 왔다. 그때까지는 동네에서 우리 큰집에 '싱거'라는 회사의 상표가 붙은 재봉틀 한 대 밖에 없었다. 그러니 동네 어른들은 재봉틀 가져온 이 형님을 효자 났다며 이구동성으로 칭찬을 아끼지 않았다.

나는 궁금하여 그 형님에게 돈이 어디서 나서 그 재봉틀을 사왔느냐고 물었다. 그런데 그 형님 대답이 놀라웠다. 그 형님은 기름 관리하는 직책을 맡고 있었는데, 동료 한명과 함께 기름을 몰래 빼내서 판 돈을 나눠가졌다며 무용담처럼 이야기 해줬다.

나는 남의 물건을 팔아먹는 것은 도둑질이 아니냐고 다시 물었다. 그 형님은 또 미국은 부자나라니까 조금 빼내도 괜찮다고 대답해주었다.

초등학교 6학년이었던 나는 '도둑질'과 '괜찮다'는 말 사이에서 얘기로만 듣던 '의로운 도둑' 임꺽정을 연상했다. 하지만 도둑은 도둑 아닌가!

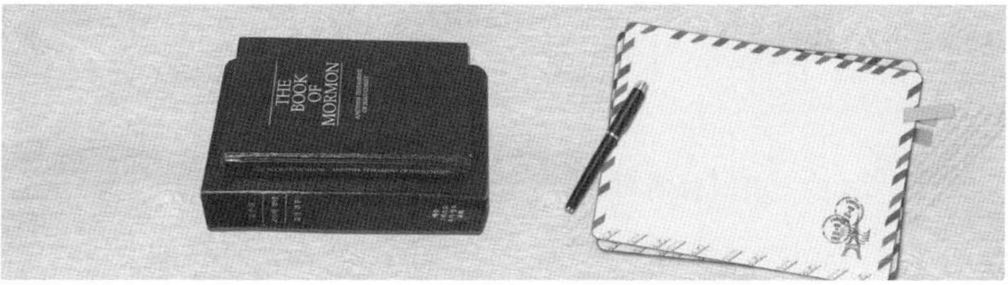

지리산 반달가슴곰과 소백산 여우

미 대륙을 발견한 콜럼버스는 강인한 성격과 모험심이 강한 사람이었을 것이다. 그래서 남이 해내지 못했던 지구가 둥글다는 학설을 몸소 증명해 보이고 싶었고, 또 그런 모험을 즐기도록 태어난 사람이었을 것이다. 그래서 지구가 평평하다는 생각을 가지고 있던 시절에 험한 바닷길로 지구의 반대편까지 가서 인도양이 아니라 대서양을 건너면 인도에 가리라는 확신을 가졌고, 그 확신을 증명하기 위해 용감하게 바다에 뛰어들어 1492년 드디어 아메리카 대륙을 발견했을 것이다.

예나 지금이나 용감하게 탐험을 좋아하는 사람이 있고, 아프리카를 탐험했던 리빙스턴도 있지 않은가. 이런 사람들은 태어날 때부터 용감하고 탐험을 좋아하는 DNA를 가지고 태어났을 것이다.

요즈음 동물의 세계에서도 이와 같이 탐험, 즉, 미지의 세계를 동경하여 용감하게 서식지를 벗어난 두 동물의 이야기를 접하고 보니 동물 중에도 콜럼버스 같은 기질을 가진 녀석들이 있는 것 같다.

그 중 하나는 지리산에서 종 보존을 위해 방사해서 키운 지리산 반달곰 KM-53이다. 4살 밖에 되지 않은 이 곰은 호기심이 많고 용감하여 새로운 서식지를 찾아 고속도로와 국도, 강을 건너고 들을 가로질러가서 김천 수도산에서 발견되어 다시 포획하여 데려다가 지리산에 두었는데, 두 번째로 탈출하여 김천 수도산에서 다시 발견되었다.

전파발신기를 부착하였기에 다시 데려올 수 있었지만 또 다시 탈출하여 다시 그곳으로 가려다가 고속도로에서 버스와 충돌하는 사고를 당하였다. 고속버스 운전기사가 밤에 큰 동물과 부딪친 것 같다고 신고를 해 와서 찾아가 보니 바로 그 K-53 곰이 다쳐서 다리 골절과 상처를 입고 움직임이 둔해진 상태였다. 그 곰을 데려다가 치료하고 재활치료를 하고 있다고 한다.

또 하나는 소백산의 여우다. 경북 영주 소백산에서는 한국 토종 여우를 자연 방사하여 번식시키고 있는데 그 중 한 마리가 행방이 묘연하여 지난해 4월 18일에 마지막 장소 신호가 발신되었다. 그곳은 북한 땅 개성이었다.

그 신호를 따라 이동 경로를 추적 조사해 보니 영주에서 백두대간을 통하여 많은 고속도로와 수많은 국도, 크고 작은 강과 내 그리고 들판을 지나고 휴전선에 당도했지만 철조망 때문에 북으로 가지 못하게 되어 철원에서부터는 철조망이 쳐진 서쪽을 따라 계속 이동하면서 북으로 가고자 하는 열망으로 중부전선과 서부전선 사이의 비무장지대로 들어가는 철문 아랫부분에 조금 벌어진 빈틈을 이용하여 그 밑 부분을 조금 파서 공간을 넓힌 후 휴전선을 통과하여 개성까지 갔을 것이라고 한다.

얼마나 많은 고생과 배고픔과 위험을 무릅쓴 감행이었을까? 콜럼버스보다 더 강한 모험심의 DNA를 가지고 북한까지 간 여우에게 찬사를 보낸다.

위의 예들에서 보듯이 사람이고 동물이고 용감하게 인내심을 갖고 어려움을 이겨내면서 감히 상상도 못한 일들을 이루어 내는 것을 볼 수 있다.

우리 자녀들도 뜻을 품고 강한 의지와 불굴의 투지로써 미지의 세계를 향해 나아간다면 반드시 그 뜻을 이룰 수 있을 것이다. 단지 현실에 안주하여 편안한 온실에서 고생을 마다한다면 큰일을 이룰 수가 없다.

일본 식민지 치하에서도 많은 뛰어난 지식인과 인재들은 우리나라가 독립할 가능성이 없다고 생각하여 변절하였는데 (최남선 이광수 김활란 등) 우리의 독립투사들은 바위에 계란치기란 것을 알지언정 계속하여 계란을 던지며 만주벌판에서 풍찬노숙을 하면서 전 재산을 독립자금으로 쾌척하고 사랑하는 부인과 자녀의 안위까지도 포기하고서 독립군으로 임시정부 요인으로, 또 국내에서도 여러 분야에서 독립을 위해 용감히 맞섰던 우리 조상들이 바로 이런 DNA를 가진 분들이었다는 것을 새삼 깨닫게 된다.

세상에서는 용감한 DNA를 가진 사람들이 큰일을 이루어낸다. 앞으로도 우리나라에 그런 후손들이 많이 나와서 운동분야에서 과학분야에서 문학분야에서 또는 예술분야에서 큰일을 이룰 수 있기를 바란다.

동물은 왜 사람을 제일 무서워할까

몇 년 전 설악산 대청봉에 오른 후에 친구들과 같이 용대리 쪽으로 내려가기로 했다. 가을 하늘이 유난히 파랗고 나무들이 우거져있고, 계곡물이 청정하고 낭랑한 소리를 내며 흐르고 있는 계곡길을 따라 걸어 내려가기 위해서였다.

먼저 봉정암에서 차가운 우물물 한 바가지씩 마시고 초콜릿 한 조각씩 입에 물고 내려오는데 우리들 주변에서 다람쥐들이 앞서거니 뒤서거니 하며 뛰어다니고 있었다. 조금 더 내려가니 어느 등산객이 개울가 바위에 앉아서 다람쥐들과 마주보면서 이야기 하고 있는 듯했다. 그는 땅콩을 손에 쥐고서 여러 다람쥐들에게 골고루 나눠주었다. 다람쥐들 또한 그와 오랜 지인인 것처럼 온갖 재롱을 부리면서 땅콩을 얻어먹고 있었다.

나는 일주일에 한 번은 꼭 북한산에 오른다. 지하철 6호선을 타고 독바위역에서 내려서 북한산 둘레길 중 정진공원 지킴터를 지나 30~40분 비탈길을 오르면 족두리봉에 오른다.

향로봉 쪽에 가서 보면 족두리봉은 마치 신부가 시집갈 때 쓰는 족두리 같아 보인다고 하여 그렇게 불리운다. 이 족두리 봉에 올라 멀리

보면 한강이 유유히 흐르고 김포가 보이며 서울 시내가 거의 다 보인다. 그곳에 앉아 김밥 한줄 먹으려하니 각양각색의 고운 날개를 가진 몇 마리 비둘기들이 사람 가까이 몰려들었다. 먹는 것을 좀 나누어 먹자고 하면서 심지어는 손끝에 들고 있는 김밥을 쪼아 먹기도 했다.

또 한 번은 울릉도에 갔을 때였다. 울릉도에서 독도를 가는 여객선에 승선하자 갈매들이 모여들었다. 그리고 그 여객선이 출발하는데도 계속 날아서 따라왔다. 승객들이 새우깡 조각들을 공중에다 던져주자 갈매기들은 그것들이 바다위에 떨어지기도 전에 낚아채서 먹었다. 새우깡을 쥐고 있는 사람들의 손에 접근하여 새우깡을 물고 달아나기도 했다.

그런데 우리집 베란다에 모여드는 참새들의 태도는 사뭇 다르다. 쌀이나 보리쌀 등을 베란다에 뿌려주면 참새들이 모여와서 한바탕 잔치를 벌이면서 노래하며 춤을 춘다. 그러나 내가 창문을 열기만 해도 참새들은 먹이가 있건 없건 우루루 달아나 나뭇가지 둥지에 날아 앉는다. 아무리 먹이를 가지고 조금 더 친해지려고 노력을 해도 전혀 먹혀들지 않는다. 조금 더 친해지면 먹이라도 더 주고 싶은데 그럴 기미가 안 보이는 것이다.

내가 다시 한 번 베란다에다 먹이를 뿌려주고 창문을 닫고 들어오면 자기들끼리 신호를 보냈는지 어느 새 몇 마리들이 모여들어 먹이를 쪼면서 돌아다니면 또 다른 무리가 우루루 몰려와 먹이를 쫀다.

사람이 동물과 친해지려면 우선 동물을 안심시켜야 하는데 그것이 쉽지가 않다. 무엇보다도 동물은 사람을 제일 무서워하는 것 같다. 산에서 동물을 마주치면 짝짓기 할 때와 새끼를 기를 때가 아니면 사람을 피해 달아나는 게 보통이다.

토끼, 노루, 고라니, 오소리, 너구리…. 모두가 사람을 무서워하고 피한다. 심지어 저돌적이라고 하는 멧돼지도 사람이 가까이 가기 전에 먼저 달아난다. 왜 그럴까? 사람이 동물 중에서 가장 무서운 동물일까?

그렇다. 사람이 손을 가지고 있고, 머리를 써서 동물들의 약점을 알아서 동물을 포획하고 잡아서 길들일 수도 있고, 요리해서 먹기 때문일 것이다.

그리고 사람은 배가 부르면 맛있는 고깃덩어리인 동물들을 더 이상 잡지 않는 것이 아니라 끝없는 욕망으로 가죽, 뿔, 털 등을 위해 남획한다. 그럴지라도 사람이 이제 염치가 있으면 이 지구의 모든 생물들이 더욱 질서 있고 평화롭게 공존할 수 있지 않을까 하는 부질없는 상상을 해본다.

힘겨운 나의 '오늘'은 어제 누군가 염원한 날

세상이 싫고, 자기 자신이 싫고, 사는 게 지긋지긋하게 느껴져 하루라도 빨리 이 세상을 등지고 싶다는 사람이 있었다.

그는 세상을 몹시 저주하였으며 만나는 사람들에게 자신은 하루하루 살 가치를 못 느낀다고 독설을 쏟아내곤 했다.

반대로 나의 한 지인은 암 선고를 받고 시한부 인생이 되었는데, 바로 그날부터 자신이 이 세상에 와서 얼마나 행복했었나를 헤아리며 살아갔다.

꽃 피는 봄날의 아름다움, 비오는 날 무럭무럭 자라나는 곡식들의 싱그러운 웃음소리, 여름날의 우렁찬 매미 울음소리, 주렁주렁 열리는 배, 사과, 감, 손자 손녀의 재롱소리, 마당가에 아장거리는 병아리 떼, 어미소 옆에서 뛰노는 어린 송아지, 돼지우리에서 갓 태어난 새끼 8마리가 엄마 젖 차지하려 경쟁하는 모습, 꿀 찾아 잉잉거리는 벌떼들, 처마 밑 제비집 새끼를 기르는 어미 제비의 모습 등등.

그는 이런 모습들을 한 번씩이라도 더 보았으면 하면서 열심히 병마와 싸웠다. 그리고 그를 만나는 사람들에게도 이 모든 것들에 감사한다고 말하였으며, 가족들, 이웃들, 친구들에게 감사를 전하고 싶어 하루라도 더 살고 싶다고 했다. 그는 감사를 꼭 표해야 할 사람들을 노트에 적어놓고 만나서 표현하기도 하고, 여의치 않으면 전화로라도 자신의 마음을 전해주었다.

그런 그도 결국엔 이 세상을 떠나 다른 사람들이 가는 길을 따라갔다. 그러니 오늘 하루가 아무리 그대에겐 힘들고 괴로울 지라도 그 하루를 더 살고 싶어 했던 사람들을 기억한다면 힘이 생겨날 것이다.

우리는 이미 너무나 많은 것들을 갖고 있다는 사실을 자각할 수만 있다면 감사와 기쁨을 가슴 가득 채우고 살아갈 수 있을 것이다.

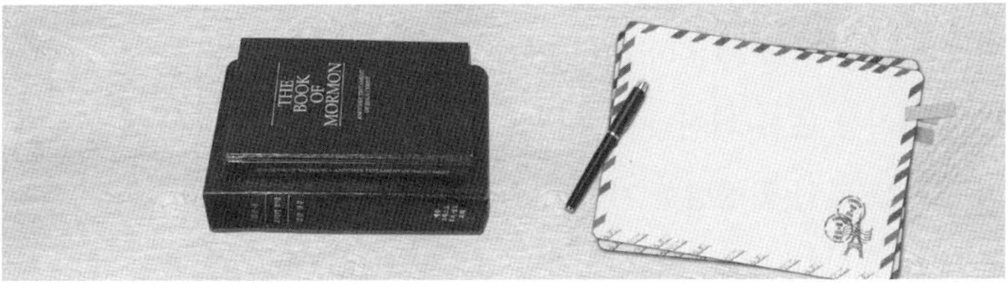

큰 역경이 사람을 강인하게 만든다

2018년 여름, 가혹하리만큼 덥다. 어떠한 조치를 해도 더위를 당할 도리가 없을 정도다. 전국의 관공서와 은행들이 더위 쉼터가 되는 진풍경도 펼쳐진다.

내가 어릴 적에는 더위쯤은 그렇게 대단한 것이 아니었다. 아무리 더워도 수영복만 걸치고 남해안 바닷가에 뛰어 들면 그만이었고, 동네 뒷산 자락에서 내려온 시원한 둠벙(논 물대기 위해 파놓은 샘)에 뛰어 들어갔다 나오면 살갗에 솜털이 솟고, 입술이 파래질 정도였는데….

움직이지 못하고 한 곳에 뿌리를 내리고 살아가는 식물들도 낮의 더위에 지쳐 있다. 콩나무, 옥수수대, 호박나무, 박나무, 고춧대, 가지나무의 잎사귀들이 축 늘어져 있다. 그러나 이 식물들은 밤을 한 번 지나고 나면 다시 생기가 넘친다.

봄이 되면 앞 다투어 땅속에서 올라와 새 잎사귀를 낸다. 초가을에 산에 가서 삽주, 산대, 더덕, 당귀, 둥글레, 땅두릅 등을 캐보면 새봄에 싹으로 나올 연한 새눈이 이미 만들어져 자라고 있다. 마치 봄 냄새가 나기 시작할 즈음 튀어나올 준비를 하고 있는 모양이 마치 육상 선수가 스타트 라인에 정렬한 가운데 귀 쫑긋하고 호루라기 소리를 기다리는 것과 흡사하다.

그런데 대추나무는 사뭇 다르다. 다른 나무들이 앞 다투며 새싹을 틔우지만 대추나무는 나목인 채 그대로 있다가 더위가 시작 될 무렵 어느새 잎이 나고 꽃 피고 열매 맺고 다른 열매들이 탐스럽게 익어갈 즈음 벌써 익어 추위가 오기 전에 잎도 져버린다.

이 대추나무를 게으르다 할지 약삭빠르다 할지… 하여간 어느 식물에게나 덥고 가문 여름날은 길고, 목마르다.

그런데 그 열매들은 강렬한 햇빛을 받으면서 더욱 달콤한 향기를 머금는다. 그늘에서 물 흠뻑 먹고 자란 식물의 열매는 튼실하지 못한 반면 햇살 아래서 죽도록 견딘 나무는 풍성하고 맛있는 열매를 맺는다.

우리 인생도 마찬가지다. 과보호 하는 부모 밑에서 자라면서 시행착오나 시련을 겪어보지 못한 사람은 시련이 닥치면 이기지 못하고 좌절하는 가운데 참다운 인생의 결실과 성공을 이루지 못한다.

그렇다면 우리의 자녀들이 어려움 없이 자라도록 기도할 것이 아니라 어떠한 어려움이 있더라도 이겨낼 수 있다는 믿음과 내일 또 다시 해가 뜬다는 긍정적인 자세로 살아가기를 기원해야 할 것이다.

유각자 무치

엘리자베스 퀴블러 로스와 데이비드 케슬러의 공저 『인생수업』이란 책에서 "우리가 무엇을 소유하고 있든 무엇을 할 수 있든 항상 한두 가지 면에서 다른 사람 보다 부족하기 마련이다. 세상에서 가장 부자인 사람은 잘 생기지 않았고, 세상에서 가장 잘 생긴 사람은 몸매가 좋지 않고, 가장 몸매가 좋은 사람은 아내가 미인이 아니고, 아내가 미인인 사람은 노벨상을 받지 못한다. 더 나아가 소설을 잘 쓰는 사람은 말을 잘하지 못하고, 식물학자는 동물에 대하여 잘 모르고, 화가는 축구를 잘 못하고, 전자과학자는 세포학의 권위자가 아니고, 천문학자는 해양 조류에 대하여 잘 모른다.

그래서 우리가 타인과 비교하면 결코 행복해질 수 없고, 비교는 불행으로 가는 지름길이다. 그래서 우리는 각자 가지지 못한 것을 한탄하지 말고, 가지고 있는 것을 가장 가치 있게 활용하는 방법을 찾아야 행복해진다. 그런데 그것들을 남을 위해 사용하고자 애쓸 때 행복해지고, 기쁨을 얻게 된다."고 한다.

다른 책에는 자기의 능력과 재능을 남을 위해 씀으로써 세상을 밝게 만들고 무한한 행복을 느낀 사람으로 조나단 솔크를 예로 들고 있다.

그는 다름 아닌 1951년 소아마비 백신을 만든 사람이다.

그 때까지만 해도 전 세계의 어린이와 인류의 큰 재앙 중 하나였던 소아마비 예방 백신을 개발했을 때 조나단 솔크의 연구에 동참했던 학자들과 지식인들은 이 백신을 특허로 내서 큰돈을 벌자고 제안했지만 그는 그 길을 선택하지 않고 모든 인류에게 혜택이 돌아가게 하는 탁월한 길을 선택했다.

그는 "햇빛을 특허로 낼 수 없는 것과 마찬가지로 이것도 모든 사람이 공유하도록 합시다."라며 거절의 의사를 밝혔다고 한다. 그의 탁월한 연구와 선택 덕분에 소아마비가 온 지구에서 퇴치되기에 이르렀다.

이러한 분들의 정신을 교훈삼아 우리도 남이 가지고 있는 것을 나는 못 가졌다고 슬퍼하거나 박탈감을 느끼는 대신 내가 가진 것에 감사하고, 내가 가진 것을 가지고 남, 즉, 이웃이 더 행복해질 수 있도록 도우면서 기쁨을 누리며 살 수 있기를 바란다.

하나님이 창조하신 동물을 보면 육식동물에게는 초식동물을 잡아먹을 수 있도록 송곳니를 주셨고, 초식동물에게는 뿔을 주셨다. 그런데 호랑이나 사자에게 뿔까지 주어졌다면 어떻겠는가?

우리 인간, 특히 나처럼 평범한 사람은 내가 가지지 못한 것에 불평하지 말고, 내가 가진 것을 잘 갈고 닦아서 이웃을 위해 사용하고, 그로 인한 기쁨을 얻을 수 있다는 생각을 생의 끝자락에 와서야 깨닫게 된다. 이 진리를 더 일찍 알았더라면 나의 인생도 더 행복한 삶이 되지 않았을까.

제 6 부

네 운명을 사랑하라

그는 병약한 몸으로 태어나 자라면서
충분한 영양도 섭취하지 못한 축복으로
변변한 운동도 못함으로 인해
평생 조심하며 무리하지 않는 생활을 하게 되었다고 한다.

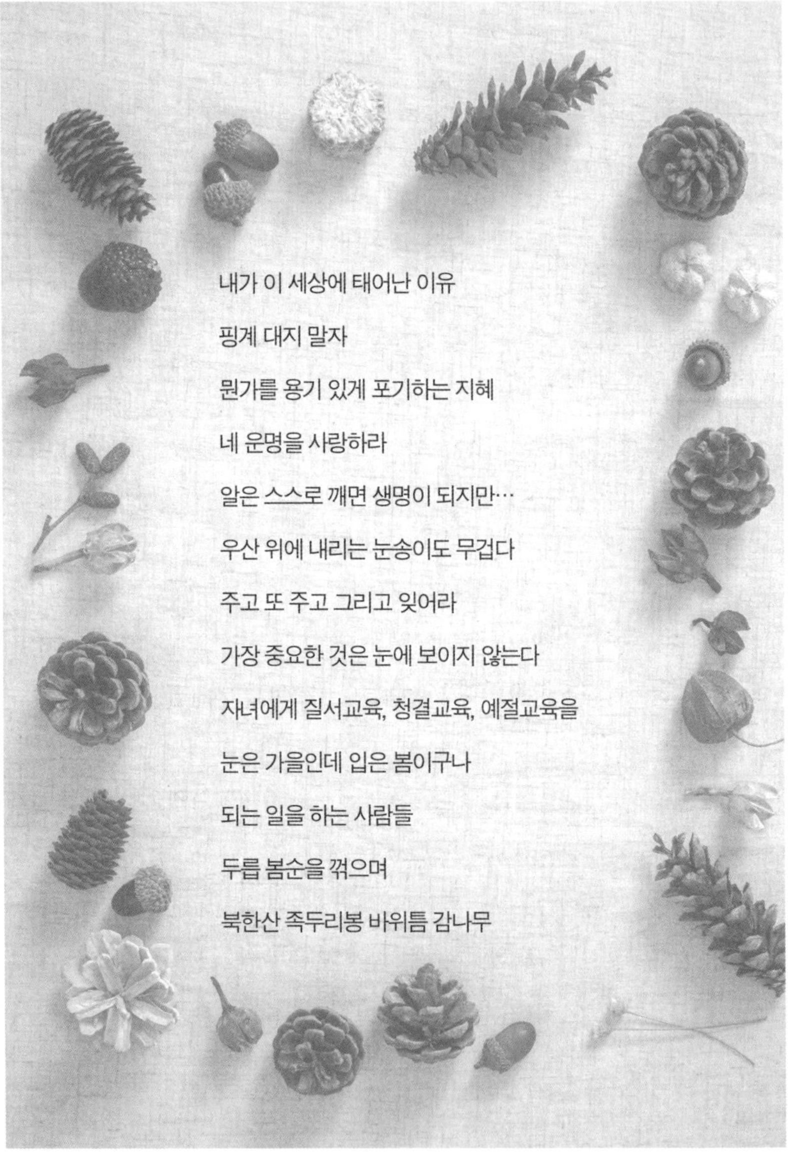

내가 이 세상에 태어난 이유

핑계 대지 말자

뭔가를 용기 있게 포기하는 지혜

네 운명을 사랑하라

알은 스스로 깨면 생명이 되지만…

우산 위에 내리는 눈송이도 무겁다

주고 또 주고 그리고 잊어라

가장 중요한 것은 눈에 보이지 않는다

자녀에게 질서교육, 청결교육, 예절교육을

눈은 가을인데 입은 봄이구나

되는 일을 하는 사람들

두릅 봄순을 꺾으며

북한산 족두리봉 바위틈 감나무

내가 이 세상에 태어난 이유

요즈음 세상이 한없이 편리해진 점도 있지만 불편한 점도 있다.

서울에서 지하철을 타면 열 명 중 아홉은 손에 스마트폰을 들고 쳐다보고 있다. 게 중에는 좋을 글을 읽는 사람도 있고, 오락을 즐기는 사람도 있고, 필요한 정보를 검색하는 사람도 있다. 한 번은 길을 걷던 중 누군가 나에게 말을 걸어오는 것 같아 뒤를 돌아다보니 혼자 이어폰을 귀에 꽂고 마치 옆에 누가 있는 것처럼 두런거리고 있었다.

이 모두가 스마트폰이 있어서 일어나는 신풍속도이다. 그러나 우리네 같이 노인세대는 스마트폰의 기능을 잘 몰라서 기능이 좋은 폰을 가지고 있어도 활용을 제대로 못하고 있는 실정이다. 중학생 손자 손녀 정도는 집에 함께 살아야 어느 정도 스마트폰 사용법을 배울 수 있는데, 보통은 노부부 둘만 살고 있다면 어쩌랴! 그러다보니 스마트폰을 쳐다보는 대신 집에서 조용히 사색의 시간을 갖거나 경전을 읽으며 보낼 수 있어서 좋은 점도 있기는 하다.

어느 날 저녁 일찍이 잠이 들었다가 깨어보니 새벽 2시였다. 다시 잠도 오지 않고 해서 이 생각 저 생각을 하게 되었다. 그러다가 내 젊은 시절부터 지금까지의 삶을 돌아보게 되었다.

태어나서부터 어머니의 사랑으로 양육되던 시간들, 아름답던 초등학교 시절, 질풍노도의 중 · 고등학교 시절, 대학시절과 직장생활하던 시절, 결혼하여 자녀들을 낳아 기르던 시절, 그리고 퇴직 이후 현재의 삶에 대해 반추해보았다.

2~3시간에 걸쳐 많은 생각들을 하다 보니 내 삶은 기쁨과 슬픔과 즐거움과 고통이 교차되는 시간들이었다. 마치 나의 일생이 영화의 필름처럼 지나갔다. 그러면서 나에게 드는 질문은 '나는 도대체 왜 이곳에 있는가?' '이 세상에 와서 무엇을 하고, 무엇을 이루고, 또 무엇을 남기고 가야 하는가?' '하나님은 나를 이 세상에 보내면서 무엇을 하고 오라고 하셨을까?'였다.

그때 갑자기 내 머릿속에 스치는 생각은 '그렇지. 전능자께서는 내게 이런 것들을 하고 오라고 이 세상에 보내셨지!'였다.

첫 번째는 이 세상에 태어나고 장성하는 과정에서 겪는 온갖 경험을 다 하고 오라고 하셨다.

두 번째는 이 세상에 와서 결혼하여 자식을 낳아 길러보라고 하셨다.

세 번째는 이 세상에 와서 더 좋은 사람이 되어 오라고 하셨다. 불가에서 말하는 고해苦海 같은 세상을 살면서 배우고 오라고 하셨다.

이 세 가지가 전능자께서 사람을 세상에 보낸 이유(목적)라면 나의 삶도 그렇게 무의미하지만은 않았다고 할 수 있겠다. 큰 후회 없이 전능자께 돌아가서 내 삶을 보고드릴 수 있겠다는 안도감이 든다.

아침에야 늦잠을 청해본다.

핑계 대지 말자

우리 속담에 '핑계 없는 무덤이 없다.'는 말이 있다. 내가 어렸을 때 밖에서 뛰어놀다가 옷을 망치고 집에 돌아오면 어머니께 나의 잘못이 아니라고 갖가지 핑계를 대곤 했다. 냇가에서 정신없이 물고기 잡다가 물속에 첨벙하고 빠져 생쥐가 되어도 OO가 물고기 잡는데 손을 잡아줬다가 낭패를 보았다고 핑계를 댄 적도 있었다. 땅벌집을 건드렸다가 벌떼에 쫓겨 달아나면서 그만 풀밭에 싸놓은 개똥에 넘어져 옷이 똥범벅이 되어 집에 돌아와서는 OO형이 벌집을 잘못 건드렸는데 벌들이 애먼 나에게 덤벼들어서 뒤통수와 팔을 사정없이 쏘아대는 바람에 도망치다가 개울가 풀밭에 넘어져 이렇게 되었노라고 하면서 퉁퉁 부은 팔과 목덜미를 보이면서 동정심을 사려고 하기도 했다.

그 때 어머니는 개울에서 옷 망치는 것보다 내가 안 다친 것이 다행이라는 반응을 보이셨다. 벌이 쫓아오는 바람에 달아나다가 개똥밭에 넘어져서 옷에 똥칠을 하고 들어와도 벌에 쏘여 부은 목덜미와 팔에 된장을 발라주시면서 크게 야단을 치지 않으셨던 것을 지금도 기억한다.

그렇게 핑계 대지 말고 내가 붕어 잡다가 물에 빠졌다고 했으면 될 일이다. 내가 먼저 땅벌집을 돌로 내리치자고 해서 동네 아이들이 함께 돌로 쳐서 벌집을 건드리고, 작대기로 벌집을 막으려 하다가 오히려 벌떼가 덤벼들어 혼비백산하여 도망가다가 하필 풀밭에 싸 놓은 개똥위에 넘어져서 바지에 개똥을 묻혀왔노라고 해도 어머니는 크게 야단치지 않았을터인데…. 지금 생각해보니 그때 나는 어머니를 너무 무서워했던 것 같다.

보통은 좋은 일 할 때는 핑계가 없지만 게으름을 피우거나 나쁜 짓을 할 때는 핑계가 생기는 것 같다. 공부할 때도 마찬가지다. 오늘은 감기기운이 있다는 둥, 식사를 잘못 했는지 배가 살살 아프다는 둥, 공부하려는데 밖에서 TV 보면서 너무 웃으며 시끄럽게 군다는 둥, 이웃집 개가 너무 짖는다는 둥, 주변에서 무슨 이상한 냄새가 난다는 둥, 방이 너무 차갑다는 둥, 연습장이 모자란다는 둥, 책이 너무 헐었다는 둥, 연필이 너무 무디어졌다는 둥, 낮에 만난 친구가 기분 나쁘게 했다는 둥, 심지어는 어젯밤에 꿈이 좋지 않았다는 둥…. 온갖 핑계를 대면서 내일부터는 밤 2시까지 아니 새벽닭이 울 때까지 공부하기로 하고 오늘은 일찍 자자고 핑계를 만든다.

어떤 분야에서든지 남보다 앞장 서가는 사람들도 수많은 핑계거리가 있을 수 있는데도 그 모든 핑계를 이기고, 또 노력에 노력을 하여서 성공하는 경우를 보게 된다. 음악가는 괴롭고 힘들어도 한 곡을 수십번씩 연습에 연습을 거듭한다. 운동선수도 남이 쉴 때나 잠들 때도 기초체력을 기르고, 피나는 연습을 한다. 나와 가까운 형은 추운 엄동설한에도 추운 방에서 밝지도 않은 전등 밑에서 공부에 매진하여 고등고시에 합격하는 것을 보았다.

농부가 농사를 짓는데도, 축산업자가 소를 키우는데도, 화가가 그림을 그리는데도, 가수가 노래를 부르는데도, 프로운동선수가 시합에 나가기 위해 연습을 하는데도, 학생이 입시를 준비하는데도 갖은 핑계들을 극복해야 한다.

부부간의 평화나 가족 간의 화목, 친구간의 우정도 방해하려는 온갖 핑계들이 마음속에 머물지 못하도록 애써 노력해야 한다는 사실을 이 나이에 깨닫게 된다. 핑계를 만들지 말자.

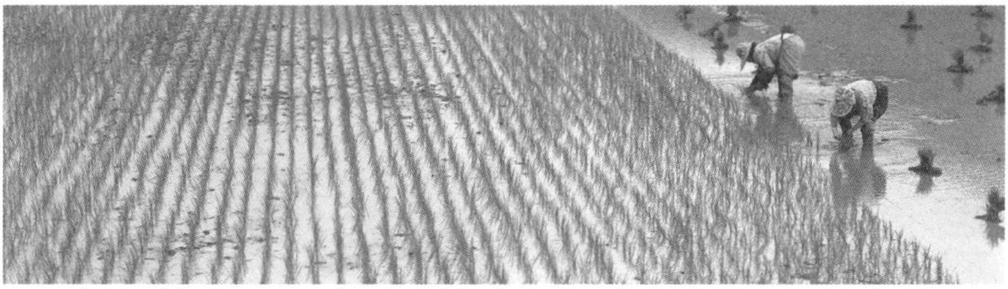

용기 있게 포기하는 지혜

나의 한 친구 아들은 머리만 명석한 게 아니라 노래도 잘 하고 그림도 잘 그린다. 또 무엇을 가지고 놀던지 금방 익히기 때문에 '신동'이란 말을 듣고 자랐다.

그런 이 아이의 어머니는 다른 아이들과 비교되는 아들을 더욱 뛰어나게 만들어야겠다는 욕심과 조급증이 생긴 나머지 바둑, 태권도, 붓글씨, 그림, 피아노, 영어, 심지어는 웅변까지 배우게 하여 여러 학원을 전전하게 했다.

이 아이가 도대체 뭘 해야 할 지 갈피를 못 잡고 있을 즈음 아이 어머니는 축구, 야구, 농구, 테니스, 배드민턴에 이르기까지 운동도 추가로 배우게 했다. 어느 분야에서든 다른 아이들 보다 뛰어난 아이라는 말을 들어야 직성이 풀리는 어머니였던 것이다.

어느 날은 이 어머니가 유명한 바이올린 연주가의 연주회에 다녀오더니 바이올린까지 아들에게 가르치려고 시도했다.

그런 일이 계속되는 시간이 지나자 상황이 바뀌었다. 한 가지라도 꾸준히 한 아이들은 점점 발전하고 재능이 발현되어갔지만 이 아이에게는 어느 것 하나도 남보다 뛰어나지 못한 결과가 나타났던 것이다. 그리고 결국은 평범한 삶을 살아가고 있다.

다른 예로 나의 한 친척집 아이는 어려서부터 바이올린을 배웠다. 그러면서도 운동도 하고 아이들과 노는 것도 좋아했다. 노래나 그림에도 소질이 있었다. 하지만 그의 부모님은 바이올린에 가장 많이 집중하게 하고 나이와 진도에 맞춰 선생님도 모셔서 배우게 해주었다.

물론 이 아이도 처음엔 계속되는 바이올린 연습에 실증을 느꼈다. 그러나 그의 부모님은 그가 바이올린 연습과 숙제를 하지 않으면 다른 놀이를 할 수 없도록 엄격히 가르쳤기 때문에 연습시간을 지킬 수밖에 없었다.

그런 시간이 좀 지나자 그 아이의 생각이 조금 더 발전적으로 바뀌었다. '어차피 연습할 바에는 더욱 집중해서 하고, 숙제도 할 바에는 더 잘하자'로 바뀌었다.

그렇게 수년간 이 패턴을 유지하다 보니 그 아이는 더욱 발전된 자세로 바뀌게 되어 바이올린이란 악기에 푹 빠지게 되었다. 그 소리의 오묘함에 매료되어 강제로 연습하는 것이 아니라 좋아서 시간 가는 줄 모르고 연습을 하는 경지에까지 이르게 되었다.

그 아이는 유럽의 유명 음악원에 진학하여 공부도 하고 마침내는 유명한 바이올리니스트가 되어 세계를 누비며 연주도 하고, 대학교수까지 되어 후진양성에도 힘쓰고 있다.

결론적으로 우리는 모든 분야에 뛰어나야겠다는 강박관념을 버리고 자신이 가진 소질이 있고 흥미가 있는 곳에 집중하고 많은 시간과 정성을 들여 연습과 발전을 거듭함으로써 유명인이 되고 전문가가 될 수 있는 것이다. 그것은 나에게 흥미가 없고 재능이 없는 것은 과감히 포기하고 잘 할 수 있는 것에 투자하는 것이 중요하다는 뜻이다.

부모는 자신의 욕심이 아니라 자녀들을 면밀히 관찰해가면서 아이들이 잘하고 흥미 있는 것을 잘 찾아내어 그들로 하여금 그 길로 나아가게 도와주고, 부질없는 곳에 시간을 낭비하지 않도록 도와주어야 한다.

네 운명을 사랑하라

Amor Farti - 니체

이 지구상에 살아가는 사람 중에 똑 같은 사람은 단 한 명도 없다. 살아가는 조건 또한 각양각색이다.

태어난 나라가 다르고, 또 같은 나라에서 태어났더라도 태어난 지역, 때, 가족관계, 부모의 연령, 빈부의 차이, 두뇌의 차이, 건강의 차이 등에 따라 다르다. 심지어는 같은 부모 밑에서 자라난 형제들은 물론 이거니와 쌍둥이도 각기 생각과 감각이 다르다.

그럼에도 불구하고 우리들은 어릴 적에 이런 불평들을 하곤 한다. 왜 우리 집은 다른 집처럼 잘 살지 못하는가? 우리 집 부모님은 왜 공부를 하지 않았는가? 왜 우리 어머니 사랑은 다른 어머니만큼 못하는가? 왜 나는 머리가 이웃 집 누구만큼 명석하지 못한가? 왜 나는 빨리 달리지 못하는가? 심지어는 왜 우리 집 소는 이웃 집소와 싸워 지는가?

그러나 다른 각도에서 다시 한 번 생각해보라. 감사할 것들이 너무나도 많고 비교할 수 없을 정도다. 우리의 삶이 축복으로 가득 차 있다는 사실을 발견하게 될 것이다. 그러면 자기의 운명을 저주하기 보다는 사랑하게 되고, 자신의 운명을 사랑할 때 그 운명보다 더 발전해 나가고 위대한 일을 이루어 낼 수 있다.

경영의 신이라 불리던 일본의 마스시다 고노스케 창업주에 대한 일화를 소개하고 싶다. 그는 스스로 자신을 일컬어 남이 가지지 못한 축복(운명)을 타고 났기에 오늘이 있다고 했다.

첫째, 너무나도 가난한 집안에서 태어난 축복.

보통 사람들은 가난을 저주라고 생각하는데, 그는 그것이 축복이라고 하면서 집안이 너무나도 가난해서 어려서부터 온갖 장사와 일을 함으로써 좋은 경험과 교육이 되었다고 한다.

둘째, 초등학교 2학년에 중퇴하여 배우지 못한 축복.

그는 남이 받은 교육을 받지 못하고 배우지 못한 축복으로 언제, 어디서, 누구에게서든지 배우려고 애를 썼다고 한다.

셋째, 태어날 때부터 병약하게 태어난 축복.

그는 병약한 몸으로 태어나 자라면서 충분한 영양도 섭취하지 못한 축복으로 변변한 운동도 못함으로 인해 평생 조심하며 무리하지 않는 생활을 하게 되었다고 한다.

그러니 우리가 타고난 운명을 원망하거나 미워하지 말고 그것을 솔직하게 받아들이고, 그러한 운명으로부터 발전해나가도록 노력하고 기도하고 또 노력하면 장차 세상을 이롭게 하는 큰 그릇, 큰 인물이 될 것임이 분명하다.

알은 스스로 깨면 생명이 되지만…

애국지사인 김산 선생은 중국에서 독립운동 하실 때 함께 했던 애국지사들의 얘기를 자주 들려주셨다.

특히 도산 안창호, 백범 김구, 단재 신채호 선생 등은 거의 모든 사람들이 독립은 거의 불가능하다고 하면서 절망하고 좌절할 때에도 우리 조선은 언젠가는 독립이 될 것이고 문화민족으로 우뚝 서서 세계의 빛이 될 것이라는 희망을 품고 있었다. 그래서 자기 목숨과 가족과 친척의 재산을 모두 바쳐 독립운동에 헌신했다.

석수가 정과 망치로 거대한 바위를 두 동강이로 가를 때까지 돌에다 금을 그어놓고 수백 번 수천 번 망치질을 해대면 어느 한 순간의 망치질에 그 육중한 바위가 짝하고 갈라진다.

우리 민족도 삼일독립 선언서에서 "최후의 일인까지 최후의 일각까지 독립이 될 때까지 몸과 마음을 바쳐 독립운동에 매진해야 한다."고 했다.

우리는 보았고, 알았지 않은가. 육당 최남선, 춘원 이광수 등, 독립의 가망이 없다고 하면서 변절하는 동안 예상치 못한 상황에 독립이 찾아왔다.

독립을 우리 스스로 쟁취하지 못한 것을 그렇게도 안타까워했던 백범 선생의 한탄처럼 미국, 영국, 러시아 등 연합군의 도움으로 독립이 됨으로써 우리는 남북 분단이라는 이 슬픈 현실이 계속이 되고 있지 않은가. 우리 독립군이 진격하여 우리 손으로 독립을 쟁취하였다면 우리 운명도 바뀌지 않았을까?

초원에서 새끼를 낳은 누우들을 본 적이 있는가? 누우들은 새끼를 낳은 후 바로 젖을 주지 않는다. 그들은 새끼를 낳자마자 혀로 온몸을 핥아주고 스스로 일어날 때까지 가만두고 있다가 일어나서 걸어와 젖을 먹으러 올 때까지 조금씩 걸어 다니면서 기다린다. 새끼가 스스로 발과 다리에 힘을 얻도록 걸음마를 시켜서 어느 정도 잘 따라온다고 생각되면 젖을 물린다.

그렇게 함으로써 초원의 포식동물들, 즉, 사자, 치타, 하이에나 등이 누우 새끼를 찾아 잡아먹으려 하면 이 새끼들은 세상에 나온 지 얼마 되지 않았지만 어미와 함께 뛰어가면서 포식자들을 따돌릴 수 있게 된다고 한다.

스스로 쟁취하는 것이 무엇보다 중요하다는 사실을 보여주는 예이다. 스스로 독립을 쟁취한 나라만이 자주 독립국가로 굳게 설 수 있다는 것을 보여준다. 남의 도움만 받으면 진정한 성취를 이룩하지 못한다.

공부도 스스로 알아서 해야 잘하고, 경제적인 독립 역시 누구의 도움 없이 일하고, 계획하고, 절약하는 가운데 많은 것을 경험하고 배우면서 성취하였을 때만이 자기 두 발로 우뚝 설 수 있고 더욱 발전할 수 있다는 사실을 깨달아야 한다. 알은 스스로 깨면 생명이 되지만 남이 깨면 요리가 되고 만다.

우산 위에 내리는 눈송이도 무겁다

나는 1968년도에 직장생활을 시작했다. 당시의 상황은 국가적 경제 개발을 위해 국민들이 가진 돈을 은행으로 유입시켜 산업자본화 하는 게 큰일이었다.

그래서 모든 은행들이 "저축은 국력"이라는 표어를 내걸고 저축 목표를 달성하기 위해 일요일까지 은행 주변을 돌면서 적금을 들라고 홍보했다.

교회에서 직책을 맡고 있던 나 역시도 일요일 모임을 마치고 난 오후에는 그런 홍보활동을 하고, 활동일지를 써서 직장에 제출했다.

그때 우리 팀원 중 어떤 직원들은 활동도 하지 않고서 내가 방문하여 낸 결과를 마치 자기가 한 것처럼 적어 내는 것이었다.

그들의 행태를 보니 나 역시도 일하기가 싫어졌다. 결국 나도 그 일에 소홀해졌다.

그런 일이 있은 후 얼마 지나지 않아 나는 본부 영업부로 발령이 났다. 그런데 그곳에서는 내가 술과 담배를 전혀 안한다는 이유로 나와 가깝게 지내려는 직원들이 거의 없었다.

그래서 나는 어떻게 하면 그 어려움을 극복할 수 있을까 하고 고심하던 중 '힘든 일이 있는 직원들을 자진해서 힘껏 도와주자'고 결심했다. 6개월 여 그렇게 해보았더니 그 동료들도 차차 나에게 관심을 갖기 시작했고, 도움도 주려는 노력을 했다.

나에게 주어진 일이 '내 것이 아니다.'라고 생각했을 때는 힘이 들었는데, '남을 돕자'고 생각을 바꾸고 나니까 마치 나의 일처럼 힘들지도 않고 인간관계도 더 좋아졌다. 그래서 종업원이라도 주인처럼 일하라고 하는가 보다.

"남의 탓이라 생각하면 우산위에 내리는 눈송이도 무겁고, 내 몫이라 생각하면 등에 짊어진 무쇠도 가볍다."는 말이 옳다는 것을 그때 깨달았다.

주고 또 주고 그리고 잊어라

나이가 들면서 나에게는 과거의 경험들을 반추해보는 버릇이 생겼다.

내가 행했던 일 중에는 자랑스러운 일들도 있고, 잘못으로 인해 지금껏 나를 괴롭히며 잠들지 못하게 하는 일들도 있다.

특히 나의 사랑하는 친구들에게 잘 해준 일보다는 잘 못해준 일들이 자주 생각나면서 그들에게 좀 더 너그럽고 좀 더 성의를 다해 시간과 노력을 기울였어야 한다는 후회가 남는다.

그런 중에도 한 가지 나 스스로 자랑스럽게 여기는 것은 30대에 했던 '남에게 베풀 때는 대가 없이 하고 그것을 되돌려 받지 않아도 괜찮다'고 생각하자는 결심이었다.

그 중 하나로 지인들의 경조사를 잘 챙겨주지만 그들이 나의 경조사를 챙겨주지 않더라도 개념치 말자는 거였다. 내 친구 중 한명은 자기는 잘 챙겨주었지만 상대방은 그렇지 않는다고 푸념을 늘어놓았다.

또 어떤 친구는 자기 아이들 결혼식이나 부모상이 있기 전까지는 친구들 경조사에 잘 다니지만 자기 집안 행사가 모두 끝나고 나면 더 이상 모습을 나타내지 않는다. 그래서 친구들의 입방아에 오르내리기도 한다.

그렇지만 나는 결코 그런 불평을 하지 않기로 했다. 친구나 직장 동료 또는 친척들의 경조사는 잊지 않고 챙겨주고, 그 일들은 일체 잊어버리기로 한 것이다. 그렇게 생각하기로 했더니 마음이 그렇게 편해질 수가 없었다.

더 나아가 주위에 어려운 사람들이나 부지런히 노력하는 사람들에게 적으나마 성의를 표하고 나면 나의 기쁨도 배가되는 것을 느낄 수 있었다. 그리고 그런 일을 남모르게 했을 때의 기쁨은 더 충만하고, 나의 삶 역시 더욱 풍요로워짐을 더해가는 나이와 더불어 깨닫는다.

가장 중요한 것은 눈이 보이지 않는다

- 생텍쥐페리의 『어린왕자』 중에서

나는 직장을 퇴직 한 후 교회의 부름으로 선교회장 3년 동안 부산에서 봉사했고, 또 다른 3년을 서울 성전장으로 봉사했다. 내가 다니는 교회에서는 이러한 봉사를 하더라도 일정한 급여나 생활비가 제공되지 않는다.

그렇더라도 부름 받은 사람들은 더욱 근신하고 충실하게 봉사하려는 것이 우리 예수 그리스도 후기 성도 교회 지도자들의 자세이다.

나는 교회의 한 형제를 통해 산행을 시작하여 십 수 년이 되도록 계속하여 왔는데, 서울 성전장을 마치고 나서는 적극적으로 산행을 이어오고 있다.

봄에는 두릅, 개두릅, 참취, 곰취, 병풍취, 더덕, 도라지, 독활, 고사리 등을 주로 채취하고, 여름에는 삽주, 잔대, 연삼, 머위 등을, 가을에는 싸리버섯, 계란버섯, 능이버섯, 송이버섯, 목이버섯, 석이버섯 등을, 초겨울에는 당귀뿌리, 다래, 머루 등을, 겨울에는 겨우살이를 채취한다. 그리고 수년에 한 번씩 아주 드물게 산삼을 캐는데 성공한 경우가 있다.

그 놈의 산삼은 왜 그리도 귀한 건지. 예부터 산신령의 현몽이 있어야 된다고 할 정도로 하루 종일, 일주일, 한달, 아니 한철을 헤매도 도

무지 찾을 수가 없는 경우가 허다하다.

그래서 나는 생각해본다. 산삼이 다른 취나물이나 두릅처럼 흔하다면 그것이 귀하고 고가로 팔릴 수 있겠는가?

사람은 어떤가? 사람은 참으로 더디 큰다는 걸 손자손녀를 9명이나 둔 나로서도 경험하고 있다. 1년을 커야 겨우 설 수 있고, 거의 2년이 되어야 자기 의견을 조금씩 말로 표현할 줄 알게 된다. 만물의 영장이며 하나님을 닮은 귀한 자녀들이기에 그런가 보다.

아프리카 초원을 이동하면서 새끼를 낳고, 새끼들로 하여금 비실거리다가 넘어지고 또 넘어지고 일어나서 어미젖을 찾도록 훈련시키면 수일 내에 어미 옆에서 뜀박질하며 어미를 쫓아가는 누우들과는 큰 차이가 있다.

나의 결론적인 생각은 이렇다. 좋고, 중요하고, 아름다운 것들은 쉽게 얻어지지 않는다. 좋은 습관, 좋은 교육, 좋은 말씨, 좋은 행실 등 눈에 보이지 않지만 천천히 나타나며 눈에 띄지 않는 것들이 쌓여 한 인간을 형성하는 것이다.

잡초는 빨리 자란다. 흙만 있어도 뿌리를 내리고 자라서 열매를 맺지만 좋은 곡식은 농부의 발자국 소리와 보살핌의 손길을 따라 자라난다.

자녀에게 질서교육, 청결교육, 예절교육을

나는 최근 중국 시안을 다녀올 기회가 있었다.

진시황릉과 병마용을 구경하고, 당태종과 양귀비의 전설이 서려있는 화청지를 구경하였다. 우리나라 인사동 같은 옛 장안 성내의 문화의 거리도 걸어봤다.

그러면서 내가 갖고 있던 중국에 대한 이미지가 완전히 바뀌었다. 길거리가 담배 꽁초 하나, 쓰레기 하나 없이 깨끗했기 때문이다.

정부와 시에서 많은 노력을 기울이고 있는 것 같았다. 가는 곳마다 쓰레기통을 비치하여 두었고, 청소하는 사람들을 배치하여 바로바로 치우게 하고 있었다.

중국인들이 이렇게 변하고 있고, 우리가 알고 있는 이웃나라 일본은 질서, 청결, 예절이 세계에서 제일인데, 우리는 어떤가?

매스컴에서도 캠페인을 많이 벌이고 있지만 실제로는 부족한 점이 많이 있다고 본다. 나도 거리에 침을 뱉고, 휴지를 버리기도 하고, 교통법규를 어긴 적이 있다. "나만 지켜봤자 무슨 소용 있어?"라며 자포자기성 생각으로.

6.26 사변 직후 야간열차 3등석을 타기 위해 서울역에 가보면 자기 부모님의 자리를 잡아드리려고 뒷돈을 주고 남의 자리를 채가는 경우

도 자주 목격되었다. 그런 예전의 상황과 비교해보면 우리나라도 많이 좋아지긴 했다. 그러나 더욱 더 발전해야 한다.

특히 이제 막 인생을 시작하는 때 묻지 않은 우리 어린이들이 이런 교육을 받으면 얼마나 좋겠나 하는 바람으로 다음과 같은 나의 의견을 제시해본다.

초등학교를 7학년제로 하고 첫 1년은 공부를 가르치지 말고 이런 것들을 가르쳤으면 좋겠다.

첫째, 정직을 가르친다. 말을 정직하게 하고, 행동을 정직하게 한다. 잘못한 것은 변명하지 말고 시인하고, 스스로 개선토록 가르친다. 특히 남의 물건을 탐내지 말고 자기 것이 아닌 것은 쓰지 않도록 한다. 눈에 안 보이는 것도 정직하게 말하라고 가르친다.

둘째, 질서를 가르친다. 무엇인가 남 보다 먼저 한 사람에게는 투자한 만큼의 혜택이 돌아가야 한다. 순서를 기다리는 법을 가르쳐야 하고, 교통질서를 지키는 것이 유익이 된다는 것을 가르쳐야 한다. 질서를 지킴으로써 결국은 자기에게 기회가 오고, 모든 사람에게 편안함을 제공한다는 것을 기억하게 해야 한다.

셋째, 청결을 가르친다. 몸을 청결히 유지하고, 자신의 방과 집을 청결히 하고, 집앞과 동네를 청결히 하는 것을 가르친다. 그러기 위해서 휴지통 등을 적절히 관리해야 한다.

넷째, 예절을 가르친다. 우리나라 사람들은 아는 사람(친척, 집안 어른 등)에게는 예절이 매우 바른데, 모르는 사람(외국인 등)에게는 상당히 무례하게 구는 사람들이 많다. 우리의 어린이들에게 모르는 사람이나, 어린 아이, 외국인 등에게도 인류 보편의 예절을 잘 지키도록 가르쳐야 한다.

취학 전 집에서부터 이렇게 가르침을 받은 우리 어린이들은 자라서 세계 최고의 시민이 될 수 있다고 확신한다. 조급해 하지 말고, 멀리 보고, 지금부터 시작하자. 첫째는 가정이, 둘째는 학교가, 셋째는 사회가 이런 가르침의 장이 되어야 한다.

김구 선생은 우리나라가 무력이 강한 나라, 부강한 나라가 되는 것보다 높은 문화를 가지고 살아가는 문화민족, 문화국가를 건설해야 한다고 했다. 그러면 세계의 다른 나라 다른 민족이 우리나라를 높이 우러러 볼 것이라고 확신한다.

눈은 가을인데 입은 봄이구나

나의 아버지는 3남 2녀 중 셋째 아들로 태어났다.

보통의 농가에서는 장남에게만 학문을 가르쳤으나 글을 많이 배우고 후학교육에 평생을 바친 나의 할아버지는 자녀들에게도 좋은 가풍과 예절 교육을 몸소 실천해보이며 가르쳤다.

그런 할아버지 밑에서 자란 나의 큰댁은 큰 부자는 아니었지만 사랑채에 가끔 길손이 유하게 해주고, 가족들 먹는 정도로 식사도 제공해주는 걸 어릴 적에 가끔 목격했다.

나의 어머니는 할아버지로부터 손님 접대를 할 때는 그 주인과 똑같이만 하면 아무런 허물이 되지 않는다고 종부와 며느리들에게 해주시는 가르침을 받았다고 한다.

주인의 밥상에 간장과 김치, 김이 놓이면 그 세 가지만 손님에게 대접해도 흉이 되지 않는다는 것이다. 그러나 주인 밥상에는 생선과 계란 등이 올라가고, 손님 상에는 그렇게 하지 못한다면 안 된다는 가르침이었다.

내게 아들 둘이 생겨 큰 아이가 일곱 살 둘째가 다섯 살이었을 때 아버지께서 해주신 말씀이 지금도 생생하다.

"눈은 가을인데 입은 봄이니 이 어린 것들이 가만히 있겠느냐. 눈과

입이 봄이면 봄, 가을이면 가을이 되도록 하여라."

이 말의 뜻은 눈에는 과자, 빵이며 과일들이 넘쳐나는데 자기들 입에 넣을 것이 없으면 안 되고, 눈에 보이는 것도 없고, 입에 넣을 것도 없으면 그대로 괜찮다는 것이다.

이 말을 달리 표현해보면 어느 한쪽은 풍요가 넘치는데 다른 한쪽에는 부족하기 그지없다면 불평불만이 터져 나오게 되고, 결국은 평화가 깨진다는 것이다. 가정이나 국가 모두에게 적용되는 말이 아닌가 한다.

특히 빈부 격차가 심화되는 요즘 우리 사회는 함께 어려울 때에는 발생하지 않았던 불평불만이 커지고 있다.

그래서 국민들을 위해 일하는 국가 지도자들은 부의 편중 문제가 얼마나 세상을 불안하게 만드는 지에 대해 인식하기를 바란다. 그리하여 "눈은 가을인데 입은 봄이구나." 하는 말이 나오지 않도록 하는데 진력하기를 바란다.

되는 일을 하는 사람들

자기가 하는 일이 잘 되기를 바라지 않는 사람이 어디에 있겠으며 자기 가족이나 친척 또는 친구가 잘 되지 않기를 바라는 사람이 어디 있겠는가.

그런데 그릇이 큰 사람은 되는 일은 되게 하고 안 되는 일은 억지로 하지 않으니 그 인생이 쉬울 수밖에 없고, 자기 할 일을 자기 능력만큼 하여서 하늘의 명을 기다릴 따름인데 반해 그릇이 작은 소인은 어려운 일을 하면서 요행만 바란다는 말이 있다.

세상을 살면서 만나는 여러 사람 중에는 하는 일이 꼬여서 어려움을 겪는 사람도 있고, 어떤 사람은 하는 일마다 술술 풀려서 뭇 사람에게 부러움을 사는 사람도 있다.

나의 고향에는 하는 일마다 안 되어서 가산을 탕진한 형님 한 분이 있다. 이 형님이 처음에 한 일은 외상으로 어선을 제작하고, 그물과 여러 어구들을 갖추어 고기잡이를 시작했는데, 하필 그해에는 고향 바다에서 잡히는 전어가 흉년이 들어 외상값 때문에 전답을 팔게 되었다. 그리고 고기잡이 사업마저 접게 되었는데, 어선 값도 제대로 받지 못했다.

그러나 그 어선을 싼 값에 산 사람은 다음 해에 어업 장비를 조금 더 정비하여 고기잡이에 나섰는데, 고기가 많이 잡혀 돈을 많이 벌었다.

한편 나의 형님은 어선을 판 돈으로 정미기를 사서 사업을 시작했는데, 얼마 지나지 않아 기계에 문제가 생겼는지 고장이 잦다가 결국 불이 나서 타버리고 말았다. 나의 형님은 다시 사업에 실패했다.

그 다음에 형님이 시작 한 일은 빚내서 우사를 짓고 송아지를 사다가 키우는 것이었다. 다행이 송아지들이 잘 자라주기는 했는데, 소값이 폭락하는 바람에 큰 손실을 보았다.

이렇게 저렇게 하다가 손해가 누적되고 빚이 누적되어 선대로부터 물려받은 재산이 거의 다 사라지고 말았다.

다른 한 예로서 고향에 계신 내 집안의 한 아저씨는 자기가 할 수 있는 일이 무엇인지를 잘 생각한 다음 충분한 조사와 연구를 한 후 양잠업을 시작하였다.

그는 밭에다가 2년간 뽕나무 어린 묘목을 심었고, 이후에는 잠사를 짓고 누에 기르는 것에 대한 책을 보고 공부를 한 다음 첫 해에는 조금만 길러서 배움의 시간을 가졌다. 이후에는 뽕나무가 커서 뽕잎이 많이 생산되는 분량대로 누에를 더 키우고, 일손이 모자라서 이웃 몇 분과 손을 맞잡고 양잠사업을 키워나갔다. 첫 해에는 큰 이익을 못 내었지만 부채는 없이 첫 해를 교훈삼아 둘째 해에는 더욱 늘려서 누에를 키웠고, 뽕나무가 자라는 대로 점점 더 번창해갔고, 그 한 가지만을 계속하면서 전답을 사들여 중농이 되었다.

무리하게 이것을 손댔다가 안 된다고 다른 종류의 사업으로 옮겨가면 안 되는 것으로부터 얻을 수 있는 교훈은 소용이 없어지고 새로이 다른 공부를 해야 되는 문제가 생긴다. 무엇보다 부채의 짐이 있다면 다시 도전하는데도 더 큰 어려움이 따른다.

한 사람이 모든 것을 다 잘 할 수는 없다. 그러므로 자기가 할 수 있는 일을 찾아내서 경험과 기술을 축적하고, 안 되면 안 되는 원인을 분석하고 고쳐가며 지속적으로 일을 해야만 그 분야에서 성공할 수 있는 것이다.

억지로 무엇을 하려하거나 조급하게 큰 이익을 보려는 사람들은 종종 실패를 경험하지 않을 수 없다. 노력에 노력을, 공부에 공부를 통해 작은 성공이 쌓여 결국 큰 성공에 이르게 된다는 사실을 깨달아야 한다.

하지만 보통 사람들은 성공을 부러워하면서도 그 성공을 이루기 위해 준비하고 공부하고 노력한 것들에 대하여는 간과하는 경향이 있다.

두릅 봄순을 꺾으며

예로부터 봄나물, 봄순을 보약이라 일컬어왔다. 한국에서 경칩, 입춘이 지나면 바로 냉이, 달래, 씀바귀, 쑥 등 봄나물들이 나오기 시작하여 우리의 입맛을 자극하고 돌아오게 한다.

아직도 높은 산에는 눈이 녹지 않았지만 산골짜기를 따라 얼음장 밑으로 개울이 흐르고, 어찌 알았는지 봄나물들도 흙을 뚫고 고개를 내민다.

하기야 가을에 산에 가서 작약이나 삽주, 당귀 등의 뿌리를 캐어보면 내년 봄을 위하여 부드러운 새순이 솟구쳐 나올 준비를 하고 있다. 이 연약한 새순은 아무리 추운 얼음 속에 있어도 얼지 않는 것인지 연약하나 감히 상상도 할 수도 없이 강인하다.

이런 중에 산에는 진달래가 피고, 들에는 산수유와 목련이 피어난다. 그리고 청명과 한식 절기가 되면 온산의 식물들이 고개를 들고 힘차게 튀어나온다.

그 중에서도 사람들에게 가장 사랑받는 봄순은 두릅과 개두릅(엄나무) 순이다. 이 두 가지 순들은 향도 좋고, 영양가도 높고, 쌉쌀한 맛이 우리의 입맛을 돌게 해주는 것들로써 조상들로부터 큰 사랑을 받아왔다.

나도 강원도 홍천에 있는 산속으로 약초산행에 따라나섰다. 산속에 들어가서 새순이 막 나오는 두릅을 딸 때마다 돌아가신 어머니의 말씀이 생각나 다소 신경이 쓰였다.

"나무라도 봄에 힘차게 쑥 자라나온 가지를 꺾으면 죄 받는단다. 강아지도 병아리도 심지어 모든 동물 새끼들에게도 함부로 하지 말거라."

새로 나온 두릅과 엄나무 순들을 댕강댕강 꺾을 때마다 잘 자라나려고 하는 싹을 잘라버리는 것 같아 여간 미안한 게 아니었다. 그것들을 집에 가져와 데쳐서 초고추장에 찍어 먹을 때도 왠지 마음이 켕겼다.

다시 산행할 기회가 생겼다. 동행한 전문가 오 선생께 나의 느낌을 말해주었다. 그러자 그가 너무 그렇게 마음 아파하지 말라고 했다. 그러면서 "세상 만물을 하나님께서 창조하실 때 인간의 조상 아담에게 이 생물들이 각각 자기의 영역 안에서 창조의 목적을 이루면서 번성하라고 명하셨으며, 이들의 창조목적은 인간을 이롭게 하는 것"이라고 했다. 그러면서 "식물의 뿌리, 줄기, 잎, 열매, 모든 길짐승, 날짐승, 물고기, 해산물 등은 인간이 취하도록 주신 거"라고 했다.

특히 두릅은 식물로서 큰 재목으로도 자라나지 않으며 순을 따주면 옆에서도 나오고, 또 그렇게 오래 살지도 않는 나무로서 순을 꺾어주면 새 뿌리가 나고 더 번성한다고 했다. 또 가지들도 낫으로 적당히 잘라주면 숲을 건전하게 가꾸는데도 도움이 된다고 했다.

그 다음부터는 두릅은 하나님께서 봄에 우리 인간들이 봄맛을 느끼며 감사한 마음으로 취하라고 하시는 것 같아 조금은 덜한 미안함으로 봄순을 꺾을 수 있었다.

꺾어온 두릅 순을 몇몇 이웃 분들께도 나눠드렸다. 모두들 향이 이렇게 좋은 두릅 맛은 처음이라며 좋아들 하신다. 나의 기쁨도 덩달아 배가된다.

하나님께서 이 땅의 모든 생물을 창조하시면서 인류의 조상 아담에게 이것들을 가꾸고 보살피며 감사한 마음으로 취하라고 주신 계명이 사람에게 얼마나 큰 축복인가를 새삼 느끼게 된다.

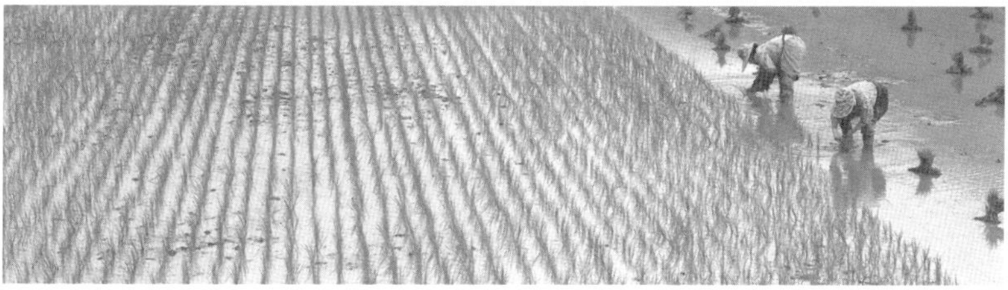

북한산 족두리봉 바위틈 감나무

망연자실한 채 북한산에 오르길 며칠, 어느 날 정상에 올라왔는데 그만 삶을 놓아버리고 싶다는 생각이 들었다.

서른 살이 넘도록 뭣하나 제대로 한 게 없구나. 차라리 죽어버리자. 더 이상 살아서 무엇하리.

그 순간 문득 나무가 내 눈에 들어왔다. 내 삶의 언저리에는 항상 나무가 있었다. 내가 힘들어 할 때마다 말없이 위안이 되어주고 삶에 대한 희망을 품게 하고 생활의 기반도 되어주었던 나무. 그 나무가 갑자기 나에게 이런 말을 하는 듯했다.

"나도 사는데 너는 아까운 생명을 포기하려 하는 거니?"

죽음의 문턱에서 나무가 나를 부른 거였다. 한 번 뿌리를 내리면 평생 그 자리를 떠날 수 없는, 그러나 결코 불평하거나 포기하지 않고 자신의 삶에 최선을 다하는 나무가 말이다.

순간 삶을 포기하려고 했던 나 자신이 부끄러워졌다.

- 우종영 『나는 나무처럼 살고 싶다』에서

위의 저자는 그 후로 산을 내려와서 나무에 대한 공부를 계속하여 나무박사가 되어 사회에 공헌하며 살고 있다.

나는 2009년에 신촌으로 이사 와서 시간 날 때마다 지하철을 타고 지하철 6호선 '독바위' 역에서 내려 북한산 족두리봉에 오르곤 한다. 시간이 많이 걸리지 않아서 오후 시간에 족두리봉 산행을 떠나기도 한다. 족두리봉에서 향로봉 가까이까지 갔다가 내려오는데 3시간이면 족하다.

북한산 족두리봉은 낮은 봉우리기는 하지만 북한산의 기상을 닮아서 그 기개가 군세고 아름다우며 그곳에서는 서울 서남향이 다 보인다. 족두리봉에 올라가 심호흡을 하고 물을 마시고 내려오는 꼭대기 바위틈에 감나무가 한 그루 있다. 그 감나무는 바위틈에다 뿌리를 박고 자라났는데 도대체 뜨거운 여름 물 한 방울도 없는 뙤약볕 아래서 어떻게 살아있는 것일까?

이 산에 오른 지 10여 년동안 쭉 관찰해오면서 신기하고 안쓰럽고 가여워 보이지만 그 감나무는 불평하나 없이 그 옹색한 바위틈에서 뿌리를 내리고 오늘도 꿋꿋이 살아가고 있다.

이 번 여름 가뭄이 심한 7월 중순 산에 갔다가 내려오면서 그 감나무를 보니 올해는 감이 열 개 정도 달려있었다. 영양분이 없어 몇 개는 땅에 떨어져있었다. 아마 나무가 씨받으려고 강한 몇 개만 남겨두고 나머지는 떨어뜨린 것 같았다.

이 나무가 세상에 태어나서 척박한 바위틈에서 겨우 살아가지만 나무로서 이생의 목적인 낳고 자라고 꽃피고 열매 맺고 죽는 것 그 자체의 일에 충실하고 있는 것이라 생각하니 저절로 마음이 숙연해진다. 만물, 즉, 초목이나 동물이나 사람이나 다 마찬가지로 이생은 낳고 자라고 꽃피고 열매 맺고 죽는 것이다.

족두리봉 감나무는 지금 자라고 있는 그 바위틈이 싫어도 떠날 수 없고, 자기 스스로 흙을 퍼다가 뿌리에 뿌릴 수도 없지만 자기가 처한 환경에서 오직, 오직 최선을 다하여 자라고 꽃피고 열매 맺으며 생의 목적을 이루려고 하고 있다. 그래서 하찮은 동물이라도 식물보다 나은 점은 더 좋은 환경으로 스스로 이동할 수 있다는 것이다.

하물며 사람은 자기가 이루고자 하는 것이 있으면 애써 노력하면 못 이룰 일이 별로 없는데, 위의 우종영 씨가 처음에 생각했던 대로 생을 포기하려는 사람이 있고, 아까운 목숨을 스스로 포기했다는 소식도 종종 접하게 된다.

누구든지 산으로 가서 바위틈에서 살아가고 있는 식물, 즉, 나무로부터 배울 수 있기를 바란다. 그 교훈을 통해 자신이 지금 처한 상황을 비관만 하지 말고, 자신의 운명을 받아들이고 그 운명으로부터 최선의 노력을 다하여 보다 더 나은 삶을 살아가고 세상에 보탬이 되는 삶을 살겠다는 결심을 할 수 있기 바란다.

예수 그리스도 후기 성도 교회 서울성전

제 7 부

이 경전구절을 읽을 때면

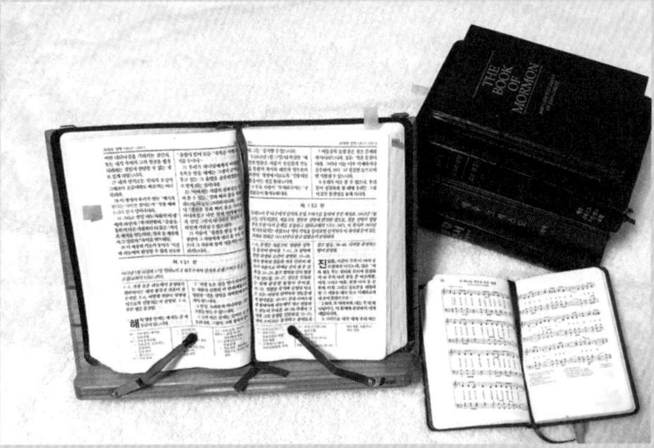

"삼가 너희 온 마음과 능력과 생각과 힘을 다하여 하나님을 섬기라."

(교리와 성약 4:3)

이 경전구절을 읽을 때면

나는 자세를 바로 하고 글자를 똑바로 응시하며

소리 내어 읽는 습관이 있다.

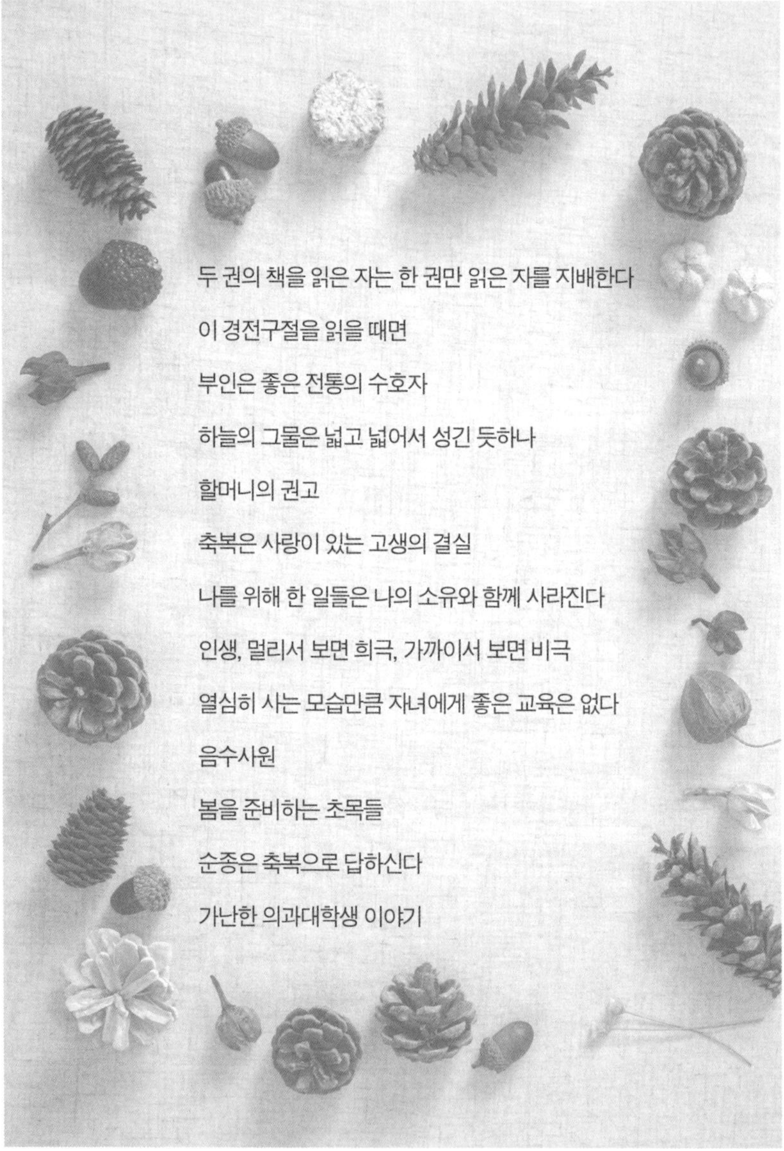

두 권의 책을 읽은 자는 한 권만 읽은 자를 지배한다

이 경전구절을 읽을 때면

부인은 좋은 전통의 수호자

하늘의 그물은 넓고 넓어서 성긴 듯하나

할머니의 권고

축복은 사랑이 있는 고생의 결실

나를 위해 한 일들은 나의 소유와 함께 사라진다

인생, 멀리서 보면 희극, 가까이서 보면 비극

열심히 사는 모습만큼 자녀에게 좋은 교육은 없다

음수사원

봄을 준비하는 초목들

순종은 축복으로 답하신다

가난한 의과대학생 이야기

두 권의 책을 읽은 자는 한 권만 읽은 자를 지배한다

까치는 천 년 전이나 지금이나 나뭇가지 위에 집을 짓고, 여우는 굴을 파서 살고, 곰은 썩은 나무통이나 바위굴에서 겨울잠을 잔다.

다시 말해서 동물은 예나 지금이나 지혜나 지식이 멈추어 서있고, 살아가는 방식에 변화가 없기 때문에 길이 나고, 자동차가 생기니 도로를 건너다가 차에 치이고, 올가미에 걸리고 총에 맞아 죽는다.

그렇지만 사람은 처음엔 천천히 발전해오다가 글자가 만들어지고, 종이가 만들어짐에 따라 기록이 가능해지면서부터 그들의 능력과 생각들이 기록으로 쌓이고, 거기에 지혜가 더해지면서 비약적인 발전을 이룩하게 되었다. 특히 인쇄술의 발달로 인해 현자들의 혜안은 물론 기술자, 목수, 농사꾼 등의 경험들도 점점 쌓여 왔다.

선인들의 노력과 고통과 인내와 시행착오를 거쳐 얻은 지식과 지혜가 책속에 담겨져 사람들에게 전달되고, 그것을 읽는 사람들은 시간과 공간, 절차와 방법 등을 뛰어넘어 시행착오를 거치지 않고도 그들의 기술과 지혜를 습득하게 된다.

수많은 사람들의 지식이 이렇게 책에 고스란히 기록되어 전해지는 덕분에 후손들은 그것들을 어렵지 않게 흡족히 취할 수 있으니 글자와 인쇄술에 대해 그리고 정치, 경제, 사회, 문화, 과학, 기술 등 모든 분야의 책들에 대해 고마운 마음을 갖지 않을 수 없다.

우리는 우리의 조상들, 이웃들, 심지어는 후배들로부터도 지식을 얻기 위해 많은 책들을 읽고 마음의 양식을 얻도록 노력해야 한다. 다산 정약용 선생의 저술 업적에 대해 들어본 적이 있는데, 그 때 나는 한 인간이 평생토록 열심히 노력하여 쌓을 수 있는 지혜가 얼마나 큰 가에 대해 생각하고 감탄한 바 있다.

밤늦도록 책 읽는 재미는 무엇과도 바꿀 수 없다. 책을 많이 읽는 자는 배워 익히는 것이 그 만큼 많기 때문에 적게 읽는 자를 선도하고 화술도 뛰어나게 되는 것이다.

나는 책을 통해 얻은 지혜로써 지배하는 자가 되기보다는 더 풍요로운 세상을 살아갈 수 있고, 나의 후손들에게도 더 큰 모범을 보일 수 있는 자가 될 수 있다면 더 바랄 것이 없겠다.

이 경전구절을 읽을 때면

“삼가 너희 온 마음과 능력과 생각과 힘을 다하여 하나님을 섬기라.”(교리와 성약 4:3)

이 경전구절을 읽을 때면 나는 자세를 바로 하고 글자를 똑바로 응시하며 소리 내어 읽는 습관이 있다.

여기서 ‘너의 온 마음과 능력과 생각과 힘을 다하라.’는 이 말씀은 하나님 한 분을 섬기는 데에만 국한된 것이 아니다. 부모님, 이웃, 지도자, 국가의 통치자 등도 여기에 포함되는 것이다.

같은 일을 하면서도 대충대충 하는 사람이 있고, 자신의 온 마음과 능력과 생각과 힘을 다하는 사람도 있다.

강원도 산속에 나와 함께 약초 산행을 하곤 하는 오형은 길을 가다가도 초목들을 일일이 살펴보며 어느 것 하나 그냥 지나치는 법이 없다. 그에 비해 나는 적당히 보고 지나치기 때문에 좋은 약초도 놓치고 만다. 왜 그런가? 내 온 마음과 생각과 능력과 힘을 집중하지 않아서 그런 것이다.

“어느 사람이 이생에서 자신의 부지런함과 순종을 통하여 다른 사람보다 더 많은 지식과 예지를 얻는다면, 장차 올 세상에서 그 만큼의 유익을 얻으리라.”(교리와 성약 130:19)

이 말씀은 앞선 말씀을 준행한 자에게 주어지는 축복이자 진리이다. 남보다 부지런하게 온 마음과 능력과 생각과 힘을 집중하여 배우고 행동하는 자는 그 인생의 결실 또한 탐스럽고 향기 가득 머금은 과실이 될 것임에 틀림없다.

부인은 좋은 전통의 수호자

집안에서는 물론 군민들의 존경의 대상이었던 나의 큰 큰아버지는 그의 명성에 걸맞게 군내 유수 집안 여식을 큰 며느리로 맞이했다.

이 큰아버지의 장남(나에게는 큰형님)은 아들 하나를 두었지만 어린 나이에 하늘나라로 보내고 다른 자녀가 없어서 두 번째, 세 번째 부인을 얻었으나 계속해서 소생이 없어서 나날을 술로 보내면서 가산도 탕진했다.

최근 고향에 성묘 가서 이 큰 큰아버지댁 넷째 형님을 만나서 내가 이렇게 물었다. "큰 큰아버지는 집안에서나 다른 사람들에게 바른 판단을 하시고 훌륭한 조언도 해주곤 하셨는데, 왜 큰 큰아버지는 첫째 형님이 아들이 없다는 이유로 부인을 여럿 거느리도록 내버려 두셨나요?" 그러자 그 형님은 자식일은 부모도 마음대로 할 수 없는 거라고 하였다.

종부의 덕목은 자식이 없으면 양자를 들여서라도 그 집안의 전통을 배우고 익혀서 이어가게 하는 것이라고 알고 있다. 윤선도가 큰 집의 양자가 되어 해남에 내려가 가계를 이었다는 해남윤씨 이야기도 자주 회자되지 않던가.

그런데 그 집안의 전통을 실제로 잇는 사람은 자식 보다는 현숙한 부인들이다. 구약성경의 잠언14장 1절에서는 "지혜로운 여인은 자기 집을 세우되 미련한 여인은 자기 손으로 그것을 허느니라."고 했다. 또 김진섭 수필가는 '부인은 좋은 전통의 수호자'라고 했다.

그래서 나는 나의 아들들과 손자녀들에게 여자가 남자를 잘못 만나면 본인의 신세를 망치게 되고, 남자가 부인을 잘못 들이면 그 집안을 망치게 된다는 것을 지속적으로 가르치고자 한다.

그렇더라도 가장 중요한 것은 아무리 좋은 집안끼리 결혼하여도 하나님의 축복이 함께 하지 않는다면 그 집안은 하루아침에 무너져 버린다는 사실이다. 그러므로 나는 나의 자녀와 손자녀들에게 항상 겸손하며 마음과 능력과 생각과 힘을 다하여 하나님을 섬기고 바르게 세상을 살아 좋은 가계를 영속적으로 이어가라고 강조하고 또 강조하여 가르치고자 한다.

하늘의 그물은 넓고 넓어서 성긴 듯하나

요즈음 이전 정권에서 저질러온 적폐를 청산하느라 요란하다. 이런 적폐를 청산하여 뿌리 뽑기란 참으로 지난至難한 것이다. 그렇더라도 그냥 묻어놓고 지나가자 하는 것도 안 될 말이다.

지금은 옆에 있는 몇 사람들을 직접 보고 배우던 시대와는 달리 문자와 매스컴의 발달로 인해 다양한 사람들을 통해 배우고 반면교사로 삼을 수 있는 기회가 생겼다. 그들이 저지른 불의와 허물이 결국 자신의 머리위에 떨어지는 상황을 지켜볼 기회도 되고 있다.

권력이나 돈이나 명예를 가졌다고 생각하는 사람들은 항상 조심하고 근신하여야 한다는 사실을 배워야 할 것이다. 나도 요즘 나 혼자만의 조용한 시간을 가질 때는 나의 과거를 되돌아보면서 많은 생각을 하곤 한다.

비단 교회에서 가르치는 계명뿐만 아니라 세상적으로도 남에게 잘못을 저질렀다면 상대방은 쉽게 잊어버릴 수 있지만 자신은 결코 그것을 잊지 못하고 늘 기억 속에 남아있는 법이다.

내가 다니는 교회에서도 성전에 가기 위한 합당성을 확인하기 위해 감독과 스테이크 회장과의 접견을 하게 되는데, 자기 스스로의 합당성을 확인하고 서명하는 절차가 우선적으로 진행된다. 연말에 진행되는 십일조 결산 시에도 하나님 앞에 정직하게 냈는지 감독님과 접견할 때에도 먼저 자기 스스로 확인, 서명하고 감독님이 확인하는 절차로 이어진다.

그러한 과정은 자기가 자기 자신과 자신의 행위에 대해 제일 잘 알고 있다는 것의 반증이다. 그런데 사람들은 나와 하나님은 알지만 이웃과 남이 모른다고 해서 나의 잘못들을 속이고 넘어가는 경우가 허다하다. 자기 자신과 전능하신 하나님은 다 알고 계시다. 우리 속담에도 낮 말을 새가 듣고, 밤 말은 쥐가 듣는다고 하지 않는가.

공무원이 공권력을, 부자가 부를, 기업의 간부들이 자신들의 권력을 남용하여 자기에게 유익(이익)이 되도록 행동하는 것은 결국 자기를 욕되게 하고 괴롭게 하는 것이며 자기 자신의 죄로 남는다.

아무리 허물의 그물망이 넓고(한 코에 칠천리) 성글다 해도 모든 죄, 특히 자기의 양심의 그물에 걸리게 되어 빠져나가지 못하고 마음의 상처를 입게 되니 항상 기억하고 행동하기 전에 기억해야 할 경구가 아닌가 한다.

신약성경 누가복음(12장 2~3절)에도 "감추인 것이 드러나지 않을 것이 없고 숨긴 것이 알려지지 않을 것이 없나니 이러므로 너희가 어두운 데서 말한 모든 것이 광명한데서 들리고 너희가 골방에서 귀에 대고 말한 것이 지붕위에서 전파되리라."고 한다.

이처럼 우리는 선현들로부터 올바른 가르침을 받아왔지만 미몽에서 깨어나지 못하고, 죄짓는 자들로부터도 교훈을 얻지 못하고 있는 사람들이 많은 것 같다. 무엇보다 배운 바를 실천에 옮기지 못해서 그런 경우가 발생하는 게 부지기수다.

할머니의 권고

- 곽윤조 할머니

내가 다니는 예수 그리스도 후기 성도 교회의 십이사도 중 한분이셨던 패커 사도의 젊었을 때의 이야기다.

그가 어느 봄날 당시 리차드 L. 에반스 사도와 함께 템플스퀘어 거리를 걷고 있었다. 연로하신 까닭에 천천히 걷던 에반스 사도가 "이 늙은이 걸음에 맞추어서 천천히 걷기가 힘들지요?" 라고 하면서 온화한 미소를 띠었다.

젊은 패커 사도의 대답이 이러했다. "저는 장로님 곁에서 천천히 걸어가면서 우리 신앙의 선조님 중 한 분이신 로렌조 스노우 회장님과 가졌던 일화를 들었는데, 그 일화 하나를 듣는 것만으로도 돈으로 살 수 없을 만큼 귀한 보물을 얻은 것이나 마찬가지입니다. 저는 그런 분들을 만나 뵙지 못했으나 장로님은 그분들과 나란히 걸으시면서 대화도 나누시고 지혜도 나누시지 않으셨습니까? 저는 그런 말씀들을 하나라도 더 듣고 싶습니다."

콜롬비아 대학의 유명한 역사학자인 버크만 박사는 우리나라에 방문했을 때 이런 말을 했다. "한 어르신이 돌아가시면 도서관 하나가 사라지는 것과 같다." 그러면서 어르신들은 일상생활, 교회생활, 봉사활동 등 모든 일들을 기록으로 남겨서 젊은이들이 선배들로부터 배울 수 있는 것들을 소홀히 하면 안 된다고 했다.

나도 젊은 시절 한 어르신에게서 배웠던 교훈을 아직도 기억하며 살고 있다. 1970년대 내가 다니던 교회 단위인 6와드에는 곽윤조 할머니가 계셨다. 그 할머니는 딸, 손자, 손녀 손을 잡고 교회에 나오셨다. 여름이면 모시 한복을 단정히 입고 아침 일찍 나오셨다.

체구가 아담하고 조용한 성품의 할머니가 어느 금식 간증 주일에 간증을 하러 단상에 올라가셨다. 들릴까말까 하는 가느다란 목소리로 이렇게 말씀했다. "젊고 건강하고 눈이 밝은 여러분, 지금 경전을 많이 읽으세요! 그리하여 경전을 통해 교훈에 교훈을, 덕에 덕을 쌓기 바랍니다. 나는 지금 눈이 어두워져서 경전을 많이 읽고 싶어도 할 수 없으니 나처럼 늙기 전에 부지런히 읽기 바랍니다."

그때는 나도 눈이 밝을 때이므로 그 어르신의 말씀을 명심해서 듣지 못했다. 그러나 이후 직장을 마치고 선교회장과 성전회장을 거친 시점인 2014년에 70세가 되어 독서의 시간을 갖기로 했다. 「삼국지」 10권, 「로마인 이야기」 15권, 「전쟁과 평화」, 「죄와 벌」, 「위대한 유산」, 「분노의 포도」, 「호밀밭의 파수꾼」, 「천로역정」, 노신의 단편들, 한국의 단편문학 선집 등. 그 중에는 예전에 미처 못 읽어봤던 것들도 있고 다시 읽게 된 것들도 있었다.

독서를 하면서 느낀 점은 긴 페이지의 책들을 읽으려니까 힘이 많이 들 뿐 아니라 눈이 아파서 하루 2시간 이상 읽기가 힘들다는 것이다. 한참 재밌게 읽다가 눈이 피로하면 조금 쉬거나 눈을 감고 눕거나 산

책을 하곤 했다.

그때는 왜 꼭 할머니가 하신 말씀을 깨닫지 못했을까? 아직 더 읽어야할 책도 많고 경전도 더 많이 읽어야 하는데 말이다. 그러나 내일이면 더 후회하게 될지 모르니까 할 수 있는 만큼 오늘 부지런히 읽어야겠다.

축복은 사랑이 있는 고생의 결실

- 김형석

식물이 맛있는 열매를 맺거나 곡식이 튼실한 열매를 맺으려면 한낮에 내리쬐는 뜨거운 햇볕을 정면으로 받고 견디어 내야만 한다. 달리 말하면 볕을 피하고 시원한 그늘에서 자라나서는 맛있는 과실이나 영근 이삭을 맺을 수 없다.

사람도 이와 마찬가지다. 누구나 삶을 살아가면서 고통스러운 여건 속에서도 목표를 향하여 참고 정면으로 부딪쳐 어려움을 이겨내야 한다.

우리나라 고등학생들을 생각해보자. 이들은 밤잠을 이겨내고 하루하루를 황금같이 귀하게 여기며 공부를 하면 원하는 대학에 갈 수 있다. 하지만 그렇게 보내지 못하면 자기가 원하는 대학에 들어가지 못한다.

대학에 들어가서도 전공학문과 어학 등을 남보다 더 열심히 해야만 좋은 직장에 들어갈 수 있다. 그러나 좋은 대학에도 못 들어가고, 대학에 가서도 열심히 하지 않으면 직장을 구하기 어렵다. 이들은 다른 기술이나 자영업을 하게 되는데, 일생을 부단히 노력해야만 가족을 부양하고 자신을 발전시킬 수 있다.

고등학교 때 배운 "줌 갈리 갈리 갈리, 줌 갈리 갈리, 줌 갈리 갈리

갈리, 줌 갈리 갈리, 개척자의 참 보람은, 개척이란 고생이다"라는 가사의 개척자를 노래하는 이스라엘 가곡이 기억난다.

산악인이 히말리야의 높은산, 전인미답의 7,000m 이상의 길을 개척하기 위해서는 준비하고 고생하며, 시련을 이겨내고, 기술에 기술을 터득하고 수많은 시행착오를 겪으면서 배우고 실천하여 이룩할 수 있다. 그런 일을 하려면 우선 자기의 육체와 정신력도 꾸준히 갈고 닦은 다음에라야 가능하다.

이렇듯이 가치 있고 보람 있고 훌륭한 일들은 여타의 다른 선택사항들을 과감히 포기하면서 오로지 목표를 향해 나아갈 때 이룰 수 있다.

사람들, 특히 젊은이들은 그들의 생에서 얻고자 하는 고귀한 것들을 찾고 이룩하기 위해 놀고 싶은 것, 자고 싶은 것, 먹고 싶은 것, 쉬고 싶은 것들의 유혹을 과감히 떨쳐버리고 일어나 겸손하게 하나님을 신뢰하면서 온힘을 집중하여 고생에 고생을 덧칠하여야 한다. 목표를 이루기 위해서는 다른 기회나 가능성들에 대해서는 미련 없이 포기하는 용기도 함께 지녀야 한다.

노력과 희생에도 때와 기한이 있다는 사실 또한 깨달아야 할 것이다. 구약성경 전도서 3장 1절~9절이 그 의미를 더 잘 헤아려 볼 수 있게 해준다.

"범사에 기한이 있고 천하만사가 다 때가 있나니 날 때가 있고, 죽을 때가 있으며 심을 때가 있고 심은 것을 뽑을 때가 있으며, 죽일 때가 있고 치료할 때가 있으며 헐 때가 있고 세울 때가 있으며, 울 때가 있고 웃을 때가 있으며 슬퍼할 때가 있고 춤출 때가 있으며, 돌을 던져 버릴 때가 있고 돌을 거둘 때가 있으며 안을 때가 있고 안는 일을 멀리 할 때가 있으며, 찾을 때가 있고 잃을 때가 있으며 지킬 때가 있고 버릴 때가 있으며, 찢을 때가 있고 꿰맬 때가 있으며 잠잠할 때가 있고 말할 때가 있으며, 사랑할 때가 있고 미워할 때가 있으며 전쟁할 때가 있고 평화할 때가 있느니라. 일하는 자가 그의 수고로 말미암아 무슨 이익이 있으랴."

나를 위해 한 일들은 나의 소유와 함께 사라진다

14~15년 전 나는 내 친구 오성범과 함께 하남시 고골이라는 곳에 있는 얕은 산을 오르게 되었다. 그곳을 통과하여 남한산성 뒷자락에 오르고자 함이었다. 우리는 그곳에 자라나는 식물, 꽃, 나물 등도 살펴보고 싶었다.

얼마간 산을 오르다 보니 나무숲이 나오고, 조금 평평한 곳이 나왔다. 다양한 나무들 사이로 다수의 비석 받침대들이 보여 더 깊이 들어가 보니 제법 넓은 터에 비석들이 널브러져 있었다. 제자리에 서있거나 반듯하게 자리하고 있는 것은 하나도 없었으며 마치 바닷가 파도에 씻긴 돌처럼 흩어져 있었다.

의아해하며 들여다보니 옛날 묘지 앞에 망자를 기리기 위해 세워진 비석들이 넘어져 두 동강, 세 동강이 나 있었다. 조각난 비석에 새겨진 문자들을 살펴보니 신라시대 성골이었다고 알려진 석씨 묘비였다. 나는 이곳에 웬 석씨의 비석들이 이렇게 많은 지 이 다음 산 아랫마을에서 어르신네를 만나거든 한 번 알아보라고 친구에게 부탁했다.

그로부터 한 2주쯤 되었을 때 오형에게서 전화가 왔다. 그는 내가 부탁했던 것에 대한 답을 해주었다. 그곳 아랫마을에서 한 지긋한 어르신을 만나서 여쭤보니 그곳 하남의 좋은 땅에 석씨 집성촌이 이루어져 누대에 걸쳐 번영을 누리며 살면서 조상의 묘 벌초도 하고 시제도 잘 모셨지만 한 가족 두 가족 떠나고 해방을 맞고, 6.25를 겪은 이후에는 모두 떠나고 돌보는 이 한명 없어 그렇게 훼손되어버렸다고 하더라는 것이었다.

그 얘기를 듣다보니 나의 두 어깨가 축 쳐지고 맥이 풀리는 것 같았다. 우리 집안도 고향에다 가족묘를 조성하느라 수천만 원을 들이고, 조상들의 유해를 그곳에 이장하고, 비석을 세우고 했는데, 그런 것들이 다 부질없다는 생각이 들었기 때문이다.

로마황제 아우렐리우스도 그의 『명상록』에서 설사 황제라도 천년 후에는 아무도 알아주지 않을 것이라고 피력한 바 있다.

나 역시도 중국에 다녀온 적이 있는데, 그때 광개토대왕 무덤과 장수왕의 무덤을 돌아보면서 들은 얘기는 농부들이 일하다가 이 위대한 왕들의 비석을 발견했다는 것이다. 백제의 무령왕릉도 배수로 공사 중에 발견되었다고 하지 않던가.

그럴진대 우리 필부들은 어떻겠는가! 오래 지나지 않아 흔적도 없이 사라질 것이다.

태초에 하나님께서 인간을 지으시고 "너는 흙이니 흙으로 돌아가리라"고 하신 말씀이 가슴에 와 닿는다. 사람이 죽으면 영과 육이 분리되어 영은 하나님께로 돌아가고, 육은 흙으로 되돌아가는 것이 하나님의 뜻이거늘 무덤의 치장을 줄이고, 하나님께 가지고 가서 보고할 수 있는 영원한 일들, 즉 세상을 향한 선행, 봉사, 희생 같은 일에 신경을 써야 한다.

나를 위해 하는 것들은 나의 죽음과 함께 끝이 나지만 남을 위해 하는 나의 행위들은 영원히 남는다는 평범한 진리를 남한산성의 석씨 비석을 통해 되새겨본다.

인생, 멀리서 보면 희극, 가까이서 보면 비극

- 찰리 채플린

어느 사회학자가 시민강좌에서 대뜸 "인생은 우연히 던져진 운명의 소유자이다."라고 했다. 자기가 선택한 여건 하에서 태어난 것이 아니고, 조물주의 섭리에 의해 주어진 운명에 따라 살아가게 된다는 의미였다.

종교가 있는 자들의 믿음과는 배치되는 것이나 '어떻게 이런 운명이 나에게 주어졌는가?' 하고 질문을 하면 대답이 곤란하여 그렇게 밖에는 달리 대답하기 어려운가 보다.

옛날에는 도로망과 교통수단이 발달하지 못하여서 결혼 중매를 하더라도 40km를 하루 종일 가서 이루어졌고, 자기 고장을 떠나 여행을 할 수 있는 범위도 한계가 있었다. 바다, 강, 높은 고개, 산맥 등이 갈라놓아 사람들 간에 언어도 다르고 인종도 조금씩 변화되었을 것이다.

지금도 아프리카에는 여러 부족들이 있고, 심지어는 일본에도 아이누족과 유구족이 있고, 지리적으로 광대한 중국에는 무려 56개의 소수민족이 살고 있다고 한다.

가까이에는 강원도 용평의 암반덕이나 태백의 고랭지, 홍천의 행치령 등에 가보면 그렇게 산이 아름답고, 개울이 깨끗하여 그곳에서 사는 사람들은 마치 자연의 아름다움을 만끽하며 천국에서 살아가는 것 같아 보인다.

그러나 그 속으로 깊이 들어가 보자. 그러면 여러분은 다른 생각이 들 것이다 영어에는 "Put yourself in my shoes!"가 있는데, "내 입장에서 생각해 보세요." 라는 뜻이다.

이 말에 비추어보면 그들은 도시를 그리워하고, 먹는 것이 풍부한 마켓을 그리워하고, 놀이시설, 극장, 차, 가전제품, 의약품, 의사, 학교, 친구, 그들이 갖지 못한 장난감, 핸드폰, 따뜻한 방, 다양한 옷가지, 신발, 편리한 주방시설 등등 이루 말할 수 없는 문명의 산물들을 그리워한다.

도시에 사는 사람들이 볼 때는 산들산들 부는 바람, 맑은 하늘, 봄여름이면 피는 꽃, 아름다운 단풍 그리고 자연이 선사하는 각종 산나물과 약초를 생각하며 그들의 삶을 부러워한다. 그러나 그곳에 사는 사람들은 그런 것들이 잘 보이지 않는다.

우리는 이처럼 각자 다른 여건, 즉, 다른 환경 다른 건강상태, 다른 가정, 다른 나라에 살아간다. 그러면서 내가 가지지 못한 것들을 가지고 있는 사람을 보면 복을 누리고 있다면서 부러워한다. 돈이 없는 자는 돈이 있는 자를, 권력이 없는 자는 권력가진 자를, 건강이 나쁜 자는 건강한 자를, 형제가 없는 자는 형제가 있는 자를, 부모가 없는 자는 부모가 있는 자를 부러워한다.

그렇다면 그 부러워하는 대상의 내면에 한 번 들어가 보자. 개인적으로 가정적으로 사회적으로 걱정 없는 사람 없고, 속에는 다 어려움이 있다. 너나 할 것 없이 그러한 문제 앞에 불평불만 속에 살아가고 있음을 알게 될 것이다.

나 또한 요즘에서야 내가 가지지 못한 것에 대해 부러움이나 시기심, 질투심을 가질 것이 아니라 남이 갖지 못한 나만이 가진 것을 감사함으로 채우며 살아가야 된다는 깨달음을 얻게 되었다.

여우가 높이 달린 포도송이를 따먹으려고 높이 뛰고 또 뛰고 해보지만 못 따고 결국은 "저 포도는 달콤하지 않고 실 것이다." 라고 하며 돌아선다고 한다.

거기에서 더 나아가 우리는 하고 싶은 것, 소유하고 싶은 모든 것을 가진다고 해서 행복해지지 않는다는 것을 아는 이상 과감하게 포기하고, 가진 것에 감사하며 자존감을 가지고 살아가야겠다. 나 스스로 나 자신을 존중하지 않는다면 누가 나를 존중해주겠는가? 내 가정, 내가 속한 사회와 국가에 대해 존중하는 마음과 감사하는 마음가짐을 가져야겠다.

열심히 사는 모습만큼 자녀에게 좋은 교육은 없다

- 전혜성

세상에서 제일 어려운 일이 자녀교육이라 했던가? 어느 부모치고 그들의 자녀가 훌륭한 성품을 계발하고, 좋은 교육을 받고, 합당한 배필을 만나 좋은 가정을 갖기를 바라지 않겠는가?

그런 교육을 시키기 위해서 부모들은 온갖 어려움과 역경 속에서도 자식들에게 모범을 보여주어야만 한다.

자녀들이 선교사로 봉사하기를 원한다면 평소에 선교사를 그리스도의 대표자로 존경하고 대접하며 격려와 칭찬의 말을 해주어야 한다. 그러면서 자녀들도 선교사가 되려는 소망을 갖게 할 수 있다.

또 자녀들이 책, 특히 경전을 읽고 사색하며 경전의 가르침대로 생활하기를 원하면 아이들 앞에서 함께 경전을 읽고 몸소 행해야 한다. 부모가 남을 배려하고, 이웃에게 봉사하고 사랑하며 사는 모습을 보면서 자란 자녀는 장차 그런 사람이 될 가능성이 높다.

자녀들이 장성하여 결혼할 사람을 데려오거나 중매가 들어오면 우선 그 사람의 부모가 세상을 어떻게 살아왔으며 지금은 어떻게 살고 있는가를 살펴보면 그 사람에 대해서도 대강 미루어 짐작해볼 수가 있다.

우리 자녀들이 돈을 많이 벌지 못하고, 크게 출세하지 못하더라도 부부간에 오순도순 살면서 남편은 가족의 부양을 위해 힘써 부지런히 일하고, 부인은 적은 돈으로도 가계를 착실하게 꾸려나가며, 자녀들은 정직하고 부지런하여 남을 돕는 그런 사람이 된다면 무엇과 바꿀 수 있겠는가?

내가 다니는 예수 그리스도 후기 성도 교회에서는 "세상의 어떤 성공도 가정에서의 실패를 보상하지 못한다."는 가르침 하에 부모는 가정을 소중히 여기고 자녀를 바르게 양육하는 것이 곧 한 나라를 강하게 할 수 있다고 강조한다.

튼튼한 국가와 사회는 한 가정의 아버지와 어머니의 손에 달려있음을 깨닫고 부모는 매일매일 정직하고 열심히 그리고 좋은 모범을 보이며 살아가기를 바래본다.

음수사원

중국의 작은 거인 덩샤오핑은 미국을 방문하고 중국으로 돌아오는 길에 하와이 폴리네시안 문화센터(PCC)를 방문하고서 기자 회견 시에 다음과 같은 말을 남겼다. "우리 중국인은 오솔길 옆에 있는 우물물을 한 컵 마시면서도 그 우물을 판 사람의 노고를 생각하면서 마십니다."(飮水思源)

우리는 어떤가? 많은 선인들이 했던 노고에 힘입어 살면서도 감사하면서 살고 있는가?

나는 서울의 아름다운 배산背山인 북한산에 자주 오른다.

2006년 어느 가을날 불광동쪽 족두리 봉에서 백운대까지 종주縱走를 하게 되었다.

족두리봉에서 백운대까지는 능선과 능선으로 이어져 있으며 족히 5시간 정도가 걸린다. 족두리봉에 이어 향로봉과 비봉을 거치고 문수봉을 넘어야 한다. 그러나 우리는 문수봉을 돌아서 가지 않고 바위를 넘어 가기로 하여 쇠줄을 잡기도 하고, 바위를 깎아 발을 걸치게 되어있는 바위 능선을 오르면서 그냥 잡고 밟고 오르기도 힘든데, 바위를 정으로 파서 발 디딜 곳을 만든 사람이 과연 누굴까 하고 갑자기 궁금해지면서 감사하는 마음이 저절로 우러났다. 그분의 노고와 고생 덕분에 오늘 '우리가 이렇게 쉽게 넘어갈 수 있는 구나' 하면서 어느 분인지 지금은 이 세상분이 아니겠지만 마음이 숙연해졌다.

백운대를 오르고 나서 도선사로 하산하다가 왼쪽에 우뚝 솟은 인수봉을 바라보니 위용이 당당했고, 그 산자락에 젊은 암벽 산악인들이 여럿이 줄에 매달려 능선을 오르고 있었다. 내가 산장에 머물던 등산가에게 로프 걸이는 어떻게 설치된 거냐고 물어보고서 다시 한 번 놀랐다. 그 로프 걸이를 만든 사람이 맨몸으로 몇 날 며칠을 각고의 노력 끝에 만들어 놓은 것이라고 했다. 개척자들의 노고 덕분에 후생後生들은 그 길을 따라 마음껏 오를 수 있는 것이다.

몇 년 전에 스위스와 프랑스를 여행할 기회가 있었다. 그 때 융프라우, 마테호른, 몽블랑을 오르게 되었다. 그곳은 주로 산악 열차와 케이블카를 타고 오르게 되어 있었다. 산악 열차가 가파른 산을 톱니바퀴로 올라가고, 그 다음엔 케이블카를 타고 가다가 어두운 동굴을 지나게 되었다.

그때 나는 아름답다는 생각에 앞서 이 높은 산에 동굴을 팠던 노동자들의 땀과 고통을 생각하니 참으로 감사했다. 그분들 덕분에 이방인들도 이렇게 편하게 이 높은 산에 올라와서 자연의 아름다움을 만끽하고 있으니 그 후손들 역시 감사하면서 살겠구나 하고 생각했다.

2018년도에는 중국 시안에 있는 진시황의 병마용을 구경할 기회도 있었다. 한 독재자의 사후를 위해 희생한 인민의 슬픔이 느껴졌다.

장가계의 천문산, 유리잔도와 귀곡잔도에서도 걸어보았는데, 어떻게, 아니 어떤 사람들이 천길벼랑에 철심과 시멘트 말뚝을 박아서 길을 만들었을까 하고 궁금하고 나에게는 상상이 가지 않는 일로 보였다. 그냥 걸어가기만 해도 오금이 저려오고 아찔하여 아래를 내려다보면 오줌을 지릴 만큼 아슬아슬한 곳에서 말이다.

가이드의 말을 들으니 이 길을 만든 사람들은 외줄을 타고서 무거운 장비를 이용하여 천 길 낭떠러지 벽에 구멍을 깊게 파서 철심과 시멘트를 부어 양생하기를 수 년 동안 했다고 한다. 음식도 변변히 먹지 못하고, 의복도 빈약하고, 장비도 좋지 않던 시절에 이 둘레길을 만들면서 수 십 명의 일꾼들이 목숨을 잃었다고 한다.

이런 사실을 알고서 선조들의 희생과 헌신 그리고 고된 시련과 노력의 결실을 누리는 후손으로서 송구한 마음이 든다. 지금 우리 세대도 너무 편한 것, 좋은 것만 추구하지 말고, 어디엔가, 무엇엔가 힘과 수고를 쏟아 부어서 후손들에게 남겨줘야겠다. 그곳이 공장이든 농수산 실험실이든 책이든 정치현장이든 연구실이든 세상에 유익하고 필요한 곳이면 어디든 좋다.

봄을 준비하는 초목들

나의 큰 아들이 미국 유타대학 대학원에 다니다가 선교사로 봉사하기 위해 휴학을 하게 되었다. 우리 부부는 아들의 선교사 출발을 보기 위해 미국으로 향했다.

아들이 살던 기숙사에 도착해보니 아들은 방을 다른 사람에게 넘겨주기 위하여 청소를 깨끗이 하며 처음 상태로 원상 복원하는 작업을 열심히 하고 있었다. 기숙사 관리인의 검사를 통과해야 한다고 했다.

이틀에 걸쳐 우리 부부도 거들고 하여 청소와 물건 정리를 완벽하게 마쳤다고 보고했는데, 관리인이 와서 창틀과 침대 등 곳곳에 손가락으로 문질러 보더니 더 깨끗이 하라고 지적하는 바람에 한 나절 더 청소하고 검사에 통과할 수 있었다.

나는 신촌에서 원룸 하우스를 운영하고 있는데 새로 들어오는 사람들은 깨끗한 상태의 집에 들어오기를 바라지만 이사나가는 사람들은 집 열쇠만 넘겨주고 가버리는 경향이 있다.

들어올 때는 그렇게 청결을 강조해 놓고서 나갈 때는 '나는 갈 사람이니 모르겠다.' 식이다. 그래서 입주 청소업체에 의뢰하여 청소하고 다음 입주자가 들어오게 하는 경우가 많다. 이 얼마나 큰 차이인가.

1960년대에 한국 H자동차 회사에 우리나라 조립공들이 일본 조립공들과 똑 같은 시간을 일하여도 자동차 조립대수가 차이가 나서 둘 사이의 일하는 패턴을 조사해보았다고 한다.

우리나라 조립공들의 손놀림이나 부지런함에는 문제가 없었으나 일과 시간을 체크하여 보니 일본 조립공들은 화장실 가는 시간도 조절하여 사용하더라는 것이다. 그리고 저녁 마감시간이 되자 우리나라 사람들은 땡하고 종료시간을 알리자마자 그냥 손을 털고 나갔고, 일본 사람들은 공구 정리, 배치 등 다음날 아침에 와서 일하는데 지장이 없도록 만반의 준비를 하고 퇴근을 하더라는 것이다.

그리고 일본 사람들은 다음날 회사에 와서는 작업대에 들어서면서 바로 일을 시작하는데 반해 우리나라 사람들은 작업 공구들을 정리 정돈하는 시간만큼 적은 작업성과를 내더라는 것이다. 나중에는 우리나라 사람들도 일본인들처럼 퇴근 전에 정리를 하고 갔더니 그 다음날 더 큰 성과를 냈다고 한다.

내가 다니는 예수 그리스도 후기 성도 교회에서는 19~20세의 젊은 이들이 선교사로 봉사하고, 퇴직 후 60대 이후에는 부부선교사로 봉사를 하게 된다. 이런 봉사의 일환으로 서울성전 회장으로 봉사하고 있을 당시 조지 장로 부부 선교사가 함께 봉사하고 있었다.

가끔 화장실에서 만날 기회가 있었는데 이 분은 항상 손을 씻고 화장지 두 장 정도를 뽑아 쓰고 나서 그것으로 세면대 주위를 깨끗이 닦고 버리는 것이었다. 다음 사람이 깨끗한 세면대를 이용하도록 배려하는 행동이었다.

11월에 산에 가면 모든 산이 단풍이 들고, 1년생 초목들은 잎이 져서 그 무성했던 산의 푸르름은 사라졌다. 그런 중에 약초의 뿌리를 캐어보면 잎과 줄기는 다 스러졌는데도 삽주 뿌리에서는 보드라운 새눈이 나와서 내년 봄에 자라날 준비를 하고 있다. 연약한 새눈이 눈과 추위 속에서도 내년을 준비하여 봄이 오면 튀어나오려고 하고 있는 게 놀랍다.

목련을 보라. 잎도 지고, 나무도 쓸쓸히 겨울바람에 추위를 이겨내려고 안간힘을 쓰고 있는데 나뭇가지 끄트머리에 달려있는 꽃봉오리들은 속에 꽃을 머금고 봄날 화사하게 피어날 준비를 하고 있다.

우리 인간도 다음에 오는 사람이나 후손들을 위하여 나의 편안함과 즐거움만 위할 것이 아니라 배려하는 마음을 가져야 한다. 우리 조상은 볍씨는 7년 가뭄에도 먹지 않고 머리 밑에 베고 죽었다고 한다. 내일을 위하여, 내일의 풍요를 위하여, 나의 후손들을 위하여 다소간 어려움과 불편을 참고 배려하는 마음을 가지고 만사에 임하여야 겠다.

순종은 축복으로 답하신다

옥스 회장님이 부산선교부에 방문하셨을 때 들려준 이야기다.

자신의 아버지는 의사였고 어머니는 간호사였다. 그런데 불행하게도 아버지가 어떤 감염병으로 젊은 나이에 세상을 떠나고 말았다. 결국 어린 그와 두 여동생을 어머니 홀로 키워야 했다. 어머니는 바르고 강하게 자녀들을 길렀다.

그가 12세가 되어 집사 신권을 받으니 어머니는 “이제 우리집에도 신권 소유자가 생겼다.”고 하면서 매우 자랑스러워하셨다.

크리스마스 시즌이 되어 그가 속한 와드의 감독님이 케이크를 여러 개 사서 홀로된 분들께 전달하자고 옥스 집사를 옆 좌석에 태우고 차를 운전하여 나섰다. 그 감독님은 여러 과부들 집을 노크하고 옥스 집사에게 케이크를 전달토록 했다.

케이크 전달을 다 마친 다음 옥스 집사의 집에 도착한 감독님이 남은 케이크 한 상자를 그에게 건네주며 “너의 어머니께 전달해드려라.”고 하셨다. 감독님의 말에 그는 깜짝 놀랐다. 그리고 ‘나의 어머니가 과부였구나!’하고 처음 깨달았다. 그의 어머니가 너무도 씩씩하고 열심히 일하는 분이었으므로 미처 그 사실을 인식하지 못하고 살아왔던 것이다.

그는 유타에서 법률을 공부하며 결혼하여 자녀를 둘이나 둔 캠퍼스 커플이었다. 그런 다음 미국에서 제일 유명하다는 시카고대학 로스쿨에 진학하여 이사를 하게 되었다.

홀로 일하면서 자녀를 돌보고 학비를 조달하는 어머니의 부담을 덜어드리고자 그는 장학금도 받고 계속해서 아르바이트를 하며 학창시절을 보냈다. 그런데 시카고대학은 생활비도 비싸고 학비로 엄청나게 비싸서 그는 두 곳에서 아르바이트를 하게 되었다.

그런 상황에서 그곳 와드에 참석하니 감독님이 "유타, 우리 교회의 본고장에서 똑똑한 학생이 우리 와드에 왔다."고 기뻐하면서 당장 와드 서기의 부름을 주셨다. 교회서기는 감독단모임 때마다 참석하여야 되고 주일날에도 여러 일들(특히 십일조 수납 등)을 수행해야 할 일이 많다. 그러니 그로서는 공부하랴 두 가지 아르바이트 하랴 교회 봉사하랴 눈코 뜰 새 없는 시간을 보내지 않으면 안 되었다.

그래서 그는 마음속으로는 감독님이 나의 상황을 아셨다면 와드 서기로 부르지 않았을 것이라는 생각도 들었지만 하나님의 대행자인 감독님이 부름을 주셨기 때문에 최선을 다해 서기 일을 했다. 그렇지만 아르바이트 하다가 감독단 모임 직전에 뛰어오고 모임이 끝나자마자 감독님보다 앞서 일터로 뛰어가야 하는 상황이 빈번하게 발생했다. 아르바이트 동료들과 시간 바꾸기를 해가며 감독단 모임에 헐레벌떡 참석하기도 했다.

그렇게 한 달 가량이 지나고 두 달째에 접어들 즈음 회의를 마친 후 감독님이 그에게 정식 접견을 하자고 했다. 접견 중 그렇게 바쁜 이유가 무엇인가 하고 물었다. 그래서 그가 어머니가 과부로서 동생들의 생활비와 학비를 책임져야 하며, 본인도 아내와 두 자녀의 생활비는 물론 자신의 학비를 마련하느라 아르바이트를 두 가지 하고 공부도 해야 해서 그렇다고 대답했다.

감독님이 알았다고 하면서 접견을 마쳤다. 그는 이제 감독님이 그의 처지를 알게 되었으니 바쁜 서기직에서 해임해주실 거라는 기대를 했다. 그런데 한 주가 지나고 두 주가 지나고 세 주가 지나도 감독님이 아무 말씀도 없어서 그는 혹시 감독님이 그의 처지를 잘못 이해하셨나 하는 생각이 들면서도 계속해서 열심히 모든 일을 했다.

그 다음 주에 드디어 감독님이 그를 감독실로 불렀다. 그는 '이제 해임해주시려고 하는 구나.' 하고 생각하면서 감독실로 들어갔다. 그런데 뜻밖에도 감독님은 봉투를 하나 건네면서 감독님의 친구에게 전달해달라는 것이었다.

그가 그 봉투를 가지고 찾아 간 곳은 유명한 시키고의 변호사 사무실이었다. 감독님의 친구라는 그 변호사가 편지를 다 읽고 나서는 "나의 훌륭한 친구가 자네를 칭찬하는 소개장을 보니 내 사무실에 나와서 나를 도와 일하지 않겠나?"고 하면서 주급은 그가 두 곳에서 아르바이트 한 수입의 두 배를 주겠다고 했다.

그는 집에 돌아와 그의 아내와 함께 눈물로써 감사의 기도를 드렸다. 그곳에서 일하기 시작하면서부터는 공부할 시간도 많아져서 장학금도 받게 되었고, 무엇보다 훌륭한 법률가 밑에서 좋은 교육도 받는 가운데 학위를 받고 변호사가 되었다.

옥스 장로님은 "내가 어렵다고 하여 감독님이 주신 부름을 거절하였다면 그와 같은 행운은 따르지 않았을 것이다. 그렇게 순종하여 일하였기에 법률가가 될 수 있었고, BYU 총장, 연방대법원 판사가 될 수 있었다. 그것은 거의 불가능한 여건 속에서도 시카고에 있는 와드 감독님의 부름에 거절하지 않고 순종하였기 때문이었으며 하나님은 어떤 부름도 그것을 이룰 수 있는 방편을 가지고 부르신다."라고 우리 부산 선교부 선교사들에게 간증해주셨다.

참으로 우리가 명심하고 감사해야 할 간증이었다.

가난한 의과대학생 이야기

1974년도에 미 8군에 군의사로 온 한 형제님의 간증이 주위를 숙연하게 했다. 우리의 속담 '젊어서 고생은 사서라도 한다.'는 산 증인이 아닌가 싶을 정도였다.

그는 유타대학 의학부에 입학하여 의사가 되고자 하였지만 집안이 가난하고 부양할 자녀도 많아서 부모님이 그의 의과대학 학비를 대줄 수 없는 처지였다.

어려운 학업 도중이었지만 그는 교회에서 활동하다가 마음에 맞는 자매를 만나 결혼하여 세 명의 연년생 자녀까지 두게 되었다. 그의 아내까지 학교를 휴학하고 돈벌이에 나섰지만 그 또한 공부하랴 일하랴 여간 힘들고 괴로운 것이 아니었다.

그에게는 차도 필요하였지만 살 형편이 못되어 남이 실컷 타고 거의 폐차직전의 차를 얻어 타고, 집도 렌트비가 가장 싼 곳에 들어가고, 음식재료도 마켓 마감시간에 떨이하는 것들만 사다가 해먹었다.

옆 동료들은 좋은 차를 타고 다니면서 멋진 자매들과 주말마다 야외로 나가 데이트를 즐기지만 그는 돈이 없어서 어린 자녀들의 영양식을 위해 온갖 지혜를 짜내야 할 형편이었다.

그의 부부의 유일한 외출이라면 주말에 와드 상호부조회나 청녀 자매들에게 아이들을 잠시 맡기고 성전의식에 참여하는 것이었다. 성전에 가면 환영받고, 봉사하면 기쁘고, 돈도 들지 않으니 일석삼조가 아닐 수 없었다.

그는 몇 년 동안 어렵게 공부하고 일하고 봉사하면서도 의과대학을 졸업하고 의사시험에 합격하여 영광스러운 학위를 받았다. 그렇게 보니 자신과 함께 의과대학에 입학하여 좋은 차타고 맛있는 음식 먹으면서 주말이면 멋진 자매와 데이트를 즐기던 동료들은 낙제점을 받고 학위도 못 받고 의사시험에도 합격하지 못하였다.

그는 정식 의사가 되어 국방부에 고용되었다. 그리고 한국 8군 의사로 와서 이제는 그 모든 어려움에서 벗어났고 가족도 돌볼 수 있게 되었으며 남을 위해 봉사도 할 수 있는 축복을 누리게 되었다. 그는 남들이 주말마다 놀러 다닐 때 성전에서 봉사한 덕분에 모든 축복이 찾아왔다는 것을 깨닫게 되었다고 했다.

이제는 의사로서 주변에 어렵고, 고통 받는 사람들을 물질적으로도 도울 수 있게 된 것도 그가 학창시절 가난한 삶을 잘 이기고 살아왔기에 가능하다고 간증했다.

현재의 불행이 미래의 행복으로 돌아올 지, 지금의 행복이 미래에도 지속될 것인지는 누구도 알 수 없다. 다만 좋은 여건, 행복한 상황일 때 겸손하고 감사해야 하며, 어려울 때 하나님께 기도하며 참고 견디고 또 견디면 결국은 하나님의 축복이 따라오게 될 것이라는 확신을 갖기 바란다.

제 8 부

얼마나 가져야 행복할까

수는 오래 사는 것이요,
부는 부자가 되는 것이요,
강녕은 건강하게 사는 것이요,
유호덕은 남에게 선행을 베풀어 덕을 쌓는 것이요,
고종명은 질병 없이 살다가 고통 없이 죽는 것이다.

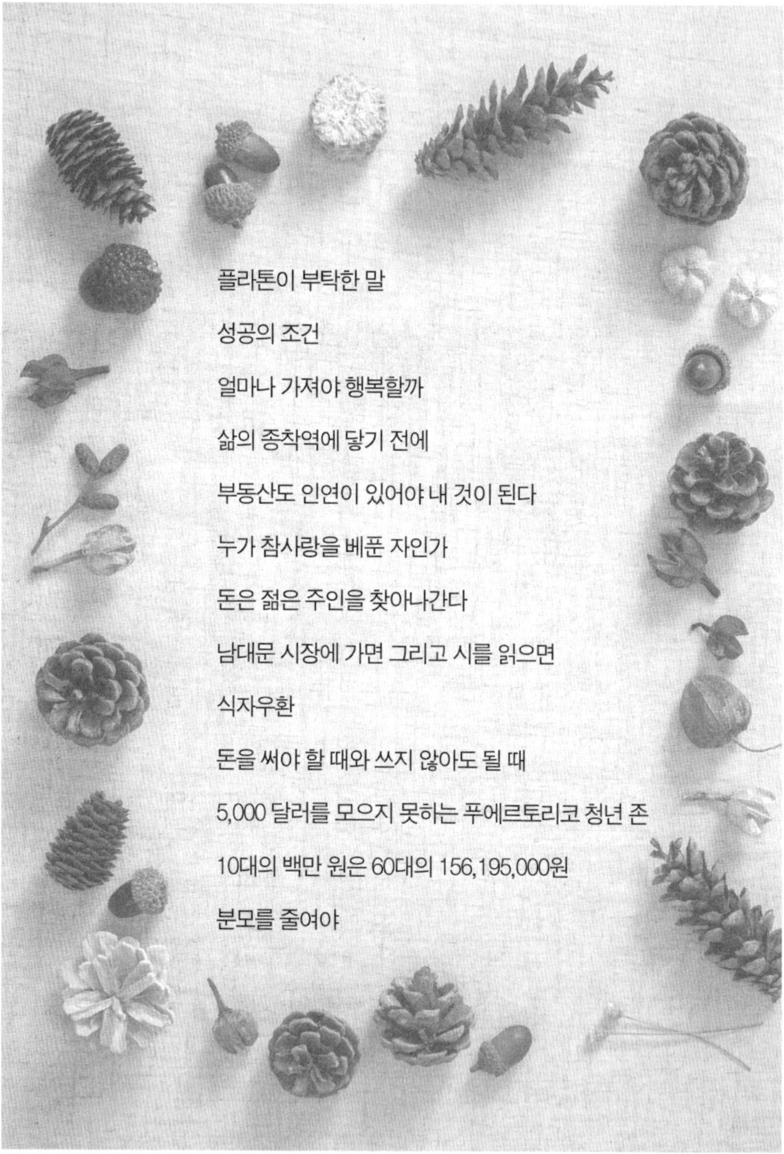

플라톤이 부탁한 말

성공의 조건

얼마나 가져야 행복할까

삶의 종착역에 닿기 전에

부동산도 인연이 있어야 내 것이 된다

누가 참사랑을 베푼 자인가

돈은 젊은 주인을 찾아나간다

남대문 시장에 가면 그리고 시를 읽으면

식자우환

돈을 써야 할 때와 쓰지 않아도 될 때

5,000 달러를 모으지 못하는 푸에르토리코 청년 존

10대의 백만 원은 60대의 156,195,000원

분모를 줄여야

플라톤이 부탁한 말

"타인에게 친절을 베풀라. 그대가 만난 모든 사람은 지금 그들의 삶에서 아주 힘겨운 싸움을 하고 있기 때문이다."

초등학교 저학년에 다니는 아이가 지금 자기는 기쁘지 않다고 한다. 왜냐고 물어보니 자기는 학교 끝나고 나오면서 친구와 같이 떡볶이를 사먹고 싶은데, 엄마는 길거리에서 사먹는 떡볶이는 몸에 좋지 않다며 사먹지 못하게 해서 행복하지 않다는 것이다.

중학생인 동윤이는 자기는 지금이 힘들다고 한다. 왜냐하면 자기가 친하게 지내고 싶은 친구가 있는데, 그 아이는 자기가 아닌 다른 아이와 친하게 지내고 있기 때문이라고 한다.

고등학생인 민윤이는 자기는 지금 힘들다고 한다. 자기는 아무리 노력을 해도 기대한 만큼의 성적이 나오지 않아서 그렇다는 것이다.

대학생인 기호씨는 데이트하고 싶은 여성이 도무지 자기에게 관심을 보여주지 않고 있어서 몹시 힘들다고 한다. 또 앞으로 취직할 것을 생각하면 아득하고 답답하다고도 한다.

신혼인 병균씨 부부는 아이는 곧 태어나는데 살집을 장만하지 못해서 걱정이고, 언제 집을 장만하게 될 지도 몰라 지금 힘들다고 한다.

중년의 대영씨 부부는 아이들의 교육문제와 더 큰 차와 더 큰 집을 살 수 없어서 스트레스가 심하다고 한다.

퇴직쯤 되어 회사에서 제법 높은 자리에 있는 기헌씨는 자녀들이 도대체 결혼하여 독립할 채비를 하지 않고, 다 어른이 되어 있는데 부모한테 얹혀살려고 하여 힘들다고 한다.

이씨 할아버지는 자녀도 결혼하였고 재산도 여유가 있는 편이라서 남들이 부러워하는데도 걱정이 많다고 한다. 아들, 딸이 딸 하나 달랑 낳고서 단산하려한다고 걱정이 태산이다.

조금 더 노년기에 있는 분들에게 지금 행복하시냐고 물어도 지금 행복하지 않다고 대답한다. 지금 자녀들, 손주들이 모두 잘 살고 있는데 행복하지 않느냐고 다시 물으니 여러 가지 질병 때문에 하루하루가 힘들다고 한다.

그러고 보니 어린 아이부터 소년, 청년, 중년, 장년 모두 예외 없이 현재 아무 걱정이 없고, 힘들지 않으며, 행복하다고 하는 사람이 없다.

실상이 그렇기 때문에 남과 비교하거나 남이 가진 것을 부러워하면 결코 행복할 수가 없다. 또 걱정과 근심이 없는 순간이 있을 수가 없다.

그렇다면 답은 남이 가진 것을 부러워하기 보다는 내가 가진 건강, 자녀, 시간, 재능, 재산, 심지어 별고 없이 살아가는 것만으로도 감사한 마음으로 살면 행복할 수 있다.

아울러 근심 걱정거리가 있는 것은 살아있다는 증거라 생각하고 기쁘게 받아들이자. 그리고 지금 누구든지 걱정 근심 속에 살고 있다고 생각하며 사람을 대하자.

성공의 조건

- 간단한 원리에 있다

내가 아는 한 분은 여러 군데에 음식점을 열었다 닫고를 반복했다. 영업이 잘 안 되서 그렇다고 한다. 나의 아내는 물론 이웃과 주변 친구들은 그 분이 음식솜씨도 좋고 맛도 좋은데 왜 그런지 모르겠다고 하며 안타까워한다.

내가 살고 있는 신촌에는 명물거리라 해서 수많은 음식점들이 즐비해 있다. 저마다 아침 일찍부터 저녁 늦게까지 문을 열고 일을 하면서 내로라하는 맛집이라고 자부심도 대단하다.

그 중에는 신촌에서 음식장사를 해서 돈을 벌어 자기 빌딩을 지은 곳은 세 곳 밖에 없다고 한다. OO 갈비, OO 복집, OO 집 등. 왜 그럴까? 어떤 집은 성공하여 자기 빌딩을 짓는데, 어떤 집은 망하는 걸까?

모든 사업에는 공통점이 있다. 좋은 물건을 생산하고, 그 물건을 많이 팔고, 팔고 나서 돈을 모으면 절약하여 자기 자본을 키워가야 한다. 음식점도 마찬가지다.

우선 그 집이 깨끗하고 위생적이며 음식이 정갈하고 맛이 있어야 한다. 그런 다음에는 손님을 친절하게 대하고, 더 질 좋고 맛있는 음식을 대접하기 위해 항상 고민해야 한다. 또 손님이 필요한 것을 제공해드려야 한다. 반찬이 모자라지는 않은 지, 더 드릴 것이 없는 지, 공기

밥이 더 필요한 지 등등을 살펴야 한다. 음식 재료비가 50% 들어가고 50% 이익이 남는다면 10%를 더 떼어 손님에게 들어가는 비용의 비중을 높여야 한다.

그리고 한 번 온 손님이 가족 친척 친구를 데리고 오고 싶어지게끔 더 정갈한 음식, 더 청결한 환경, 더 친절한 태도, 손님이 요구하기 전에 필요한 반찬이나 공기밥을 더 챙겨주는 자세를 지속해야 한다. 특히 다시 찾아온 손님은 기억해주고 다시 찾아 주어 고맙다는 인사도 잊지 말아야 한다. 손님이 많아지면 더욱 주의를 기울여야 한다. 자기의 이익을 더 챙기기 위해 음식의 질을 떨어뜨린다면 손님은 말하지 않아도 바로 느낄 수 있다.

세상만사도 이와 같다. 친구 사이에도 자기 보다는 친구를 배려하면 좋은 친구로 오래 남는다. 또 어떤 모임을 이끌어가는 지위에 있다면 우선 사심 없이 공평하여야 한다. 남보다 내가 더 일하고, 좋은 일은 다른 사람에게 공을 돌리고, 어렵고 힘든 일은 내가 감당하려는 자세를 가져야 한다.

세상에는 쉬운 것이 없다. 어렵지만 자기를 위한 것보다 남을 위하는 데 더 신경 쓰고 배려한다면 결국은 그것들이 다 자기에게 돌아온다. 남에게 대접한 만큼 남도 나를 대접한다는 것은 만고의 진리요 황금율이다.

얼마나 가져야 행복할까

예로부터 다섯 가지 복(오복)이라 함은 수壽, 부富, 강녕康寧, 유호덕攸好德, 고종명考終命이라 했다. 수는 오래 사는 것이요, 부는 부자가 되는 것이요, 강녕은 건강하게 사는 것이요, 유호덕은 남에게 선행을 베풀어 덕을 쌓는 것이요, 고종명은 질병 없이 살다가 고통 없이 죽는 것이다.

그 중에서도 '부'를 논할 때는 과연 얼마나 가져야 행복할까에 대한 사람들의 의견이 분분하다. 나는 이 물음에 대한 답을 어느 동양 철학자에게서 들었다. 어느날 KBS 라디오 프로그램에서 들은 내용인데, 아나운서가 그에게 혹시 우리의 선현들은 어느 정도의 부를 가져야 된다고 문헌상에 나온 게 있느냐고 물었다.

문헌에 나왔다고 그가 인용해준 한 선비의 말씀이다. "친척이나 친구가 찾아왔는데 따뜻한 밥 한 끼 대접할 수 있을 정도의 재산은 가져야 된다." 이 말을 들었을 때 나는 참 부자임을 깨달았다.

내가 금융기관에 근무하는 동안 가난한 사람부터 부자, 더 큰 부자도 만나보았다. 그런데 그들 중 자기가 충분히 재물을 가지고 있다고 생각하는 사람은 하나도 없었다. 오히려 '누구에 비하면,' '얼마를 가진 사람에 비하면…' 자기는 거지라고 말하는 것이었다. 내가 보기에는 충분히 부자이고, 가족 모두를 부양하고도 생을 마칠 때까지 쓰고도 남을 재산을 가진 사람들이 말이다.

어느 재벌가 회사의 함 임원이 내게 와서 이런 말을 했다. 자기 회사 오너는 그 재벌가 동생의 아들인데, 함께 노는 부류의 사람들이 모두 준 재벌가들이라서 자기도 그 축에 끼기 위해 자기 큰집에서 하는 반도체 주변사업을 더 했으면 하는데 망설인다면서 그 이유는 너무 욕심을 부리다가 지금의 튼튼한 회사를 망치지는 않을까 걱정이 돼서 그렇다고 했다는 것이다.

그런 걸 보면 우리나라 최고 재벌도 미국의 재벌과 비교하면 너무 가난하다고 생각하지 않을까 생각해본다. 특히 가난한 사람들은 남과 비교하면 절대로 편하고 만족한 삶을 살지 못할 것이다.

내가 최근에 읽고 감명을 받은 플라톤의 '행복의 네 가지 조건'을 소개하고 싶다. 이것을 읽는 여러분도 그런 만족감을 느낄 수 있을 것이다.

첫째, 먹고 살기에 약간 부족한 재산

둘째, 모든 사람이 칭찬하기엔 약간 빠지는 외모

셋째, 자기 생각에 절반 정도 인정받는 명예

넷째, 남과 겨루어서 한 사람은 몰라도 두 사람을 이기지 못하는 체력

삶의 종착역에 닿기 전에

몇 년 전에 우리나라에 방문한 한 일본인 전문가가 사람의 나이대를 하루의 시간대에 비교해서 보여준 적이 있다.

10대는 일어나는 아침시간
20대는 학교에 가서 공부하는 시간
30대는 학교를 졸업하고 직장에 나가는 시간
40대는 직장에서 한참 일하는 오전시간
50대는 점심식사 후 일하면서 거래처를 돌고 사람들을 만나는 시간
60대는 퇴근 준비하는 시간
70대는 집에 와서 저녁식사를 하는 시간
이후의 나이는 TV 보고 잠자리에 들기 전 시간

여기에 비추어 보면 이제 내 나이도 잠자리를 준비할 시간임이 분명하다.

요즈음 교회 약초 캐러 다니는 형제를 따라 산에 다니다보니 단풍의 화려함이 매주마다 달라진다. 일찍 단풍이 든 옻나무, 북나무, 복자기 나뭇잎은 거의 다 지고 지금은 단풍나무, 생강나무, 낙엽송, 느릅나무

와 참나무 단풍이 한창이다. 길가에는 은행잎이 노랗게 물들어있다.

단풍이 드는 순서와 지는 시기를 가늠해보면 조금 일찍 혹은 나중으로 앞서거니 뒤서기니 하지만 결국 12월 엄동설한이 되면 모든 활엽수는 다 지고 없어진다.

우리 인생도 마찬가지다. 조금 일찍 돌아가시는 분, 조금 뒤에 돌아가시는 분이 있지만 모든 사람은 결국 세상이 가는 길을 따라간다.

나의 처고모이신 양삼순 어르신은 96세에 겨울 동지 팥죽을 드시고 잠자리에 들었는데 다음날 새벽에 돌봐드리러 들어가서 돌아가신 것을 발견했다고 한다. 많은 사람들은 이구동성으로 도인 같은 큰 어른이 돌아가셨다고 애석해 했다. 어떻게 하면 그런 세인의 평을 받을 수 있는지 새삼 그분의 삶을 조명해 보게 된다.

그분은 80세가 되면서부터 주변 정리를 하기 시작했다. 먼저는 가족을 돌아보았다. 그 다음엔 친구들을 돌아보고, 마지막엔 모르는 사람들을 돌보았다. 이들 자녀들에게 학비도 보태주고, 모임에 나가면 남보다 조금이라도 돈을 더 쓰고, 올바른 모임을 이끌고자 노력했다.

그분은 당신이 가진 것을 나누어주는 것으로써 정리하는 삶에 나섰다. 아무리 좋은 것도 당사자가 죽은 뒤에 주면 선뜻 좋아하지 않을 뿐 아니라 자식들에게도 짐이 될 수 있다는 것을 잘 알고 있었다. 좋은 옷은 물론 패물들도 다 꺼내어 며느리들, 딸들에게 나눠주었다.

앨범도 정리하고 재산도 가능한 부분을 처분하였고, 처분 하지 못한 것들은 세금내고 법적으로 합당하게 처분하라고 자녀들에게 당부했다.

끝까지 돌보아준 아주머니에게도 당신이 생을 마감할 때까지 잘 부탁한다고 말하면서 넉넉한 사례를 했다.

우리 내외에게도 많은 것을 베풀어주셨다. 특히 "이제 살아보니, 아주 슬픈날과 괴로운 날이 없는 날, 즉 평범한 날들은 다 행복한 날들이었다. 누구도 죽을 때 가지고 갈 수 있는 것은 다른 사람에게 베푼 선행뿐이니 금전적, 시간적으로 돕는 일에 노력을 기울이라."고 해주신 울림 있는 말씀을 간직해오고 있다.

이런 어른과 함께한 세월이 축복이라 여기며 나도 따라 하려고 하지만 미치지 못해 부끄러울 때가 많다.

부동산도 인연이 있어야 내 것이 된다

나의 아버지는 중농 집안의 셋째 아들로 태어나 어머니와 결혼 후에 분가를 하셨다. 집 한 칸과 논 두어 마지기, 밭 한 두락 정도를 받아서 나왔다고 한다.

곧 이어 큰 누님이 태어났고, 조그마한 살림으로 시작하신 두 분은 부지런히 농사를 짓고 남새밭을 가꾸면서 큰댁의 농사일도 도와 받은 쌀 등의 농산물 수입을 조금씩 늘려갔다. 그렇게 하여 수입이 어느 정도 축적이 되면 다랭이논이나 비탈진 밭뙈기라도 하나씩 사서 논밭을 늘려갔다.

그렇게 하여 차차 쌀가마가 쌓이게 되고 여유가 더 생기자 그만큼 더 기름지고 반듯한 전답을 살 수 있게 되었다. 그렇더라도 그런 부동산은 사고 싶다고 금방 살 수 있는 것이 아니었다. 좋은 전답이 물건으로 나와도 내게 가진 돈이 없으면 살 수 없는 것이고, 내게 그것을 살 돈이 준비되어 있어도 물건이 없을 때도 있다.

그것을 깨달은 부모님은 살 돈을 준비하고 인내를 갖고 기다리면 인연이 있는 전답이 꼭 찾아온다고 믿었다. 아버지는 "네가 꼭 사고 싶은 부동산은 남보다 좀 더 주고 살 생각을 하고 기다리다가 사야하고, 네가 팔고자 하는 부동산은 조금 시세보다 덜 받고 파는 게 좋다."고 나에게도 조언해주곤 하셨다.

내가 직장을 그만두고 나니 학업을 아직 마치지 않은 아들도 있고, 나의 노후도 준비해야 해서 수익을 내는 부동산을 하나 사려고 했다. 그래서 친구가 가진 원룸 렌트 하우스도 구경하고, 다른 매물들도 구경하러 다녔다. 그런데 마음에 드는 물건은 내가 가진 돈보다 비싸고, 장소가 마음에 들지 않았다. 내가 가진 돈을 감안하니 대학가 앞에 있는 원룸 건물이 좋을 듯했다.

내 마음에는 우리 부부가 늙어서도 서울 성전에 자주 가서 봉사해야 하니 신촌 쪽이 좋을 것 같았다. 그러나 그곳에는 마음에 드는 매물이 나와 있지 않았다. 그러던 어느 날 연희동에 한 물건이 있으니 계약금을 가지고 오라고 한 부동산에서 연락이 왔다. 그래서 예약금을 넉넉히 준비하여 갔으나 건물 주인댁 남편이 팔지 않겠다고 하여 그냥 돌아온 적도 있었다.

그러던 중 신촌 성전 옆의 원룸 건물들을 몇 군데 구경했는데, 그중 한 건물이 내 마음에 들고 눈에 들어왔다. 그러나 그 주인이 팔 것인지는 알려진 바가 없었다. 어느 날 신촌 부동산에서 그 건물이 조금 비싸게 나왔다고 알려왔다. 관심이 있던 건물이라 내부를 한번 보고 싶어서 부동산 업자를 대동하여 그 건물에 가보았다. 이유는 모르지만 왠지 그 건물이 마음에 들었고, 무엇보다 그런 건물을 사게 도와달라고 주님께 기도해오던 터였다. 그런 중에 그 건물을 보게 되었던 것이다. 성전에서도 200m 정도밖에 떨어져 있지 않았다. 주인은 그 건물을 내어놓고 팔까 말까를 결정하지 못하고 있었다.

그런데 내가 기도하던 금액이나 시세보다는 상당히 비싼 금액이었다. 그때 아버지가 종종 해주시던 말씀이 기억났다. "네가 꼭 사고 싶은 부동산은 남보다 좀 더 비싸게 살 생각을 하고 기다리다가 사야하고, 네가 팔고자 하는 부동산은 조금 시세보다 싸게 파는 게 좋다."

아버지의 그 말씀에 용기를 내어 그 건물을 사기로 하고 계약을 하기로 했다. 그런데 주인은 구두계약이 끝난 상태에서 다시 3천만원을 더 얹어달라는 것이었다. 난감한 생각이 들었다. 사고 싶었던 물건인지라 할 수 없이 나는 주인과 함께 마주 앉아서 이런 제의를 했다. "금액을 다 정해놓고 그런 말씀을 하니 참으로 난감합니다. 그렇더라도 원하시는 대로 그 금액을 얹어줄 테니 나의 아내에게 1천만원어치 선물을 하십시오."

그렇게 하여 계약은 완결되었고, 성전 가까이에 살면서 성전회장으로 3년 동안 봉사하고, 이후로도 자주 성전에 나가 봉사하며 살고 있다. 이러한 삶이 너무나도 좋다. 아버지의 권고대로 용기를 내어 인연 있는 건물을 사서 사는 기쁨과 결실에 참으로 감사한다.

누가 참사랑을 베푼 자인가

내가 다니는 예수 그리스도 후기 성도 교회는 와드 마다 있는 감독(일반 교회의 담임목사)은 교회 회원들의 복리, 즉, 영적 복리와 현세적 복리를 두루 살핀다. 특히 과부나 고아 그리고 일시적으로 경제적 어려움에 처한 사람들을 보살피기 위해 장로정원회와 상호부조회를 통하여 도움이 필요한 사람들을 찾아 적절한 도움을 주어야 한다.

미국의 한 와드에는 과부가 여럿 있어서 감독이 계속적으로 일정액의 생활비를 대어주고 있었다. 그런데 그 감독이 해임되고 새로운 감독이 부름을 받게 되었다.

새 감독이 와드 회원들의 복리를 위해 기도하면서 회원 한 사람 한 사람의 여건이 어떠한 지 기도하고 접견을 시작했다. 그는 매월 지원금을 받고 있던 젊은 과부들에 대해 기도하는 과정에서는 수년간의 생활비 지원이 이들의 발전을 저해하고 있다는 영감이 떠올랐다.

그래서 그 자매님들을 개별 접견하면서 다음 3개월은 생활비를 지원하겠지만 그 후로는 지원할 수 없으니 자립하도록 일자리를 찾아보고 기술을 배워야할 일이 있다면 그 비용을 감독이 지원하겠다고 했다.

그러자 이들은 “이전 감독님은 아무 조건 없이 교회 방침으로 지원

했는데 새 감독님은 우리를 사랑하지 않으며 우리의 어려움을 모르신다."고 하면서 섭섭해 했다. 그 감독은 기도와 영감에 따라 그렇게 했지만 '내가 잘못한 것인가!' 하는 생각도 들고, 이들이 과연 바뀔 수 있을까 하는 회의감도 들었다.

그런 후 6개월이 지나갔다. 그 젊은 과부들 중 한 사람이 감독실을 찾아와 접견을 요청했다. 그는 십일조 봉투를 내밀면서 감사를 표했다. 그러면서 "새 감독님이 갑자기 생활비 지원을 중단하겠다고 선언하셨을 때 저는 집에 와 울면서 기도하는 가운데 어떻게 이 어려움을 이기고 앞으로 나아갈 수 있을까 하고 궁리하다가 그 다음날부터 예전에 다녔던 직장 등 몇 곳을 찾아다니다가 결국 새 직장을 찾아 급여는 그다지 많지 않지만 일을 하기 시작했답니다. 이제 자존심도 생기고, 일을 하면서 건강도 더 좋아졌습니다. 감독님께서 매정하게 지원을 중단해 주셔서 전보다 잘 생활하며 하나님께 십일조도 바치게 되었습니다."라고 하는 것이었다.

내가 아는 한 분도 좋은 부모 밑에서 부족함이 없이 자랐고, 시집가서도 남편의 수입이 괜찮았으나 조금 손이 크고 절약과 검소의 습관이 없어서 생활하고 자녀 키우다보니 항상 돈이 모자랐다.

그때마다 부모님이 살아계실 때는 수시로 얼마만큼의 지원을 받아 사용하면서도 생활수준을 낮추지 않고 수년간 살다가 부모님이 돌아가시자 시누이가 가끔 얼마씩 쥐어주고, 남편도 기악을 하는 분이라

대학교수직을 그만두어도 레슨을 하면 보통사람보다 더 많은 돈을 벌어다 주니 그냥 어려움 없이 가정부 두고 사교클럽 다니면서 편히 살 수 있었다. 자녀들도 다들 잘 되어 자기 몫을 하였으나 그들도 가정을 꾸렸으니 어머니를 돕는 데도 한계가 있었다.

그러던 차에 여유 있게 살면서 도움을 주던 시누이마저 노환으로 세상을 떠났다. 지원받을 곳이 점점 없어졌지만 그 어머니는 한번 늘여 놓은 생활비 수준을 낮추지 못하는 가운데 한 1여년 지난 후에는 쓸 돈도 없고, 연세도 많아졌는데 어려움이 닥쳐오니 여간 괴로운 것이 아니었다. 전에는 돈을 탈탈 털어서 생활하여도 주위로부터 돈을 지원 받을 수 있었고, 그런 생활이 이미 타성이 되었는데 늘그막에 돈도 없고, 건강도 나빠지니 보통 일이 아니었다.

이런 사례를 보면서 생각해본다. 자식들이 젊었을 때 부모나 친인척이나 마냥 도움만 주지 말고 고생도 하고, 돈의 가치도 이해하고, 쓰고 나서 넘치는 생활은 가능하지 않다는 것을 깨닫게 해주어야 한다.

우리 속담에 젊어서 고생은 사서도 한다는 말이 있다. 젊어서 고생하여 터득한 지혜는 평생을 편안하게 하는데, 그런 기회를 놓치지 않도록 부모나 형제 자매는 눈 딱 감고 교육을 시켜야 한다.

그렇기 때문에 미국에서는 아무리 돈이 많아도 자녀들에게 어려서부터 땀 흘려 일하고, 저축하고, 자신의 세계를 책임지는 삶을 살도록 가르친다고 한다. 우리도 "부모는 부모의 노력으로 부를 이루었으니, 그것이 너희와는 별 상관없다."고 가르치며 이해시켜야 한다. 젊어서 도움을 주는 것이 필요할 때도 있지만 일반적으로는 게으름과 정신을 차리지 못하게 하는 독약이 될 수 있다는 사실을 명심해야 한다.

돈은 젊은 주인을 찾아나간다

정년퇴직을 한 어떤 분이 내게 찾아와서 퇴직금 등 자기가 가진 돈으로 무엇을 하면 좋겠느냐고 했다.

나는 그에게 이렇게 대답했다. "우선 건강을 추스르고, 다음엔 가정형편을 잘 분석해보고, 그 다음엔 본인이 가진 자산과 부채를 꼼꼼히 따져보고 다시 한 번 저와 상의해보시지요."

얼마 지나지 않아서 그가 다시 나를 찾아와서 한 얘기를 들어보았다. 그리고 나는 이렇게 조언해주었다. "지금 가지고 계신 자산으로 지금부터 40년을 더 사신다고 생각해보십시오." 그러자 그는 현재 가진 재산으로는 턱없이 모자랄 것이라고 했다. 내가 다시 이렇게 말했다. "없는 사람은 쓰지 않으면 모자라지 않습니다. 돈 많은 사람처럼 똑 같이 쓰려고 하는 게 문제지요. 돈에 맞추어서 생활할 수 있는 준비를 하십시오. 기존 생활에 맞추어서 돈을 사용하다 보면 어느 날 비참한 환경에 빠져서 헤어나지 못하는 사람들이 많은데, 지금 독한 마음먹고 돈에 맞추어서 계획을 세우시고 생활해보시기 바랍니다."

나의 이런 조언에 대해 이런 질문을 하는 분들도 있다. "이 돈을 가지고 투자를 잘 하여서 돈이 돈을 벌어오도록 할 수 없을까요?"

이것이 나의 대답이다. "그렇게 할 수 있습니다. 그런데 이것만은 꼭 명심해주시기 바랍니다. 소가 집 나가면 어디에서 잘 크다가 새끼까지 낳아 데리고 돌아올까요? 나가서 누구에게 잡혀 먹힐 수도 있고, 또 나가서 새 주인 만나 보살펴주면 그 집에 눌러 살고 새끼 낳으며 그 집 소유가 되지 않겠습니까? 돈도 마찬가지입니다. 지금 여러분의 주머니에서 나가서 세상에 돌아다니면 자기에게 잘하여 주고 젊고 건강하며 힘이 있어 오래 함께 할 사람의 손에서 놀고 싶지, 늙고 기운 없고 얼마 살지 못할 늙은 옛주인에게 찾아오지 않을 가능성이 높습니다. 그러니 여러분의 예금통장과 주머니에 고이고이 아껴두었던 돈에게 비바람 부는 황야에 나가 돈 벌어오라고 하지 말고 '너는 나와 백년해로하자.'며 달래고 아껴주고 사랑해주면서 같이 사는 것이 최상책입니다."

이렇게 내가 강조해드리지만 혹자는 욕심에 눈이 어두워져 돈에게 시치미를 붙여놓고 내어보내서 쥐 잡아오라, 비둘기 잡아오라고 하지만 조금 있으면 그 돈은 그 시치미를 떼어 버리는 사람 손에 들어가 옛주인에게 찾아오지 않는다.

그렇다고 그 돈을 원망할 수 있을까? 더 젊고 건강하고 더 사랑하는 사람을 따라가는 것을….

그러니 욕심을 버리고 자기 자신을 똑바로 앎으로써 여생을 잘 보낼 수 있기를 퇴직자 여러분들게 권해드린다.

남대문 시장에 가면 그리고 시를 읽으면

인생을 살다보면 용기백배하여 공부하거나 일할 때가 있고, 또 편하고 풍요롭고 한가한 틈을 타서 슬럼프에 빠져 허우적거릴 때도 있다.

나도 직장생활하면서 그런 경험을 한 적이 있다. 모든 것이 그런대로 잘 굴러가고, 회사도 문제가 없었으며, 업무도 그런대로 괜찮았는데, 괜히 짜증이 나고, 가정도 평화롭고 아이들도 잘 자라고 있었는데 왠지 만사가 귀찮고, 무슨 일에도 도전하고 싶은 생각이 없었다.

나른한 봄날 오후나 초여름에 그런 기분이 찾아왔다. 그럴 때면 나는 조용히 사무실을 나와 남대문시장을 향해 걸었다.

시장 입구에서 살아있는 가물치를 파는 아주머니, 그 뒷골목으로 들어가면 김이 모락모락 나는 떡집이 있었고, 그 뒤로 올라가면 각종 시계를 파는 시계 골목이 있었다.

그곳을 스쳐 지나가면 대도상가가 나왔고, 그 길가에는 옷, 가방, 신발, 각종 장신구 등을 파는 노점상들이 주욱 늘어서 있었다. 맨몸으로 사람들 틈 사이를 비집고 다니기도 힘들 정도였는데, 큰 짐 보따리를 진 아저씨들이 그 사이사이를 뚫고 다니고 있었다.

그 중에서도 옷을 파는 노점상을 지날 때였다. 손뼉을 치고, 발을 구르면서 "골라! 골라! 골라! 2천원! 3천원!"을 종일 외치는 젊은이가 있었다. 사람들은 "이것이 좋다, 저것이 좋다, 저것은 정말 싸다!" 하면서 옷을 고르고 있었다. 나는 그 풍경 속에서 삶이 꿈틀대고 용솟음치는 모습을 볼 수 있었다.

저걸 팔아봐야 몇 만원 밖에 안 될 터인데, 하루 종일 박수치고, 발을 구르면서 큰소리로 외치는 젊은 청년 모습에 나 자신이 투영되었다. '나의 삶은 지금 어떠한가?' 저토록 살기 위해 온몸으로 목소리를 높여 열심히 일하고 있는데, 나는 에어콘 가동되는 시원한 사무실에 앉아 손님을 응대하고, 특히나 돈이 필요한 사람들을 대하면서 삶이 힘들고, 생활이 짜증난다고 하면 되겠는가?

'나는 나의 생활을 반성하고 되돌아보면서 내게 주어진 일에 애써 더 노력하자. 나도 저 청년과 마찬가지로 파이팅을 외치고 뛰어나가 일하자. 자녀와 가정과 사회를 위하여 주먹을 불끈 쥐고 또 새로운 목표를 세우고 일을 시작하자.' 사무실로 돌아오자마자 나는 이런 다짐을 하기에 이르렀다.

그 후 나는 지치고, 힘들고 괴로울 때면 삶이 퍼덕이고 용기가 솟구쳐 오르는 시장을 찾아 나서곤 한다. 남대문시장, 평화시장, 통인전통시장 그리고 문래시장 등등. 이런 시장을 찾을 때마다 나는 에너지를 얻을 수 있었다. 그리고 두 시인의 시들이 나의 머리를 꽉 채우며 힘을 준다. 나는 시에도 위대한 힘이 있다는 것을 알게 되었다. 그 두 편의 시를 여기에 소개하고 싶다.

대추나무

정석주

저게 저절로 붉어질 리는 없다
저 안에 태풍 몇 개
저 안에 천둥 몇 개
저 안에 벼락 몇 개
붉게 만들어진 것일 것이다

저게 저 혼자 둥글어질 리는 없다
저 안에 무서리 내리는 몇 밤
저 안에 땡볕 한 두어 달
저 안에 초승달 몇 날

담쟁이

도종환

담쟁이
저것은 벽
어쩔 수 없는 벽이라고 우리가 느낄 때
그때
담쟁이는 말없이 그 벽을 오른다

물 한 방울 없고
씨앗 한 톨 살아남을 수 없는
저것은 절망의 벽이라고 말할 때
담쟁이는 서두르지 않고 앞으로 나아간다

한 뼘이라도 꼭 여럿이 함께 손을 잡고 올라간다
푸르게 절망을 다 덮을 때까지
바로 그 절망을 잡고 놓지 않는다

저것은 넘을 수 없는 벽이라고 고개를 떨구고 있을 때
담쟁이 잎 하나는
담쟁이 잎 수천 개를 이끌고
결국 그 벽을 넘는다

식자우환

사람의 지혜는 지식과 달라서 예나 지금이나 별로 달라진 게 없는 것 같다.

특히 새로운 과학문명이 발달해서 사람이 달나라에 가기도 하고, 인공위성을 지구궤도에 쏘아 올려놓아서 지구상의 개개인의 안방까지 들여다볼 수 있고, 스마트폰이나 GPS 등은 기적 같은 과학의 경이를 맛보게 한다.

반면에 어떤 것들, 특히 과거에도 있었고, 지금도 있는 자연현상이나 사람들을 행복하게 하여주는 생각이나 마음가짐 등은 전혀 달라진 것이 없다. 그러므로 지혜는 우리가 함부로 예단하거나 단정적으로 부정하는 것은 삼가야 한다.

예부터 인류 가운데는 천재들이 있었다. 그 중에서도 뉴턴에 대한 이야기는 나를 항상 겸손하게 하며 현대적인 지식을 배우지는 못했지만 자연과 더불어 살면서 자연에서 얻은 지혜를 지닌 사람을 함부로 대하지 말고 그들의 지혜를 배워야 한다는 생각을 하게 된다.

대부분 아는 이야기일 수 있겠지만 천재 뉴턴이 고양이를 두 마리 기르고 있었는데 한 마리는 큰 어미 고양이고 한 마리는 조그만 새끼 고양이였다. 어느 날 뉴턴이 마당에 나와서 보니 고양이 두 마리가 판자담을 넘어서 밖으로 나가기 위해서 그 판자담을 넘으려다가 미끄러져 내려오고 또 넘으려다가 미끄러져 내려오고 있었다.

그것을 지켜본 뉴턴은 고양이가 마음대로 다니게 판자담에 구멍을 뚫어주기로 했다. 큰 고양이가 다니라고 큰 구멍을 하나 뚫고, 작은 고양이가 다니라고 작은 구멍을 뚫고 있을 때, 그 집안일을 해주던 아주머니가 나와서 끙끙거리며 구멍 뚫는 장면을 지켜보더니 구멍을 다 뚫고 난 뉴턴에게 왜 구멍을 두 개 뚫었느냐고 물었다. 뉴턴이 큰 것은 큰 고양이를 위한 것이고 작은 것은 작은 고양이를 위한 것이라고 대답했다, 그러자 그 아주머니가 웃으면서 작은 고양이도 큰 구멍을 통하여 다닐 수 있는데, 왜 그렇게 고생을 하느냐고 했다.

그 말을 들은 천재 뉴턴은 그제 서야 "내가 생각을 잘못해서 그 고생을 했구나. 내 머리로 이것을 생각지 못했구나!" 하고 머리를 긁적거리며 겸연쩍게 웃더라는 것이다.

아무리 천재라도 항상 지혜가 있는 것이 아니고, 보통사람, 공부하지 않은 사람의 단순한 지혜에도 못 미칠 때가 있다는 뜻이다.

또 다른 이야기도 있다. 18세기에 한창 망원경과 현미경이 발명되었을 때 전해오는 이야기라고 한다. 망원경을 아주 잘 만든 과학자가 그 때까지 최신의 엄청난 먼 거리 별을 관측할 수 있는 망원경을 만들어서 각 행성을 관찰한 다음 망원경을 만들고 관찰한 결과와 망원경의 성능에 대하여 설명하는 자리에 과학자와 사회의 저명한 어르신들을 모셨다고 한다.

그 과학자가 "이 망원경은 성능이 얼마나 좋은지 태양계의 위성들을 다 볼 수 있고, 심지어는 토성도 볼 수 있으며, 저 멀리 은하계의 별들도 관찰할 수 있습니다. 제가 이 우주를 다 관찰하였는데 하나님은 우주에 계시지 않았습니다. 그래서 저는 제 눈에 보이지 않는 하나님은 이 우주에 계시지 않는다고 생각합니다."라고 했다.

그때 어느 노인이 손을 들고 이런 질문을 했다. "박사님, 그 망원경은 참으로 훌륭하여 저 멀리 있는 우주 만물을 다 볼 수 있다고 하고, 우주의 이곳저곳을 모두 보아도 하나님은 계시지 않다고 하였습니다. 그러면 그 망원경으로 바람을 볼 수 있습니까? 우리는 바람을 볼 수 없어도 바람을 느끼고, 바람을 압니다."

그러자 그 과학자는 머리를 숙였다고 한다.

마지막 한 예의 과학자는 아주 작은 것을 볼 수 있는 질 좋은 현미경을 만들어서 온갖 세포와 미세한 것들까지 볼 수 있게 되었다. 그 현미경을 발명한 의사 과학자가 그 현미경을 가지고 갖가지 실험을 한 후에 다른 과학자와 그 나라의 어르신들을 모시고 시연회를 가졌다.

의사 과학자가 양파의 세포도 구경시켜주고, 개구리를 해부해서 개구리의 온갖 기관들을 보여주면서 설명하기를 "내가 죽은 사람들의 온갖 기관들을 이 현미경으로 조사 해봐도 사람의 영혼은 어디에도 깃들어있지 않았습니다. 인간의 뇌에도 심장에도 간장에도 위장에도, 즉, 오장육부에 인간의 영혼이 없다는 결론을 내리기로 했습니다."라고 했다.

그때 한 할머니가 손을 들어 "의사 선생님, 부인을 사랑합니까?"라고 질문을 했다. 의사가 "그렇습니다."라고 대답했다.

할머니가 다시 "그러면 그 사랑을 그 현미경으로도 볼 수 있습니까?"라고 물었다. 그 물음에 의사는 아무 말도 못하고 그냥 그 자리에서 내려와 할머니한테 꾸벅 절하고 손을 잡아 드리고 나서 그냥 밖으로 나갔다고 한다.

아무리 과학이 발전하고 지식이 많아져도 작고 단순한 지혜는 꼭 필요하고 그런 지혜자로부터 우리는 배워야 한다. 예나 지금이나 인간의 지혜는 존중받아야 한다.

돈을 써야 할 때와 쓰지 않아도 될 때

나는 군 면제를 받았기 때문에 1970년대 초 은행에 취직해 있었다. 그때만 해도 은행원의 급여가 직장 중에서 최고였다. 더군다나 친구들은 대부분 군에 가있었기 때문에 휴가 나오면 대개 나의 사무실로 찾아와 점심이나 저녁을 사게 했다. 하지만 나의 종교적 신념도 있고 해서 그들에게 술은 사주지 않았다.

나의 고교 친구들이나 대학 친구들 중에는 나에게 점심이나 저녁 한 끼 신세지지 않은 사람이 없을 정도였다. 거기다가 시골에서 어르신들이 서울에 오시면 나의 일터에 방문하여 의례히 점심 대접을 받고 내려가시곤 했다. 교회 친구들 또한 아직 직업이 없었던 터라 일요일 주일 예배가 끝나면 우리집에 들러 간단히 식사라도 하고 헤어졌다.

그렇게 하다 보니 나의 월급은 별로 남은 게 없이 2년여가 훌쩍 지나갔다. 결국 이렇게 해서는 안 되겠다 싶은 반성을 하게 되었고, 돈을 써야 할 때와 쓰지 않아도 될 때에 대한 생각을 깊이 하게 되었다. 돈 쓴 기록도 해보기 시작했다. 거기에 더해 돈이 잘 사용된 곳에는 별 다섯 개를, 보통이면 별 세 개를, 그냥 그렇다 싶으면 별 하나를 표시해 보기로 했다.

한 달이 되어 별을 세어 보니 별이 제법 많았다. 그래서 그 별들이 제대로 그려놓은 것들인가를 다시 한 번 살펴보았다. 그 결과 별들을 더 줄여야 겠다는 생각이 들었다. 그런 노력을 기울이다 보니 그 다음 달엔 별 다섯 개는 별로 없고, 별 세 개와 나머지는 별한 두 개 정도였다.

다음 달엔 또 다른 각오를 하게 되었는데, 그것은 별 한 두 개 그려진 곳은 그다지 중요한 것들이 아니므로 가능하면 지출을 하지 않기로 마음먹었다. 마음이 좀 괴롭기는 했지만 그런대로 잘 운용되었다. 그런데 반대로 돈을 써야 하는데 쓰지 못한 경우들도 생겨났다. 그래서 나는 다음과 같은 결론에 도달했다.

"돈을 써야 할 때 쓰지 않는 사람도 바보고, 돈을 쓰지 않아도 될 때 돈을 쓰는 사람도 바보다."

• 돈을 써야 할 때 쓰지 않은 예

㉠ 시골에서 어르신이 올라와 나에게 들렀을 때 차비 한 푼 안 드린 일

㉡ 군에 간 친구가 휴가차 나왔는데 식사나 돈 몇 푼 주지 않고 보낸 일

㉢ 은사님 댁을 방문하면서 정성스런 선물 한 가지 사가지 않은 일

㉣ 부모님 생신이나 기념일을 변변치 못하게 보낸 일

㉤ 아내의 생일에 꽃 한 다발 안 사간 일

• 돈을 쓰지 않아도 될 때 쓴 예

㉠ 택시 타고서 적은 돈이라도 거스름돈을 받지 않은 일

㉡ 식당에서 서비스를 받지 않았으면서도 팁을 준 일

㉢ 별로 친하지도 않고 중요한 이야기를 나눌 상대도 아닌데 다방에 가서 차를 마시고 찻값을 치룬 일

㉣ 기원에 친구들과 같이 가서 바둑 두는 걸 보고 나오면서 기료를 지불해준 일

이 밖에도 많은 경우들이 있겠지만 무엇보다 돈을 써야 할 때와 안 써도 될 때를 구분할 줄 아는 것은 유한한 수입의 범위 내에서 살아가는 우리의 삶에 꼭 필요한 지혜가 아닐까 하고 생각해본다.

5,000달러를 모으지 못하는 푸에르토리코 청년 존

내 친구 P는 건국대 축산과를 나왔으나 전공을 살리지 않고 외국에 수출하는 액세서리 회사를 맡아 일했다. 그러던 중 80년대에 들어서자 이런 계통의 사업이 후진국으로 넘어가는 바람에 회사를 걷어치우고 미국에 건너가 장사를 시작했다.

나는 1983년 미국에 갈 일이 있어 이 친구가 있는 뉴욕에 들러보기로 했다. 플러싱에 아파트를 세 얻어 살면서 맨해튼 지하철 역 근처에 액세서리 및 여성용 잡화 가게를 하고 있었다.

주 고객은 주로 흑인 여성이고, 가끔 권총 강도도 들어온다는 소리에 나는 간담이 서늘해졌다. 그 친구는 강심장이라 그런지 잘 이겨나간다고 하며 미국에서 장사를 하려면 흑인 강도를 물리치는 방법, 돈을 덜 털리는 방법 등을 잘 터득하고 있어야 한다고 했다. 지금껏 장사를 잘 하고 있는 걸 보면 그 친구는 미국, 특히 뉴욕 흑인들의 심리를 훤히 파악하고 있는 것 같았다.

그 가게에 용모가 준수하고 생글생글 잘 웃으며 손님들을 대하는 젊은 점원이 있었다. 푸에르토리코 출신으로 이름은 존이라고 했다. 처음 보기에도 호감이 가는 젊은이였다. 내 친구 말에 의하면 그 청년은 10,000달러를 모아 가지고 고향으로 돌아가 반듯한 가게 하나 차리고 결혼하여 가정을 이루는 꿈을 꾸고 있었다.

그러나 그 청년에게 "너는 죽었다 깨어나도 5,000달러를 모으지 못한다."고 내 친구가 말해주었다고 한다. 1년만 착실하게 저축하면 모을 액수인데, 그게 그렇게 어려운 거냐고 내가 물었다. 내 친구 대답인즉 이 친구는 모진 마음을 먹고 고국을 떠나와 타국 땅 뉴욕에서 남의 집 가게에서 점원 노릇을 하며 한 달 급여 중 200~300달러씩 저축할 수 있는데, 1,000달러가 넘어가기 시작하면 매일 저금통장을 들여다보면서 바람이 들기 시작한다고 했다.

특히 같은 고향 친구들에게 그가 저축해 놓은 돈 얘기를 하면 "나이아가라 폭포 구경 가자." "버몬트 위락단지에 놀러 가자." 혹은 "플로리다 비치에 가자."는 둥 하는 꼬드김에 넘어가 그때부터는 손님에게 친절함과 생글거리던 웃음도 사라지고 온통 머릿속에 놀러 가는 일로 가득하다고 했다.

결국 휴가를 다녀오면 저금통장에 돈이 바닥나고 다시 시작하는 일이 3번이나 반복되었다고 한다. 존에게 5,000달러는 시지푸스의 언덕과 같아서 절대로 오를 수 없는 언덕으로 그의 고향에 가서 반듯한 가게 하나 차리는 꿈은 꿈으로 끝나지 않을까 걱정이라고 내 친구가 말했다.

그에 비해 한국 사람들은 어떤가? 먹을 것 먹지 않고, 입을 것 입지 않고 악착같이 저축하여 이민 5년 지나고 10년 지나고 15년이 지나면 어엿한 가게나 수퍼마켓 혹은 주유소 등의 사장이 되지 않는가? 한국 사람들의 목표 지향적 노력은 참으로 놀랍다 하지 않을 수 없다.

10대의 백만 원은 60대의 156,195,000원

돈의 마술을 빨리 터득하고 시간 활용의 지혜를 배우라. 독립투사이며 우리나라 건국 이후 국회의원 선거에서 이기붕씨를 서대문 을구에서 이천으로 쫓아낸 김산 선생께서 70년대에 70대 후반에 들어선 연세에 젊은이들에게 들려준 말씀이 참 인상 깊었다.

"연부역강年富力强한 우리 젊은이여, 뜻을 높이 세워 학문을 닦고, 국가와 민족의 큰 기둥으로 각자 다듬고 갈고 하여서 이 나라가 동아시아에서 우뚝 서고 세계에 자랑할 만한 나라를 만들어야 합니다. 여생이 얼마 남지 않은 나는 큰 희망이 없지만 시간과 힘에서 부자인 여러분은 능히 이 일을 행할 수 있습니다."

이 분의 말씀처럼 나이가 어릴수록 시간의 부자이며 이들이 가진 돈의 가치 또한 노인이 가진 돈의 가치와 비교할 수 없을 정도로 큰 것이다.

어느 할아버지와 그의 10대 손자가 각각 백만원씩 가지고 있다고 가정해보자. 물론 금리나 여러 가지 면에서 변수가 있긴 하지만 평균 연 10%라고 하고 계산해보면 얼핏 보기에는 똑 같은 돈이지만 좀 더 자세히 들여다보면 이 돈이 두 사람 중 누구의 주머니에 있느냐에 따라 그 가치는 엄청난 차이가 난다.

10대 손자가 그 돈을 계속해서 복리 예금에 들어 놓는다면 5년 후에는 1,771,000원, 10년 후에는 2,852,000원, 15년 후에는 4,593,000원, 20년 후에는 7,398,000원이고 60년 후에는 156,195,000원이 된다.

이것만 보더라도 10대나 20대에서 절약하여 저금을 하여두는 것이 얼마나 큰 가치가 있는 지 금방 알 수가 있다. 그러므로 젊은이들이 지금 그들이 가진 돈의 가치가 얼마나 큰 가를 깨달을 수 있다면 부자가 되는 길을 터득한 것이다.

연부역강年富力强한 젊은이여, 푼돈을 아끼며 젊을 때부터 절약하고 저축하는 습관을 길러 미래에 풍요를 누리며 살기를 바란다. 지금 바로 실행할 수 있기를 바란다. 할아버지의 주머니에 든 돈은 10대 손자의 주머니에 든 돈의 1/156밖에 안 된다는 사실을 일찍이 깨닫는 것이 삶에 큰 유익이 됨을 알 수 있기를 바란다.

분모를 줄여야

내가 금융기관에 근무하면서 부자도 만나보고 가난한 사람도 만나보고 하였으나 누구든지 자신이 부자라고 생각하는 사람은 한 명도 없었다. 결국 사람의 욕망은 한이 없다는 생각을 하게 된다.

아주 없는 자는 빚만 없어도 행복하겠다고 하고 백만원 있는 자는 천만원만 있으면 행복하겠다고 한다. 그러니 돈을 가지고서는 행복을 논할 수 없다고 하는 것이 정설일 것이다. 2억이 있는 사람은 5억이 없기 때문에 자기는 가난하다고 한다.

누구나 자기는 돈이 없다고 한다. 그래서 나는 곰곰이 생각해보았다.

우리는 흔히 행복=가진 것/욕망 이라고 생각하는데, 분자 즉, '가진 것'은 아무리 많아도 행복이 보장되지 않는다. 이것은 내가 경험해온 바 진리에 가깝다.

그러나 분모 즉, '욕망'을 줄이면 행복이 저절로 찾아온다.

외제차 없이도 국산차라도 감사하며

큰 차가 아니라도 작은 차라도 감사하며

차 없더라도 건강한 다리가 있는 것에 감사하며

버스나 전철을 탈 만한 돈만 있어도 감사하며

좋은 음식 못 먹어도 배곯지 않는 것에 감사할 수 있다.

지금 하지 않는다면 주머니가 아무리 두둑해져도 남을 도울 수 없다는 사실을 알아야 한다.

욕망이라는 분모를 줄여서 행복과 감사와 기쁨을 맛보는 자, 그가 곧 진정한 부자일 것이다.

LOTTE WORLD

제 9 부

부자들의 반란

조지 소로스, 워런 버핏, 록펠러 3세, 빌 게이츠 등
120여 명의 유명한 미국 부자들이
상속세 경감에 대한
반대 서명운동에 들어갔다는 것이다.

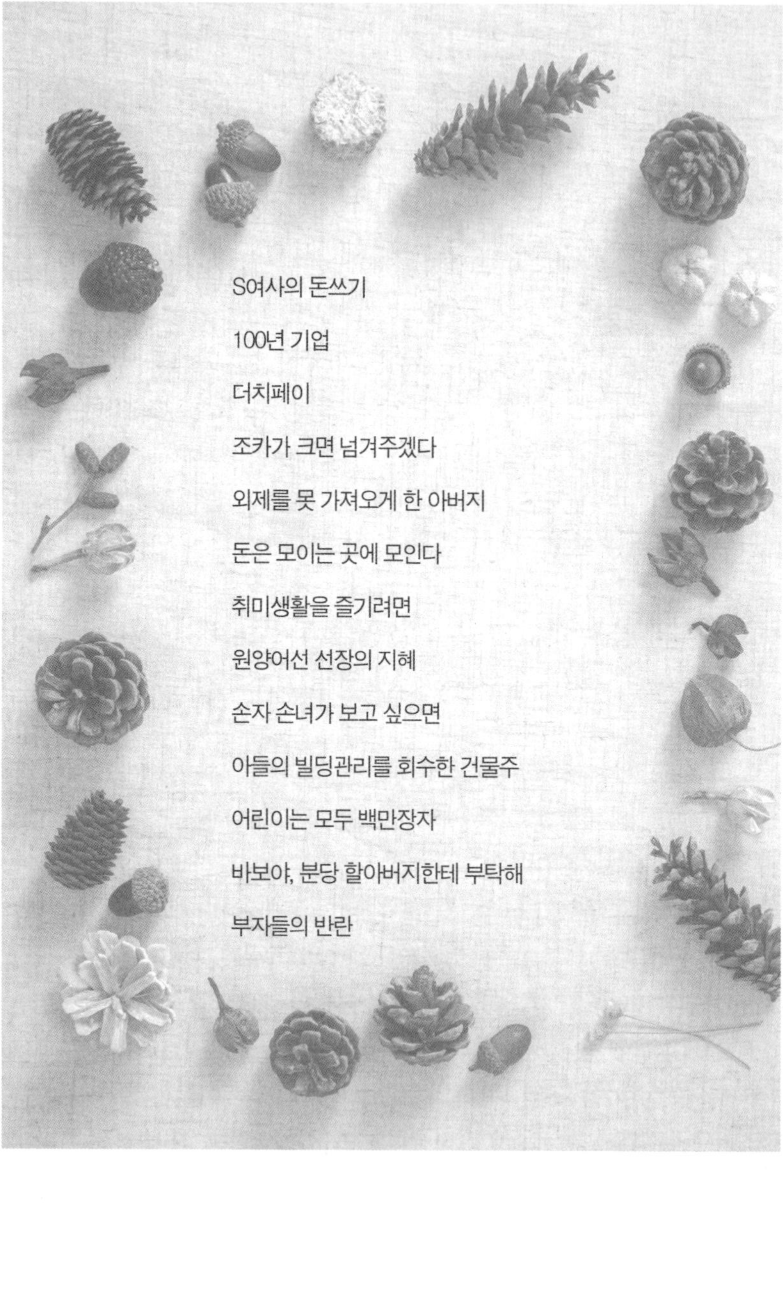

S여사의 돈쓰기

100년 기업

더치페이

조카가 크면 넘겨주겠다

외제를 못 가져오게 한 아버지

돈은 모이는 곳에 모인다

취미생활을 즐기려면

원양어선 선장의 지혜

손자 손녀가 보고 싶으면

아들의 빌딩관리를 회수한 건물주

어린이는 모두 백만장자

바보야, 분당 할아버지한테 부탁해

부자들의 반란

S여사의 돈쓰기

경상도 사투리에 교양을 갖춘 S여사는 남편과 사별했지만 상당한 재력가였다. 남편이 많은 재산을 남겨두고 떠났다고 한다.

최근 우리 회사를 찾아온 그녀는 아들에 관하여 몹시 속상해하고 있었다. 아들이 미국 유학생활을 마치고 돌아와서 자녀들 낳고 잘 사는데 돈이 너무 많아서 그런지 어머니를 잘 돌아보지 않는다는 것이 이유였다.

그녀는 일찌감치 아들에게 아파트도 사주고 제법 많은 부동산도 아들 명의로 돌려놓았다고 한다. 아들의 결혼 후에는 상당한 금액의 현금도 넘겨주었다고 한다.

그래서 그런지 넉넉한 생활을 하는 아들네 가족은 해외여행도 다니고 겨울이면 스키도 즐기며 행복한 삶을 누리고 있다는 것이다. 그러면서도 어머니에게는 문안인사도 거의 없고, 손주들 데리고 어머니 집을 다녀가지도 않는다며 불평을 토로했다.

이 어머니는 아들의 관심을 이끌어내려는 속셈으로 어느 날 "내가 가지고 있는 이 재산을 어떻게 하면 좋겠느냐" 라고 아들에게 넌지시 물어보았다고 한다. 그런데 이 아들 하는 말이 "어머니, 저는 더 이상 돈이 필요 없어요. 그러니 어머니께서 다 쓰시던지 남 주시던지 알아서 하세요" 라며 퉁명스럽게 대답하더라는 거였다.

그렇다 하더라도 마음 한구석에는 아들이나 며느리가 찾아와서 "어머니, 이번에 무엇 무엇을 하고 싶은데 돈 5백만 원만 보태주십시오." 라고 부탁하면 기쁜 마음으로 줄텐데… 하는 아쉬움이 남는 건 어쩔 수 없다면서 내게 넋두리를 늘어놓았다.

그러는 S여사에게 나는 다음과 같이 조언해드렸다. "그렇다면 그 돈을 소년소녀 가장이나 독거노인 아니면 거리의 노숙자들에게 점심을 제공하는 기관에다 일부 기부를 하면 어떻겠습니까? 그러면 큰 보람도 느낄 수 있고, 삶의 기쁨도 느낄 수 있을 겁니다." 라고. 그랬더니 S 여사는 그런 생각까지는 아직 안 해봤다며 돌아갔다.

S여사가 우리 회사를 방문한지 6개월이 지난 시점이었다. 그녀는 한결 생기가 넘치는 얼굴을 하고서 다시 나타났다. 내가 무슨 좋은 일이 있으신가 물었다. 그녀의 대답은 이러했다. 나의 조언을 듣고서부터 후배들과 골프를 칠 때도 자기 몫 이상으로 더 많은 돈을 내고, TV를 보다가 소년소녀 가장 등 도움이 필요한 사람들에게 조금씩 기부도 시작했는데, 돈의 가치가 얼마나 큰 지도 알게 되었고, 마음 또한 뿌듯함이 가득하여 세상사는 재미가 생긴다고 했다. 나에게도 좋은 조언을 해준 것에 감사하다며 선물상자 하나를 건넸다. 넥타이였다.

나는 그녀가 남은 생도 돈을 값있게 쓰면서 기쁨 또한 커져 가겠구나 하는 생각이 들었다. 가벼운 발걸음으로 걸어 나가는 그녀의 뒷모습이 더욱 빛나고 아름다웠다.

100년 기업

한국이 88올림픽을 치르고 나서 경제가 비약적으로 발전하고, 생활 수준도 점점 좋아지고, 많은 회사들이 발전하고 수출이 매년 두 자리 숫자로 늘어갔다.

그런 과정에서 우리나라는 OECD 국가의 일원이 되었다고 한참 행복에 빠져 정신이 몽롱해 있을 즈음 김영삼 대통령 재임기간이 끝나가고 김대중 대통령이 선출되던 시점에 우리나라 경제에 큰 먹구름이 몰려왔다.

갑자기 외화가 모자라 국가 부도의 위기에 몰리고, 여러 나라, 심지어 일본도 우리에게 투자한 돈을 회수해갔다. 국가의 운명의 촛불이 꺼지려고 하는 순간 다행히도 나라의 키를 잡은 선장이 바뀌고 국민들도 난국을 극복하는데 힘을 보탰다. 일제 강점기 때도 가난한 자나 부자나 할 수 있는 만큼 모든 돈을 모아 국채보상운동에 나섰던 것처럼 전국민이 금모으기 운동에 앞장섰다. 나도 집에 가지고 있던 큰 금액의 금을 내놓았던 기억이 난다.

은행들도 쓰러져 문 닫는 곳이 속출했고, 조흥, 상업, 제일, 한일 은행 등 시중 4대 은행이 합병 내지는 간판을 내리고 2류 은행이었던 국민, 주택, 신한, 하나은행 등은 살아남았다. 그밖에도 대우그룹 등 빚이 많은 기업과 은행 모두 문을 닫았다.

바둑에 대마불사란 이야기가 통하지 않은 시절이었다. 달러 환율이 천정부지로 오르고 시중은행 금리가 20% 가까이 오르니 부채 많은 기업들이 어떻게 버텨냈겠는가! 회사가 부도나니 급여생활자들이 어려워지고, 수출기업은 조금 괜찮아졌으나 수입 물가는 너무도 올라서 생활이 궁핍해졌다.

우리나라의 100년 기업으로 인재를 중용하고 역사와 전통을 자랑하던 두산그룹마저도 그 시련을 이겨내지 못하는 상황에 처하게 되었다. 수습책을 논하던 중 이 그룹 형제 중 한 명이 작은 계열 회사들을 모두 팔아 대표적인 기업에 역량을 모으자고 했다. 그러나 한 엘리트 임원은 좋지 않은 기업만 매각하자고 제안했다. 이 대책을 들은 회장이 이렇게 말했다. "우리에게 걸레는 남에게도 걸레다. 그러니 좋고 알찬 기업부터 매각하자." 그렇게 해서 마지막으로 남은 중공업은 오늘날까지 이어지고 있다.

그때 그렇게 하지 않았다면 그 기업은 우리나라에서 아마 흔적도 없이 사라질 뻔 했다. 이 재벌 총수의 또 다른 에피소드로 "회사는 머리 좋고 똑똑한 사람은 10%만 있으면 족한 것이지 머리 좋은 사람의 머리에서는 획기적인 좋은 아이디어가 나오지 않고 단지 어두운 면, 잘 안 되는 생각만 나와서 회사 발전이 어렵다."고 했다.

맞는 말이다. 세상에 유용하고 획기적인 발명은 엉뚱한 생각과 실수에서 얻어지기도 한다. 페니실린 발견도 실수 때문이었고, 전기를 획기적으로 절감하는 LED 등도 실수를 토대로 발견되었다고 한다.

이런 사람, 저런 사람, 똑똑한 사람, 다소 엉뚱한 사람, 모두 다 하나님의 자녀로서 이 세상에 필요한 존재들이다. 손이 발에게 눈이 귀에게 너는 필요 없다고 하겠는가? 집을 지을려면 대들보, 기둥, 석가래가 모두 필요하다.

더치페이

내가 은행원일 때 알던 분 중에 H행장, K상무, H상무 그리고 S부장이 있다.

이 분들은 매주 목요일이면 압구정동 현대백화점 뒤에 있는 아담한 찻집에서 만나 차 한 잔으로 시작하여 점심식사를 하고 다시 찻집에서 담소를 나눈 뒤 헤어진다고 한다.

이 중 H행장은 퇴직을 한 후에도 기사 딸린 차를 가지고 있기 때문에 이들은 주로 이 차를 이용하여 계절에 맞춰 곤지암 소머리국밥, 양평의 레인보우 경양식, 행주대교의 뱀장어집, 수원 갈비집 등지를 누비며 미식과 담소를 즐긴다고 한다.

식사비용은 나이 순서대로 치러가면서 6개월까지는 모임이 잘 진행되었다고 한다. 그런데 시간이 지나면서 어느 날은 비싼 음식을 먹고, 어느 날에는 싼 음식을 먹게 되는 문제가 생겼다.

몇 차례에 걸쳐 싼 음식 값만 치룬 사람은 다른 사람 차례가 되면 먹고 싶은 음식이 있어도 의견을 내지 못하고 그저 값을 치루는 사람의 취향에 따라야 했다고 한다. 결국 음식 종류를 고를 수 없어서 맛이 없는 식사를 하게 되면 만나는 재미 또한 반감되었다고 한다.

그런 식으로 모임이 흘러가고 있던 중에 K상무가 재치를 발휘했다.

모든 경비를 그때그때마다 4등분하여 내자는 것이었다. 그리고 음식도 먹고 싶은 것을 토론하여 결정하자고 했다. 그러면 기분도 좋고 음식 맛도 좋을 뿐만 아니라 값을 똑같이 나눠치루니 비싼 음식이라도 자유롭게 제안할 수 있다는 것이다.

다른 분들도 그의 의견에 흔쾌히 동의하였고, 그가 자청하여 총무 역할을 하게 되었다고 한다. 이후에는 그의 말대로 모두 다 부담감 없이 모임에 참가하고 만남도 지속되고 있다고 한다.

더치페이. 비록 다른 나라의 문화에서 온 것이지만 익숙해지면 정신건강에도 좋고 먹는 즐거움도 만끽할 수 있다.

조카가 크면 넘겨주겠다

내가 아는 Y여사는 남편이 권력기관에 있었기 때문에 돈이 많은데도 본인 이름으로 부동산 하나 구입하지 못했다.

70년대에는 자금 여유만 있으면 아파트 당첨이나 부동산을 취득하여 놓고 1년만 지나도 값이 배가 되는 경우가 허다했다. 그래서 강남에 사는 부유층 부인들은 강남 복덕방에 상주하다시피했다. 일반 기업들도 은행에서 돈을 빌려다가 부동산에 투자해두면 은행이자와 원금을 다 갚고도 이익이 많이 남아 부동산 투자는 그냥 땅 짚고 헤엄치기식 투자 방법이었다.

고위 공직자인 남편 때문에 여유 돈이 있어도 부동산 투자의 호기를 누리지 못하고 있던 Y여사는 궁리 끝에 자신의 시동생 명의로 강남에 빌딩과 제법 큰 대지를 구입하게 되었다고 한다.

그리고 그 시동생을 빌딩 관리자로 앉혀놓고 매월 세를 받아오면 월급보다 후한 금액을 그 돈에서 떼어주었다. 나머지 금액은 그대로 저축해나갔다고 한다. 그러던 중 그녀의 남편이 심장마비로 갑자기 세상을 떠났다. 그 시동생은 형님을 잃은 데 대해 무척 슬퍼하면서 조카가 커서 성인이 되면 자기 앞으로 된 부동산을 모두 조카 앞으로 넘겨주겠노라고 형수와 조카 앞에서 철석같이 약속을 했다고 한다.

그 후 Y여사의 외아들은 미국으로 유학을 떠나게 되었고, 5년 후에는 결혼도 하게 되었다. 그래서 Y여사는 아들이 있는 미국에 가서 몇 년 살고 오겠노라며 시동생에게 빌딩을 잘 관리해주고 세는 잘 저축해 두라고 부탁하고 떠났다.

미국에서 3년여를 살다 귀국한 Y여사는 시동생을 불러 이제 자기 아들 이름으로 부동산을 넘겨주자고 했다. 그러자 그 시동생은 지금 넘기면 취득세, 양도세, 주민세는 물론 자금 출처 문제로 잘못하다가는 증여세까지 합해 다 내어놓아야 할 수도 있으니 지금은 어렵겠다고 했다. 다음엔 지금까지 월세로 받아놓은 돈을 가져오라고 했다. 그러자 그 시동생은 자기 아이의 학비며 아내의 병원비며 세금 등등으로 다 쓰고 없으니 돈이 준비되면 가져오겠노라고 했다. 그러나 차일피일 미루면서 그 돈 마저도 가져오지 않았다고 한다. 시동생인지라 심하게 하지도 못하고 어언 3년여가 흘렀다고 한다.

그래서 이젠 시동생과 담판을 벌일 생각으로 Y여사가 시동생을 불러들였다고 한다. 그러자 그 시동생은 술이 취한 채로 와서 "형수님, 왜 그렇게 욕심이 많으십니까? 평생 쓰고도 남을 재신이 있으시면 되었지. 이 시동생에게 준 부동산을 꼭 빼앗아야 속이 시원하겠습니까? 형님이 살아계시면 '자네 앞으로 되어 있는 것이니 자네가 갖고 살게.' 했을 겁니다."라고 하면서 고래고래 소리를 지르고 덤벼들었다고 한다.

Y여사는 속이 상할 대로 상했지만 부동산 명의신탁 정정신고 특별조치도 이미 끝났으므로 어찌할 방법이 없어서 "빌딩은 삼촌이 갖고

땅이라도 팔아달라."고 했지만 그 청마저 선뜻 응하지 않고 있다고 한다.

참으로 돈 앞에선 형제도 가족도 없나 보다.

외제를 못 가져오게 한 아버지

1998년 어느 봄날 평소에 잘 알고 지내며 도움도 받고 하던 H상사 J회장의 연락을 받았다.

경제적으로도 여유롭지만 절약정신이 강하고 남에게 신세를 지지 않으려고 노력하는 분이다. 그가 경영하는 회사는 규모는 작지만 무차입의 알찬 경영으로 세금도 정확히 내는 곳이다. 나태한 직원들에게는 엄하게 질타하기도 하지만 한 번 채용한 사람은 끝까지 함께 가고자 노력하는 곳이다.

그의 회사에서는 수출용 양말을 생산하는데 독일에서 따온 일감을 처음부터 쭈욱 공장에서 함께 일해 온 직원들에게 하청도 주어 사업을 하게 해준다고 한다. 그는 현재 천만 달러 정도 수출하는 업체의 회장이지만 부동산과 현금 보유는 어느 대기업 회장님 못지않게 풍족하다.

내가 그에게 나를 부르신 용건에 대해 여쭈자 내가 거래하는 곳 중에 가전제품 파는 곳이 있느냐고 물었다. 그리고 피아노는 영창이 좋으냐 삼익이 좋으냐 물었고, 침대는 어느 업체가 좋으냐고 물으며 판매업체를 좀 소개해달라고 했다.

몇 달 전에는 내가 소개해준 부동산을 통해 내가 사는 올림픽 선수촌 아파트도 한 채 구입하였기에 누가 신접살림을 차리려고 하느냐고 물었다. 그의 대답은 시카고대에서 박사학위를 받은 큰 아들이 귀국을 하게 되었는데, 아들의 졸업식에 간 그가 아들과 며느리를 불러놓고 미국에서 쓰던 자동차, TV, 냉장고, 세탁기, 세척기, 청소기, 오디오 등을 하나하나 점검하고 일체 가지고 귀국하지 말라고 말했다. 그러면 자신이 국산으로 전부 사주겠노라 했다고 한다. 그때 며느리가 그 제품들은 보통 5년 내에 샀기 때문에 세금도 없을뿐더러 팔면 값도 제대로 받지 못할 텐데 왜 그렇게 해야 하느냐고 물었다.

그 회장님의 답변은 "네 말이 모두 맞다. 그러나 동생과 조카들이 너희 집에 와서 외제 물건들을 보면 결코 좋아보이질 않을 것이다. 그리고 나의 신조도 '잘 살기 경쟁하지 말라.'이기 때문이다. 다시 말해서 더 좋은 차, 더 좋은 물건, 더 큰 집 등으로 일체 경쟁하지 말라는 것이다. 네 남편이 직업을 가지게 되면 월급 얼마를 받는다고 외제 물건을 가져다가 쓰고 있으면 남이 욕한다."고 하며 단호한 태도를 보였다고 한다.

그는 그의 말대로 큰 아들의 물건을 모두 국산으로 사주었다. 그의 자제들도 아버지의 모범을 거울삼아 검소하게 생활하는 것을 보면서 참으로 속 깊은 마음과 생활을 가르치는 분이라는 생각이 든다. 며느리도 외제를 들여와 살고 싶은 생각이 컸겠지만 어르신의 말씀에 잘 따르는 걸 보면 이 집안의 부富도 잘 계승될 것이라 여겨진다.

돈은 모이는 곳에 모인다

어릴 적 소 먹이러 들에 나가 친구들과 '물방울 싸움'을 하곤 했던 기억이 난다.

'물망울 싸움'을 잠시 소개하면 각자 잔디 씨가 맺힌 대를 하나씩 뽑는다. 그 뽑은 대를 거꾸로 잡고 손톱으로 쭉 훑으면 맨 위에 물방울이 맺힌다. 그 물방울을 서로 맞대면 한쪽 물방울로 흘러가 뭉친다. 대개는 작은 물방울이 큰 물방울로 딸려간다. 다른 한 가지는 위쪽에 위치한 물방울이 아래쪽에 있는 물방울로 이동한다. 그렇기 때문에 자기 것을 아래로 대려고 서로 눈치를 보고, 위에다 대는 척 하다가 아래로 얼른 위치를 바꾸는 요령을 부리기도 한다.

큰 물방울은 작은 물방울을 빼앗아서 더 큰 물방울을 만들고 작은 물방울은 자신이 가진 것도 빼앗겨버리는 이 물방울 싸움의 원리는 돈에도 적용된다.

내가 초급행원이었을 때 옆에서 보면 더 부자인 지점장이나 상무에게 부하들이 없는 돈에도 불구하고 선물을 가지고 세배도 가고, 평소에도 찾아다니는 것만 보아도 가난한 자가 한 푼이라도 부자에게 가져다주는 것이었다.

그 상황을 좀 더 깊이 관찰해보면 자본주의 사회에서는 없는 자의 주머니 돈이 있는 자의 주머니 속으로 신속하게 옮겨가는 것을 보게 된다. 돈의 속성을 아는 재벌 부자들의 주머니로 없는 자, 가난한 자의 돈들이 날개를 달고 달려간다.

예를 들어 평범한 샐러리맨의 소비활동을 한 번 살펴보자.

㉠ 라면을 조금 산다: 농심이나 삼양
㉡ 비누와 치약을 산다: 럭키, 애경
㉢ 볼펜을 산다: 모나미나 파일롯
㉣ 가전제품을 산다: 삼성이나 LG
㉤ 옷 한 벌 산다: 제일모직이나 태창
㉥ 핸드폰을 구입한다: SK, 삼성 혹은 LG
㉦ 속옷을 산다: 백양이나 쌍방울

결과적으로 그의 소비행위를 위해 사용되는 모든 돈은 대한민국 재벌의 주머니로 솔솔 흘러들어간다. 낚시터에 가보면 고기가 잘 모이는 지점이 있다. 그 지점을 재벌이 선점하고 있으니 그 밖에 다른 사람들은 어떻게 하면 좋겠는가?

돈이 날개를 달고 재벌의 주머니를 찾아가지 못하도록 그 돈을 사랑하는 수밖에 없다. 다시 말해서 당신의 주머니에 있는 돈을 함부로 쓰지 못하도록 장기성 예금에 넣어두라. 당신의 유혹이 당신의 주머니에 든 돈에 날개를 달지 못하도록 어서 은행으로 가시라.

취미생활을 즐기려면

내가 한양투자 금융사에서 100억을 출자하여 운영하는 신용금고 지점장이었을 때 모회사에서 부사장으로 파견 나와 있던 사람이 L부사장이었다.

그는 S대 외교학부를 나온 엘리트였다. 유머가 풍부하고 항상 현실을 직시할 줄 알고 땅 이름이나 지리에 대한 관심이 많았다. 그는 또 돈을 무척 아끼고 저축하는 습관의 소유자였다. 그래서 그의 친구들은 '인천 짠물' 혹은 '짠돌이'라고 놀리기도 했다.

그러나 그는 그런 놀림에도 아랑곳하지 않고 급여가 좋았던 투자금융에서 나오는 급여를 집에 필요한 금액 외에는 모두 정기예금에 넣었다. 예금도 복리로 하지 않고 정기예금의 이자에다가 매월 여력의 돈을 합하여 다시 정기예금을 하는 방식으로 저축을 해나갔다.

그때 이 L부사장의 예금 담당자가 우리 지점의 대리였는데, 정기예금증서가 얼마나 많았던지 귀찮은 내색을 하기도 했고, 전산이 제대로 이루어지지 않던 때라 잔고 맞추느라 고생도 많이 했다. 그럼에도 불구하고 그는 점심값, 커피값도 아끼고 아껴서 저축에 저축을 거듭해나갔다.

그가 그렇게 저축을 한 지 어언 15~16년이 되었을 때는 제법 많은 예금을 갖고 있어서 주요 거래선으로 분류될 정도였다.

보람은행이 하나은행으로 합병되기 전에 그는 보람증권 부사장으로 자리를 옮겨가게 되었지만 증권에는 관심이 없고, 금리가 높건 낮건 끊임없이 예금만 하였다. 그럴 즈음 금융여건의 변화에 따라 퇴직이 줄을 잇는 시절이 되었다. 그도 퇴직을 하기에 이르렀지만 그때 그의 예금액은 10억여 원이 되었다.

퇴직과 동시에 그는 오피스텔 하나를 사서 서재를 꾸미고 예금 이자도 충분히 나올 수 있도록 조치하여 두고 한문공부에 전념하기 시작했다. 그 이유는 동국여지승람을 원어로 읽어보고, 대한민국 방방곡곡의 땅 이름의 유래를 공부하여 보고, 답사도 하여보고 싶다는 취지에서였다. 그는 이후로도 취미생활을 즐기면서도 두려움 없이 여유로운 생활을 하고 있다.

자기 돈으로 점심도 먹지 않고, 술 한 잔 먹지 않는다며 그에게 손가락질하던 동료들은 지금 직장을 잃고 고통 속에 살아간다. 그들이 아직도 이 사람에게 손가락질할 수 있겠는가? 모두들 부러워한다. 시간이 가면 갈수록 그의 저축정신은 빛이 난다.

원양어선 선장의 지혜

1980년대 초 어느 날 오후 내가 지점장으로 근무하던 은행 사무실에 턱수염에 건장한 한 중년 남성이 찾아왔다. 나는 그에게 자리로 안내해드리고 차를 한 잔 나누는 가운데 그의 이야기를 듣게 되었다.

그는 원양어선 선장이며 한 번 원양어업에 나가면 보통 6개월에서 1년 정도로 해외에 있다가 귀국하며 집에는 1개월쯤 머물게 된다고 했다. 해양대학을 졸업한 사람으로 바다를 좋아한다고 했다. 그는 우리나라가 더욱 일찍부터 원양어업에 눈을 돌려야 했는데 늦었다면서 지금이라도 적극적으로 지원해야 한다고도 했다. 그리고는 주머니에서 5천만 원짜리 수표를 꺼내어 예금을 하겠다고 했다. 그리고 몇 가지 조건이 있다고 했다.

내가 조건이 무엇이냐고 물었다. 그것은 자기가 직접 은행에 방문했을 때에만 돈을 찾을 수 있도록 해주고, 만약 자기가 불의의 사고 등으로 죽는다면 법적 절차에 따라 처리해달라는 것이었다.

두 번째 조건의 경우 금융기관에서는 당연히 그렇게 한다고 하며 걱정하지 말라고 하자 그는 다시 누군가가 통장과 도장을 가지고 와서 돈을 찾겠다고 해도 반드시 나 이외의 사람에게는 지급하지 않겠다는 약속을 지점장으로서 지키겠느냐고 물었다. 나는 그렇게 하겠노라고 약속하면서 약관 아래쪽에다가 "지급금지"라고 쓰고, 또 "이 예금은 지점장 승인 없이는 출금금지"라는 문구를 덧붙이고 날인을 했다.

그는 다음날 부산으로 내려가서 그다음 날 출항한다고 했다. 이윽고 출항하는 날 그는 나에게 전화를 걸어와 잘 부탁한다는 인사를 했다. 그래서 나는 '이분이 부인을 믿지 못하는구나'라고 생각했다.

그 원양어선 선장이 떠난 후 1주일 여 지난 시점에 그의 부인이라는 여성이 건장한 남자를 대동하여 내 사무실로 들어왔다. 그리고는 통장과 도장을 내밀며 예금을 해약해달라는 것이었다. 나는 내 예감이 맞았다는 생각을 하며 그 부인에 대한 나쁜 선입관을 가지고 대하기 시작했다.

그 부인은 자기 남편이 원양어선 선원으로 이 예금을 해놓았으니 필요할 때 찾아 쓰라고 했다면서 동행한 분은 자기 시동생이라고 소개했다. 나는 속으로 '거짓말을 잘도 한다. 시동생이 아니라 정부情夫나 되겠지' 라고 했다.

나는 "아주머니가 예금주의 부인이라는 것을 어떻게 압니까?"라고 물었다. 그러자 그녀가 자신의 주민등록증을 내밀었다. 그곳에 호주의 이름이 예금주와 똑 같았다. 그래서 나는 실례했다고 하면서 다시 "이분이 시동생이라는 것을 어떻게 알 수 있습니까?"라고 물었다. 그 남자도 역시 자신의 주민등록증을 내밀었다. 이름이 비슷한 걸 보니 형제인 것은 맞아 보였다. 그때 그 남자가 다시 자신의 옛 주민등록증을 내밀었다. 형과 같은 주소지에서 살았던 모양이다. 나는 겸연쩍어 하면서 그들에게 무례했다면 용서해달라고 말했다. 그렇다하더라도 이 예금은 약관 이외에도 몇 가지 조건을 붙여서 들여놓은 것이니 지급은 할 수 없다고 했다.

그러자 시동생이 화를 내면서 예금 통장과 도장이 있으면 내주게 되어 있는데 지점장이 뭔데 지급을 거절하는 거냐고 거칠게 항의했다.

잠시 시간이 흘러 그 남자는 태도를 바꾸어 "형이 출국하면서 좋은 사업거리가 생기면 네 형수와 상의해서 돈을 찾아 쓰라."고 했다면서 호소하는 것이었다. 그래도 내가 거절을 하니 그러면 자기 집을 담보로 맡길 테니 예금을 지급해달라고 부탁했다. 그래도 내가 안 된다고 하니 법적 조치를 하겠다고 큰소리로 떠들면서 문을 박차고 나갔다. 부인도 그를 뒤따라 나갔다.

그들이 나가고 2시간쯤 지나서 그 부인한테서 전화가 걸려왔다. 자기 남편에게 동생이 사업자금을 대어달라고 졸라대니 그런 조건을 붙여 예금을 해놓은 것이라고 했다. 동생이 집에 찾아오면 예금통장을 가지고 은행에 함께 가보라면서 지점장은 절대 예금을 해약해주지 않을 것이니 걱정하지 말라 했다고도 귀띔해주었다. 시동생은 형수에게 자기 체면을 살려줘서 고맙다면서도 형에게는 원망을 늘어놓다가 집에 돌아갔다고 했다. 그녀는 나에게 감사함을 표하면서 남편에게도 이러한 내용을 알리는 편지를 보내겠다고 했다. 그리고 자기 시동생이 행한 무례함에 대해서는 대신 사과한다고 말했다.

한 순간이나마 이 부인을 오해한 내가 부끄러워졌다.

손자 손녀가 보고 싶으면

명동에서 유명한 양장점을 경영하던 L여사에게는 두 아들이 있다. 이들은 좋은 대학을 나와 좋은 집 규수들을 만나 가정도 이루고 어머니에게 손자 셋과 손녀 셋을 안겨드렸다.

이 L여사는 아들들을 분가시키면서 한 가지 명을 내렸는데, 매주 토요일에는 반드시 부모님을 방문하여 얼굴을 보여 달라는 것이었다.

처음에는 이 약속이 잘 지켜졌고, L여사에게도 은근히 기다려지는 매주 토요일이었다. 그러다가 두 아들들에게 자녀가 생기게 되었고, 산후 조리도 친정에서 하게 되니 토요일마다 시댁에 오는 것이 점차 뜸해지기 시작했다. 가끔은 각자 가족끼리 여행을 가기 위해서 핑계를 대기도 하고, 며느리들이 쉬고 싶을 때는 남편에게 전화로 둘러대게 하면서 매주 오지 못하는 경우가 잦아졌다.

이때 L여사는 어떻게 하며 자식들이 부모님을 방문할 수 있을지 곰곰이 생각하게 되었다. 그리고 나서 생각해낸 묘안은 다름 아닌 손주들을 유인하겠다는 것이었다. 다시 말하면 손주들이 할머니 할아버지한테 놀러올 때마다 돈을 조금씩 주기로 했다.

돈을 주는 방법으로는 달력을 하나 준비 해두고 애들이 놀려올 때마다 그 날짜에 동그라미를 그리게 하는 것이었다. 그리고 자전거를 갖고 싶어하는 큰 손자는 동그라미 8개를 그리면 자전거를 사주겠다고 했고, 미미인형을 갖고 싶어 하는 둘째 손녀에게는 동그라미 6개를 그린 다음에 미미인형을 사주겠다고 했다. 그리고 한 번 올때마다 각자 10,000씩을 주겠다고 했다.

그런 다음부터는 L여사의 손주들은 토요일만 되면 어머니 아버지를 졸라서 할아버지 댁에 가자고 안달을 했다는 것이다. 혹시 다른 데 놀러가자고 하면 할아버지 할머니댁에 가서 동그라미를 하나 더 채워 넣어야 한다고 야단이었다.

그렇게 되니까 다른 약속이 생기더라도 할아버지 댁에 일단 들렀다가 가게 된다고 한다.

오늘도 역시 아이들이 틀림없이 올 거라며 걸어가는 L여사의 발걸음이 한층 가벼워 보인다.

아들의 빌딩관리를 회수한 건물주

1980년대 초반 시작된 강남 개발로 토지를 싼값에 매입해둔 사람들이 후반기부터는 앞다투어 건물을 짓기 시작했다.

이러한 건축 붐은 90년대에 들어서자 강남 테헤란로 주변으로 이어졌다. 이때는 수출에 힘입은 한국경제가 번영하던 때이므로 건물만 지어놓으면 세도 잘 나갔다.

치안 본부에 근무하던 나의 지인 한 분도 강남 뒷골목에 400여 평을 장만해두었다가 공직에서 퇴임하고 얼마 지나지 않아 건물을 지었다. 지하에는 목욕탕, 1층에는 커피숍과 기타 음식점, 2층부터 5층까지는 일반 사무실로 만들었다. 주변에는 경찰서와 운전면허시험장이 있어서 월세 주는 것도 어렵지 않았다.

월 수익은 1천만 원 정도였고, 제세공과금을 제하고 나면 6~7백은 족히 남으니 건물주로서 꽤나 만족스러웠다.

그의 아들 하나는 대학을 졸업하고 일찌감치 결혼도 하여 한 중소기업에 취직해 다니고 있었다. 그런데 그 아들이 어느 날 직장을 때려치우고 집에서 빈둥빈둥 놀기 시작했다. 한 1~2개월을 그렇게 보내더니 아버지를 돕겠다며 아버지 건물 사무실로 나오기 시작했다.

아버지는 나오지 말라고 할 수도 없고 해서 어정쩡한 입장이었다가 가끔 밖에 약속이 있으면 대신 일도 시키고 용돈도 쥐여 주면서 몇 개월을 보냈다. 그러다가 이 아버지는 연세도 높고, 어차피 아들에게 물려줄 건물이니 경영수업도 시킬 겸 해서 건물 관리를 아들에게 맡기기로 마음먹었다. 그러나 아들이 직접 운영해보고 싶다는 지하 목욕탕은 아직 임대 기간도 남아있고, 아들이 사업 해본 경험도 없고 해서 허락을 해주지 않자 아들도 아버지 말씀에 순순히 따라주는 걸 봐서도 안심이 되었다.

아버지는 사무실에 가끔 들를 테니 매월 말에는 5백만 원씩 가져오고 나머지는 아들에게 쓰라고 했다. 그리고 아버지는 부부동반으로 동남아여행을 다녀왔다.

1년여는 아들이 아버지 말씀대로 월 5백만 원씩 꼬박꼬박 갖다 드리고, 빌딩관리 내용도 상세히 설명도 잘하고 해서 아버지는 계약이 만료된 지하 목욕탕 운영도 아들에게 맡겼다. 아들에게 흡족한 아버지는 친구들에게 자랑도 하면서 여유로운 생활을 즐기고 있었다.

그런데 1년이 조금 지난 시점부터는 일부 입주업체로부터 아들이 터무니없이 임대료를 올려달라고 한다면서 아버지에게 항의가 들어왔다. 처음에는 아들을 믿고 동네 전체 세가 오르니 마땅하지 않으냐며 세입자들을 나무랐다.

그런 일이 있은 후 3개월 정도 지나자 아들은 월말이 다 지난 다음에 5백만 원을 아버지에게 가지고 와서 이렇게 말했다는 것이다. “아버지, 아버지는 어머니와 단 두 분만 사시는데 월 5백만 원씩이나 필요하십니까? 앞으로는 3백만 원씩만 드리겠어요.”

아들은 마치 자기가 돈을 벌어서 아버지께 용돈 드리는 식으로 얘기를 하더라는 것이다. 이 말을 들은 아버지는 어이가 없어서 말을 못 잇다가 "이 재산이 뉘 것인데 네가 나에게 얼마를 주겠다 받아라 하는 것이냐. 너는 너의 직분을 모르는 놈이구나!" 하면서 내일부터 빌딩관리 감사를 하겠다고 호통쳐 보냈다.

다음날, 이 아버지가 빌딩에 가보니 입주자들의 원성이 하늘을 찌르고, 빌딩 주위에서 월세를 제일 높이 올려 받아 월 7백만 원씩을 가져갔다는 사실을 알게 되었다. 이 아들은 그 돈으로 친구들과 관리실에서 노름하고, 집에는 겨우 2백만 원씩만 갖다 주었으며 지하 목욕탕도 자기 친구와 동업하는 거로 하여 월수입을 챙기고 있었으나 열심히 하지 않아 손님도 전처럼 많지가 않더라는 것이다.

이 아버지의 전직이 치안본부 고위직이 아니던가! 그는 아들을 불러다 놓고 오늘부로 빌딩관리인에서 손을 떼라고 명령함과 동시에 입주업체들에는 서면으로 이 사실을 알리고 아들을 내쫓아버렸다.

그는 자식에게 관리를 맡기면 다들 그렇게 된다는 얘기는 들었지만 자기 자식이 그렇게 할 줄은 몰랐다고 하면서 한숨을 쉬었다.

우리나라 장자상속에 문제가 있다. 부모가 재산이 많으면 자식들이 열심히 살지 않고 남 밑에서 참을 줄도 모른다. 그래서 부자 3대를 못 간다는 속담이 있는 듯하다. 아버지는 절약하여 부를 이루면 자식은 쓰는 재미 외에는 다른 재미를 모르니 부는 어느덧 사라지고 만다.

어린이는 모두 백만장자

내가 다니는 예수 그리스도 후기 성도 교회 9대 회장인 데이비드 오메케이 회장이 어느 주일학교 유년반에 방문했다.

5~8세 정도의 어린이들이 초롱초롱한 눈망울로 86세의 할아버지를 바라보았다.

휠체어에 몸을 싣고 백발의 머리를 한 그가 아이들에게 "어, 우리 백만장자들 한번 악수 합시다." 그러면서 한 사람 한 사람 손을 잡고 악수를 하면서 백만장자라는 말을 빼놓지 않았다.

그때 한 아이가 "회장님, 저의 집은 차도 없는데 어떻게 백만장자입니까?" 라고 물었다. 또 다른 아이도 "우리는 집도 없고 어머니가 겨우 일해서 먹고 살면서 야구 글로브도 사주지 못하는데 어떻게 백만장자에요?"라고 했다. 한 여자 아이는 "우리집은 우리 동네에서 가장 가난하고 아빠는 가게에서 일하는데 왜 백만장자라고 하신가요?"라고 했다.

이때 메케이 회장님은 그 중 가장 가난한 아이를 자신의 무릎에 앉히고 "얘야 톰, 네가 왜 백만장자인지 한번 보자꾸나!"

"네게 10만 달러 주면서 너의 어머니를 하나님이 데려가시면 되겠니?"

그 아이가 "아니요!"라고 했다.

"좋아, 그럼, 너는 지금 잘 볼 수 있지? 너에게 60만 달러를 줄 터이니 나에게 네 두 눈을 주겠니? 그렇게 되면 너는 아무 것도 볼 수 없을 텐데…"

그 아이가 이번에도 "아니오!"라고 했다.

"그렇겠지. 너는 지금 잘 뛸 수 있지? 그래서 야구도 하고 풋볼도 하지? 그런데 네게 30만 달러를 준다면 네 두 다리를 나에게 팔겠니? 그러면 너는 뛸 수도 없고, 야구도 할 수 없고, 풋볼도 할 수 없고, 소풍도 갈 수 없을 터인데…"

그 아이가 똑같이 "아니오!"라고 했다.

"네게 두 눈이 있지? 너의 그 두 눈을 나에게 50만 달러에 팔겠니? 그러면 글씨도 쓸 수 없고, 밥도 못 먹고, 세수도 못하고, 네가 좋아하는 구슬치기도 못하고, 화장실도 못갈텐데… 그래도 괜찮겠니?"

그 아이가 다시 주저치 않고 "아니오!"라고 했다.

이 모든 액수를 더해보니 누구나 백만장자가 다 되고도 남았다. 노령의 회장은 아이들에게 "여러분은 이처럼 모두 백만장자이니 자기 자신을 소중히 생각하기 바랍니다." 하고 유년반을 떠났다.

이후 그 유년반 아이들은 스스로를 아주 부자이고 소중한 사람이라고 생각하면서 어깨와 가슴을 펴고서 자랑스럽게 자라났다고 한다.

바보야, 분당 할아버지한테 부탁해

내 5촌조카 중 한명은 S법대를 나와 어렵다는 고시에 합격하여 공무원 생활을 하고 있다.

그는 위로 딸 하나 아래로 아들 하나 남매를 두고 있다. 그런데 이 아이들이 얼마나 영악한지 모른다. 딸은 어린 나이인데도 어른 뺨 칠 정도의 단어를 구사하여 주위 사람들을 놀라게 한다.

이 5촌조카가 아이들을 데리고 아버지 댁에 방문할 때면 아버지가 자식이 많고 가난한 공무원 출신인 것을 감안하여 아이들에게 "할아버지 댁에 가서는 무엇을 사달라는 이야기는 하지 말아라."고 항상 주의를 주는 모양이었다. 외손주까지 합하면 여덟 명이나 되는 손주들의 생일 선물 챙겨주기도 힘이 든 할아버지는 이미 어느 손주에게도 생일 선물을 주지 않겠다고 선언한 상황이기도 했다.

그럼에도 불구하고 이 아이들은 할아버지 댁에서 레고 장난감을 서로 갖고 놀겠다고 다투기도 하고 부모님의 당부도 잊은 채 할아버지 할머니께 자신들이 원하는 것을 사달라고 조르기도 했다.

어느 날 손자 손녀들 6명이 할아버지 댁에 와서 놀고 있었다. 온 집안에 물건과 장난감들이 널려있고, 싸우다가 우는 아이, 토라져서 방에 들어가 나오지 않는 아이 등 정신이 하나도 없을 지경이었다. 또한 미국에서 살다온 큰 아들네 아이가 가지고온 장난감 자동차(건전지로 움직이는)를 서로 가지고 놀겠다고 아우성이었다.

똑똑한 그 5촌조카 아들이 그때 그 자동차를 한 번 가지고 놀게 해 달라고 여러 번 부탁해도 안 되니까 할아버지에게 달려가서 "할아버지, 할아버지, 형이 자동차를 자기만 가지고 놀아요. 나도 하나 사주세요!" 하는 것이었다.

그러자 여섯 살인 그 아이의 누나가 동생의 손을 잡고 방 한쪽 구석에 가더니 이렇게 말하는 게 아닌가! "이 바보야, 이 할아버지는 돈이 없어! 그런 것은 분당 할아버지한테 부탁해! 그러면 사주실거야." 분당에 사시는 분은 그 애들의 외할아버지시다.

귀 쫑긋하고 듣고 있던 할아버지는 쓴 웃음을 짓고 못들은 척했다.

부자들의 반란

2001년 1월 20일 조지 W. 부시 대통령이 취임하자마자 공화당 선거 공약이었던 감세정책을 실현하기 위해 그린스펀 연방준비은행 이사장과 일련의 회동을 거친 후 의회에 감세안을 내어놓게 되었다.

우리 상식으로는 그 법안을 부자들이 쌍수를 들어 환영할 것이며 또 그들의 큰 지지를 얻어 당선된 공화당의 부시 대통령인 만큼 응당한 행동이라고 생각할 수 있을 것이다.

그런데 뜻밖의 뉴스를 접하고 나서는 깜짝 놀라지 않을 사람이 없을 것이다. 조지 소로스, 워런 버핏, 록펠러 3세, 빌 게이츠 등 120여 명의 유명한 미국 부자들이 상속세 경감에 대한 반대 서명운동에 들어갔다는 것이다.

이게 웬 말인가? 부자들이 상속세 경감에 반대하다니… 우리의 사고방식으로는 도저히 납득하지 못할 상황이 아닌가. 상속세를 올린다고 하면 우리나라 부자들은 돈 버는 재미가 없다느니 애써 부를 축적하지 않고 다 소비해버린다면 국가의 부는 누가 축적하며 나라의 경제는 누가 이끌어 가겠느냐 그리고 상속세 때문에 탈세와 사전상속이 많아질 것이라고 야단일 것이다.

하지만 미국의 억만장자들은 상속세를 내야겠다고 연서로 감세 철회를 촉구하면서 이런 주장을 펼쳤다. 상속세는 ㉠빈부격차를 없애는 제도이고 ㉡기부문화를 정착시키는 좋은 제도이며 ㉢자식들도 애써서 일하게 하는 제도이다.

이래서 미국은 부자가 존경받는 나라인가 보다. 미국부자, 부라보!!

제 10 부

무소유 파티

모든 것은 때가 있고,

그 때를 놓치지 말아야 한다는 교훈을 얻는 시간이었다.

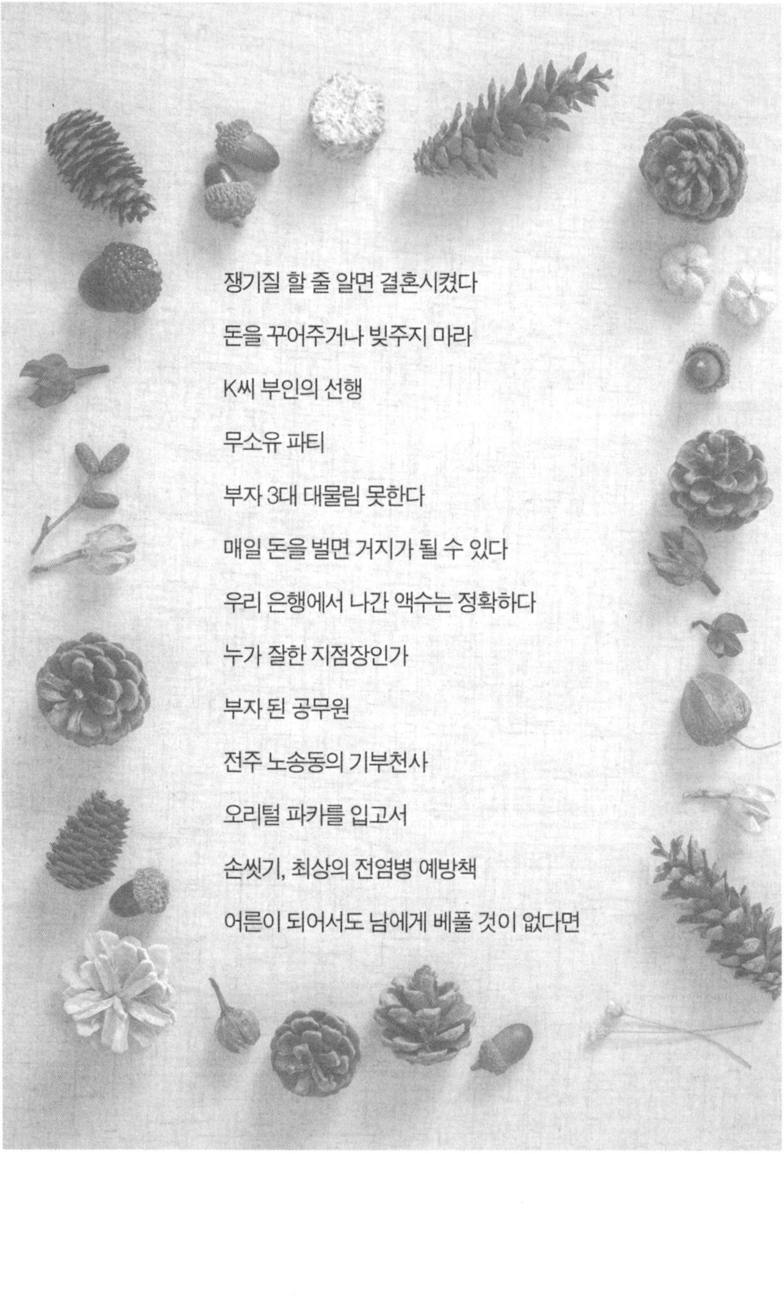

쟁기질 할 줄 알면 결혼시켰다

돈을 꾸어주거나 빚주지 마라

K씨 부인의 선행

무소유 파티

부자 3대 대물림 못한다

매일 돈을 벌면 거지가 될 수 있다

우리 은행에서 나간 액수는 정확하다

누가 잘한 지점장인가

부자 된 공무원

전주 노송동의 기부천사

오리털 파카를 입고서

손씻기, 최상의 전염병 예방책

어른이 되어서도 남에게 베풀 것이 없다면

쟁기질 할 줄 알면 결혼시켰다

요즈음 우리 사회의 가장 큰 문제는 출산율의 저하이다.

출산율이 2% 이하이면 큰일이라고 야단법석일 때가 엊그제 같은데 지금은 1%도 안 된다니 이게 정말 큰 문제가 아니고 무엇이겠는가.

우리 세대가 한참 결혼하던 시절에는 '아들딸 가리지 말고 둘만 낳아 잘 기르자.'고 외치더니 조금 지나자 '똘똘한 딸 하나 열 아들 안 부럽다.'는 슬로건으로 산아제한을 더욱 강화했다. 그 정책을 공고화하려는 목적으로 자녀를 낳아도 둘 이상의 자녀에게는 의료보험과 학자금도 지원해주지 않았다. 세금 공제 역시 두 자녀에만 해당되었다. 심지어 정관수술을 하면 예비군훈련도 면제해주었던 기억이 난다.

그런데 지금은 어떤가? 어느 지방자치단체에서는 자녀 한 명 낳으면 출생보조금 50만원 주고, 둘 낳으면 100만원 주고, 셋을 낳으면 300만원을 주어 출산을 장려하는데도 인구가 줄고 있다. 심지어 경북 의성과 전남 고흥은 군 자체가 없어질지 모른다는 걱정이 많다.

어쩌다 보면 주위에 노총각, 노처녀가 많이 있는데, 도대체 결혼할 생각을 하지 않고 있고, 30세가 훌쩍 넘어도 결혼 적령기가 지났다는 생각을 하지 않고 있다. 우리들이 보기에는 비정상적인데, 요즈음 처녀, 총각들에게는 30대가 넘어서 혼자 사는 것이 전혀 이상하지도 않고, 평생 혼자 살겠다고 생각하는 사람도 많다고 한다. 게다가 "꼭 결혼을 해야 하느냐?"고 되묻는 사람도 있다.

옛날 우리가 어렸을 적 동네 총각, 처녀들을 보면 남자는 21~22세가 결혼 적령기였고, 여자의 경우 18~20세가 결혼 적령기였다. 나의 누님이나 집안 조카들도 모두 그 나이에 결혼하였다.

남자가 자라서 골격이 잡히고 힘이 세지면 소를 부려서 밭이나 논 쟁기질을 아버지로부터 배워 스스로 할 줄 알고, 돌과 진흙을 섞어 집 담장을 쌓을 수 있고, 지붕에 이엉을 스스로 덮을 줄 알면 어른이 된 것이라 여겨 규수를 간택하고 결혼을 시켰다. 그리고 조그마한 집 한 채와 논과 밭 몇 마지기씩을 떼어주면 나가서 살림을 하며 독립생활을 시작하였다.

여자는 길쌈을 하고, 김장을 하고, 음식을 장만할 줄 알고, 베틀에 앉아 베를 짤 수 있으면 결혼할 준비를 갖춘 나이가 되었다고 여겨 중신애비가 나서서 중매를 하고 결혼을 시켰다. 아이는 삼신네가 주신대로 받아 낳았으며, 가계가 번창하고 늘어나면 어른들은 그 자손들을 자랑하곤 했다.

남자 나이 21~22세, 여자 나이 18~20세는 지금 시대에 보면 어린 나이다. 그런데 창조주께서 창조하신 우리 인간의 생리활동을 생각해 보면 가장 건강하고 힘이 왕성하며 무엇이든지 두려워하지 않고, 하고 싶은 일을 할 수 있는 나이인 것만은 확실하다.

이때는 아이를 낳아 훌쩍 안고, 업을 수 있고, 두 아이라도 한 팔에 하나씩 안고 걸어갈 수 있을 만큼 건강 넘치는 시기이다. 그런데 지금은 서른도 훨씬 넘어서 결혼들을 하니 아이를 갖기도, 기르기도 힘들다. 아이도 하나 아니면 둘만 낳으니 모두다 공주와 왕자로 자라 버릇도 없어지고, 협동정신도 없어지고 자기만 아는 사람이 된다.

그러니 이제부터라도 우리 자녀들, 아니 대한민국의 젊은이들은 모두 자기가 기르는 아이 외에 한 아이 더 낳아 기르자는 운동을 펼치는 게 좋겠다. 더 나아가 젊고 건강한 나이에 결혼을 서두르기를 요청한다.

아이들을 많이 낳아 후손이 번창하여야만 그 집안이나 나라가 잘 되는 것은 만고의 진리가 아닌가.

돈을 꾸어주거나 빚주지 마라

1968년도에 내가 처음 입사하여 받은 첫 봉급은 12,400원이었다. 군대 면제를 받고 바로 은행에 들어갔기 때문에 다른 대학 친구들과 고교 동기들은 대부분 군에 가 있거나 막 제대하고 복학한 상태였다. 그래서 그 친구들을 만날 때면 월급쟁이가 된 내가 주로 찻값이나 음식값을 지불하는 일이 잦았다. 학창시절에는 그럴 수가 없었다. 시골출신인 나는 절약생활이 몸에 배어 극장이나 당구장 같은 데도 거의 가보지 못하고 지냈었다.

그러나 계속 해서 그렇게 지낸다면 제법 많이 받는 은행원이라도 얼마 안가서 빈털터리가 되겠다싶어 나는 적금을 하나 들기로 했다. 3,640원씩 2년간 부으면 100,000원과 특별금리를 덤으로 받는 적금에 가입했다.

1년쯤 지나니 적금액도 제법 모여서 그 돈을 쓰고 싶은 유혹도 생겼지만 물리치고 꾸준히 불입하여 만기가 되니 102,600원을 탈 수 있었다. 그 돈을 받아든 나는 등산할 때 산 정상에 오른 기분이랄까 뭔가 한 가지를 해냈다는 생각에 마음이 뿌듯했다.

그런데 그 돈을 아직 어떻게 할지 모르고 있던 차에 우리 사무실에 정만영이란 사람이 약을 팔러 드나들었다. 외제약도 팔고, 좋다는 약을 많이 갖고 다니면서 외상도 주곤 했다. 내가 적금 100,000원을 타가지고 있다는 사실을 알게 된 후부터 그는 나에게 교묘하게 접근해 왔다. 비타민도 싸게 주고 하더니 돈만 더 있으면 얼마든지 돈을 더 벌 수 있다고 하면서 4부 이자를 줄 테니 그 돈을 빌려달라고 꼬드겼다.

과욕은 항상 화를 불러온다고 하신 어머니의 말씀이 생각났지만 월 4,000원씩 이자를 받으면 다시 적금을 부을 수 있겠구나 하는 욕심이 생긴 나는 그만 처음 탄 적금을 몽땅 그 사람에게 빚 주고 말았다.

그러나 첫 달 이자만 제날짜에 받고, 둘째 달에는 12일 후에, 그 다음 달부터는 한 푼도 받지 못했다. 그리고 그 사람마저 나타나지 않기에 수소문해 보니 외제 약장사를 하다가 경찰에 붙잡혀 갔다는 것이었다. 결국 첫 적금으로 만들었던 나의 목돈도 고스란히 날아가 버렸다.

세월이 꽤 지난 다음 그 사람이 명동에 있는 모 약국에서 일한다는 소식이 들려왔다. 그래서 내가 직접 그곳에 찾아갔더니 그 사람은 박카스 한 병을 마시라고 주면서 "이다음에 돈 벌면 송형 돈은 꼭 갚아줄게."라며 다짐을 했다.

그 이후 다시 몇 년이 지났지만 그 사람은 아직 내 돈을 갚지 않고 있다. 집도 사서 살지만 내 돈 갚을 돈은 아직 벌지 못했나 보다. '자기 통장과 주머니에 든 돈이 아닌 남의 수중에 들어간 돈은 자기 돈이 아니다.'라는 말이 결코 틀린 말이 아니다. 자기 쓸 돈은 있어도 남에게 갚을 돈은 없다는 게 다수 세상 사람들이 갖는 관념이 아닌가 싶다. 그러니 돈은 꾸어 주지도 말고 빚 주지도 말아야 한다.

K씨 부인의 선행

내가 아는 K씨는 사업을 하고 있는데, 좀처럼 찾아보기 힘들 정도로 선한 사람이다. 사업에 성공하려면 마음도 독해야 하고, 어느 정도 거짓말도 하고 남을 속여야 한다고들 생각하는데 이 분에게는 해당되지 않는 말인 것 같다.

그런 면에서 보면 그의 부인은 그를 능가할 정도로 선한 분으로 옳고 그른 것에 대한 판단이 분명하고, 거래관계에서는 셈이 정확하고, 검소한 생활을 하며 남을 돕는 일에 앞장선다.

이들에겐 딸이 셋 있는데, 첫째 딸은 학교 교사라고 한다. 이 딸의 충실함과 인품을 높이 산 동료 교사가 자기의 동생을 소개해주었는데 의사였다고 한다. 의사와 결혼하려면 열쇠 3개를 가져가야 한다는 속설도 무시하고 몸만 오면 된다고 하는 훌륭한 집안이었다.

K씨 부인이 하루는 2호선 전철을 타고 을지로 입구에서 내리던 중 얼굴에 화상을 크게 입은 젊은 여성을 만났다고 한다. 이 부인이 조심스럽게 그 여성에게 말을 붙였다. 어디서 어떻게 하다가 그런 화상을 입었느냐고 물으니 처음엔 부끄러워 대답을 잘 못했다고 한다. 그러자 부인이 더욱 진지한 표정을 지으며 가까운 찻집에 가서 이야기를 좀 하자고 했고, 그 젊은 여성도 부인의 청에 응하여 좀 더 깊은 이야기를

털어놨다고 한다.

그 젊은 여성은 상계동에서 살고 있으며, 가정 형편이 어려워 대학에 진학을 하지 못하고 직장에 다니고 있는데, 자기 집 부엌에 놓인 프로판 가스통이 터져서 그녀의 상체는 온통 화상 투성이가 되었다는 것이다. 아버지는 건설현장에서 일하고, 어머니는 파출부로 일하고, 남동생은 고등학생이라고 했다. 성형외과에서는 성형수술을 3~5회 정도 해야 한다는데 돈이 없어서 한 번밖에 못했다는 것이다.

그 여성의 이야기를 다 들은 K씨 부인은 본인이 좀 도와주고 싶다고 했으나 여성은 별 기대를 하지 않는 눈치였다. 그래서 자신도 아가씨 같은 딸들이 있으니 남의 일 같지가 않아서 그러는 거라고 했지만 역시 별 신뢰감을 갖지 않아 보였다. 그럼에도 그 부인은 어느 성형외과에서 수술을 받았느냐고 다시 물었다. 명동 H성형외과라고 했다. 전화번호와 위치를 건네받은 다음 둘은 헤어졌다.

K부인은 그 길로 그 성형외과를 찾아갔다. 그리고 그 아가씨 이야기를 했더니 의사가 금방 알아듣고 그녀에 대한 자세한 상황을 들려주었다. 그 부인은 한 번 수술하는 비용이 얼마 드느냐고 물었다. 약 200만원 정도라고 했다. 부인은 그 수술비를 모두 자기가 대줄 터이니 수술을 해달라고 했다. 의사는 참으로 훌륭한 분이 계시다면서 성함을 물었지만 온라인 번호만 받아가지고 병원 문을 나섰다. 의사가 배웅을 하며 자기도 최선을 다해 돕겠노라며 1회 비용으로 2회 수술을 해주겠노라고 했다.

집에 돌아온 그 부인은 곧장 남편과 상의했고, 남편도 흔쾌히 동의

하여 바로 수술비를 입금시켰다고 한다. 의사의 수술은 성공적이었고, 그 여성은 거의 예전 모습을 되찾았다고 한다. 그 소식을 전해들은 부인은 부처님께 감사 천배를 올렸다고 한다.

이런 분이 복을 받지 않고 누가 받겠는가? 이런 분이 있어서 세상은 살만한 곳이 아니겠는가?

무소유 파티

내가 다니는 예수 그리스도 후기 성도 교회의 연세 지긋한 분이라면 대부분 알만한 분으로 황근옥 여사를 빼놓을 수 없다.

황 여사는 정신여고와 단국대 정치학과를 졸업한 후 숭실중학교에서 교편을 잡고 있던 중 미국 BYU에 유학하여 사회사업을 공부하고 귀국하여 텐더애플즈Tender Apples라는 고아원 원장을 지내면서 84명의 원생 중 33명을 미국에 입양시켰으며 이 중에는 자랑스러운 한국인으로 선정된 바 있는 지니 로비 변호사도 있다.

곧은 성품으로 평생 남을 위해 봉사만 하며 살아오신 황 여사는 2000년 BYU 총장으로부터 특별공로상을 받기도 했다. 서울역 앞 양동에 2층집을 갖고 있던 그녀는 교회 형제자매들이 아쉬운 소리를 해오면 자기가 가지고 있는 돈을 나누어 주었고, 또 더 필요하다고 하는 이들에게는 집을 담보로 하여 돈을 대출받도록 해주기도 했다. 거처가 없는 이들에게는 자신의 집에 함께 머물도록 방도 내어주었다.

이러한 삶이 거듭되다 보니 여러 곳에서 집의 압류와 가압류가 들어오는 상황이 벌어졌다. 이 같은 큰 위기에 봉착한 여사는 1997년 결국 나를 찾아왔다. 보증을 서준 대가로 자신의 집이 곧 경매에 붙여질 텐데 어떻게 하면 좋겠느냐는 것이었다. 나는 그 집을 팔아 경매채권을 갚는 것이 좋겠다고 말씀드렸다.

그때 여사가 "이웃 건물인 목욕탕집 주인이 그 집을 사고 싶지만 압류와 가압류가 되어 있기 때문에 주저한답니다."라고 했다. 내가 "그렇다면 그 분을 저에게 데리고 오십시오. 제가 대출을 취급하여 압류, 가압류를 없애주겠습니다. 그래도 돈이 모자라면 여신을 하여 주겠다고 하십시오."라고 해결 방안를 알려드렸다.

과연 며칠 후 여사는 그 원매자(건물 사고자 하는 사람)를 모시고 나에게 찾아왔고, 나의 설명을 들은 후 양자 간 집 계약이 성사되었다. 모든 과정은 잘 처리되어 집 매매가 순조롭게 이루어졌다.

집 판 돈 일부는 여사의 조그마한 아파트를 사는데 사용했다. 그리고 나머지 1억원은 나도 잘 아는 황 여사의 친지분 앞으로 예금을 하여 두고 매월 들어오는 이자로 여사가 생활하게 해드렸다.

얼마 후 우리나라에 IMF가 터지고 집값은 폭락하였다. 미리 처분하지 못했다면 황 여사의 집은 빚더미에 넘어가고 여사 또한 한 푼 손에 쥐어보지 못할 뻔했다. 모든 것은 때가 있고, 그 때를 놓치지 말아야 한다는 교훈을 얻는 시간이었다.

1999년 연말에 황 여사로부터 점심 초대가 있었다. 장소는 서울역 '그릴' 레스토랑이었다. 그곳에 도착하여 보니 손병호, 조만구, 윤세영 형제님과 황 여사의 조카도 함께하고 있었다. 식사를 마치자 여사께서 미리 적어 오신 유언장 내용을 공개했다.

첫째, 동두천의 내가 거주하고 있는 아파트는 자매 선교사 사택으로 기부한다.

둘째, 나의 예금 130,000,000원은 장학재단에 기부한다.

셋째, 나의 시신은 세브란스 병원에 실습용으로 기증해 놓았으니 전화로 알리라.

이 같은 발표를 마친 후 황 여사는 이 모든 일을 여기 모인 분들과 상의하여 집행을 주관하여 달라고 나에게 부탁했다.

여사의 숭고한 뜻을 받고 한참동안 아무 말도 할 수가 없었다. 그곳에 모인 모두는 그녀의 훌륭한 모범을 보면서 다시금 숙연함으로 몸과 마음을 추스르지 않을 수가 없었다.

서울역 '그릴 파티' 이후 세상을 떠날 때까지 여사는 변함없이 교회에서 열정적으로 봉사하며 모든 사람들에게 언제나 온화한 미소를 환하게 비추었다. 진정한 아름다움을 지니셨던 분. 그 분은 '버림'으로 인해 얻을 수 있는 그런 아름다움을 지닌 분이다.

부자 3대 대물림 못한다

나이가 70대의 초로에 들면 옛 추억이나 업적에 대한 이야기를 자주 하는 사람들이 있다.

특히 신시가지나 신도시에 가 본 사람들은 "내가 한창 시절일 때는 허허벌판이었고, 땅값이 헐값이었는데, 그때 여기다 땅 좀 사뒀더라면 몇백 억대 부자가 되었을 거야!"라고 허풍처럼 큰소리를 친다.

또 어떤 사람은 자기도 한창 젊었을 때는 돈을 많이 벌어서 인심도 쓰고 남에게 자랑도 하고 살았는데, 어느 한 순간 빈털터리가 되었다고 자조 섞인 이야기와 덧붙여 씁쓸한 웃음을 짓는 경우도 있다.

그렇다. 한 때 부모가 부자였으나 아들은 내려오면서 가난해지는 경우도 있고, 선대에는 극심한 가난 속에 살았지만 아들, 즉, 후손은 근검절약하면서 열심히 살아 부를 이룬 경우도 있다.

그래서 부자 3대 못 간다는 말도 전해 내려오는 것이다. 그렇기에 우리는 희망을 가지고 내일을 위해서 열심히 일하고 절약하고 베푸는 삶을 살아가야 하는 것이다. 그러나 주위를 돌아보면 귀감이 되는 가계들, 즉, 선대에도 부하였고, 후대에도 부족함이 없이 훌륭한 가문을 이어가는 경우들이 있다.

호남으로 가보면 해남의 녹우당 주인 해남 윤씨, 구례의 '타인능해'(他人能解: 누구나 마음대로 열 수 있다는 뜻으로 보릿고개를 넘기기 힘들었던 이웃들에게 이 집의 뒤주는 단비 같은 것이었다.)라고 뒤주 손잡이에 적어놓았던 운조루 주인 유이주 씨 등이 있다.

영남에도 많은 훌륭한 가문들이 있다. 그 중 경주 최부자의 이야기는 너무도 유명하여 모르는 사람이 없을 정도이다. 특히 그 최부자 종부는 나의 가장 친한 친구 K군의 누님이시다. 최부자의 명성을 익히 아는 나는 경주에 갈 때면 그 집 앞을 지나면서 훌륭한 가풍에 대해 흠모와 부러움을 느끼곤 했다.

호주에서 온 친구 부부와 그 친구 K군 부부 그리고 우리 부부가 경북 영주, 예천, 안동, 경주 등지를 동반 여행할 기회가 있었다. 우리는 경주 여행에서 불국사, 대릉원, 첨성대, 경주 박물관, 반월성, 안압지에 들렀다가 최부잣집을 가보기로 했다.

그때 최부잣집 종부인 K군의 큰 누님은 바로 얼마 전에 형제들이 함께하는 여행을 다녀왔노라고 했다. 그 댁에 들어서자마자 안온함과 평화로움이 느껴졌다. 평일인데도 구경 온 사람들이 꽤 많았다. 왼쪽에는 큰 곳간이 있었다. 친구가 먼저 들어가 보니 큰 누님이 안방에 계시다며 우리를 그곳으로 안내했다. 그 누님은 우리를 반갑게 맞이하여 주셨다. 인자함과 너그러움 그리고 온화한 모습이 대대로 내려오는 큰 부잣집의 종부답게 느껴졌다.

종부는 과일을 내놓았고, 동생 부부도 칭찬하고 우리들에게도 칭찬을 아끼지 않으셨다. 모두 덕담과 칭찬하는 분위기였다. 툇마루에서 기념촬영도 하고 나오는데 대문 밖까지 우리를 배웅하고 들어가시는 훌륭한 가문의 종부 앞에서 머리가 절로 숙여졌고, 무척 영광스럽고 자랑스러웠다.

나의 친구 K군 역시 영남의 양반 가문에서 자라나서인지 항상 절도와 의리가 있고, 말씨도 가려서 쓰는 친구여서 그에게 배우는 점이 많고 의지하면서 존경심을 갖고 지내고 있다.

나도 단종비(정순왕후) 오빠의 직계 후손이다. 훌륭한 조상들로부터 많은 가르침을 받고 살아왔지만 재물은 넉넉지 못한 대를 이어오다 보니 가난한 친척들도 있고, 배움이 부족한 친척들도 있다. 하지만 더 좋아지려고 노력하며 살고들 있다.

경주 최부잣집이 이렇게 누대에 걸쳐 부자로 살아오는 이유는

첫째, 근면 겸손하고 남에게 베풀며 살았기 때문이다. 흉년에 전답을 사들이지 않고, 곳간을 열어 백성을 구휼하였다고 한다.

둘째, 벼슬에 높이 올라가려고 하다가 멸문지화를 당하지 않게 하려고 후손들에게 진사 이상 벼슬을 하지 말라는 유훈을 남겼는데, 후손들이 그 유훈을 지킴으로써 후대에 이르기까지 좋은 가문으로 이어졌다.

우리도 항상 절약하고 저축하고 미래를 준비하는 가운데 자녀들이 젊어서부터 그런 모범을 보고 배울 수 있기를 바란다. 그리하여 훌륭한 가문을 만들고 지속시키기를 소망해본다.

매일 돈을 벌면 거지가 될 수 있다

의사협회 회장을 역임했던 88세의 한 원로 의사는 자신의 타고난 건강과 부인의 절약정신 덕분에 노년을 여유롭게 보낸다고 자랑하면서 다른 의사들을 지켜보면서 관찰해온 것들을 내게 이야기해주었다.

퇴역 의사들 중 60%는 어렵게 살고, 20%는 보통이고, 20% 정도는 풍요롭게 잘 산다는 것이었다. 내가 의아하며 "의사들은 돈을 잘 버는데 왜 노후에 못사는 비율이 그렇게 높다는 겁니까? 변호사, 의사 등은 '사'자 붙은 대표적인 부르주와 층의 직업이 아닙니까?"라고 물었다. 그분은 이렇게 대답했다.

"평생 돈 번 액수로 따지면 의사들이 거의 대동소이하고, 특히 옛날의 의사들은 거의 다가 돈을 잘 벌었지요. 문제는 부인들에게 달려있어요."

"첫 번째 유형은, 의사는 가난한 집안에 태어났는데 부잣집 딸과 결혼한 경우에요. 그 부인은 어렸을 때 전혀 물질적인 궁핍을 느껴보지 못했을 것이며 결혼해서도 의사 남편이 돈을 벌어 와도 돈을 다 써버리니 항상 부족함을 느끼는 것이지요."

"두 번째 유형은, 의사가 매일매일 돈을 벌어오기 때문에 그 부인은 '오늘도 돈을 벌어왔구나 내일도 벌어 오겠지. 오늘 이 돈을 써도 내일 또 돈이 들어온다. 그러니 더 좋은 집, 더 좋은 차, 더 좋은 옷, 더 좋은 가구를 장만하고 아이들도 풍족하게 해주자'고 하면서 절약도 가르치지 않고 자기 자신도 친구, 친척들 사이에서 별천지에서 온 사람처럼 행동하며 인심 쓰고 사치하는 경우에요."

그는 위의 예에서 보는 부인들은 노후에 어렵게 사는 의사 60%에 들어가게 된다고 했다.

또 노후에 보통생활을 하게 되는 20%의 의사 부인들은 절제하며 부지런히 저축하고 이웃과 가족에게 알맞게 예의를 차리며 어려운 사람을 도와주기도 한 경우라고 했다.

마지막으로 20% 부자군에 속하는 의사 부인들은 의사부인이면서도 전혀 티를 내지 않고 철저히 저축하며 이이들도 전혀 티를 내지 않게 가르치고 돈이 모이면 부동산에 투자하고 그 부동산 값이 올라서 부자가 된 경우라고 했다.

그는 이 세 부류 중에서 가장 바람직스런 유형은 두 번째의 경우로서 자녀들을 잘 길러 대를 이어 의사로 키운 의사들이라고 하면서 아무리 돈을 많이 벌어도 쓸 줄만 아는 부인과 함께 살면 노후를 걱정하지 않을 수 없다고 했다.

직업에 관계없이 알뜰하게 저축하며 사는 부인을 만난 사람은 편안한 노년을 맞을 수 있다는 것이 진리인 것 같다.

우리 은행에서 나간 액수는 정확하다

-봉천 지점장 이야기

내가 처음 은행에 입사했을 때 인사과장으로부터 들은 어느 지점장에 관한 일화가 매우 인상적이었다. 이 일화의 주인공은 일제 강점기에 있었던 식산은행 봉천지점장이었다.

광산 근로자 급여 날이면 이 지점에서는 상당한 액수의 현찰이 빠져나갔다고 한다. 바로 그 날 있었던 일이라고 한다. 저녁때 은행 업무를 마치고 책임자가 그날의 돈, 즉 시재時在를 맞추어 보니 액수가 모자랐다. 제법 큰 액수였으므로 저녁 내내 전표와 내용들을 파악해보았으나 잘못된 데가 없고 단지 돈만 모자란 걸 보니 돈이 더 나간 게 분명해보였다. 그래서 책임자는 다음날 광산회사에 확인해보기로 하고 자기 돈으로 메꾸고 퇴근하였다.

다음날 책임자가 지점장에게 상황을 보고했더니 그에게 광산회사에 전화를 하지 말라고 명했다. 그러던 와중에 그 회사의 경리주임이 은행으로 찾아왔다. 그리고 지점장석으로 오더니 "어제 돈이 잘 맞습니까?" 하고 물었다. 그러면서 그는 "어제 30여명에게 월급을 주고 나니 돈이 남아서 혹시 덜 받은 직원이 있나 하여 한 사람 한 사람 확인해봤으나 모두 정확한 금액을 받았다고 합니다."라고 하면서 남은 돈이라며 지점장에게 내밀었다. 그 금액을 보니 책임자가 부족하다고 했던 그 금액이었다.

그때 지점장이 보인 반응이 놀라웠다.

"여보게, OOO주임, 우리 은행은 그런 은행이 아니요. 우리 은행에서는 절대로 더 지불한 일이 없소. 아마도 귀사에서 틀렸을 것이오, 가서 다시 한 번 확인해보시오." 하면서 돈과 함께 그 직원를 돌려보냈다. 그리고 자기 통장에서 그 액수만큼 인출하여 은행 출납 책임자에게 주었다고 한다.

이후로 그 지점에 근무하는 직원들은 더욱 철저히 일을 수행하여 다시는 시재가 남거나 모자라는 일이 생기지 않았으며, 이 지점장의 공로 덕분에 이 은행의 신용도가 더 없이 견고해졌다고 한다.

그 옛날 식산은행 봉천 지점장이 지녔던 자부심이 요즘 젊은이들에게는 어떻게 비추어질지 모르겠다. 하지만 꼭 은행원이 아니더라도 정확성과 정직성은 신뢰를 쌓게 하는 최대 덕목임을 깨달아야 한다.

누가 잘한 지점장인가

6.25 사변 시에는 은행원들의 처신도 어려웠다고 한다.

한강 인도교가 폭파되고 시민들이 버려두고 떠난 서울은 무질서와 무법천지로 변했다. 이때 은행 지점을 맡고 있던 지점장들의 태도 역시 천태만상이었다고 한다.

신탁은행 어느 지점장은 모든 돈을 입출장부와 함께 금고에 넣어두고 열쇠는 자신이 맡겠노라며 직원들에게 피난을 가라고 했다고 한다.

또 어떤 상공은행 지점장은 자신의 점포에 있던 현찰을 몽땅 꺼내어 자기가 제일 많이 가지고, 나머지는 모든 직원에게 직급별로 차등 지급을 하고 각자에게서 수령증을 받아가지고 피난을 떠났다고 한다.

처음 언급한 은행의 직원들은 돈도 없이 부산에 집결하여 고생고생하면서 보냈다고 한다. 반면에 두 번째 언급한 지점의 직원들은 돈을 많이 가지고 있었기 때문에 부산에 모여서 집도 장만하고, 장사도 하면서 가족과 함께 여유로운 피난살이를 하였다고 한다.

첫 번째 언급한 은행 점포의 직원들은 이 같은 이야기를 전해 듣고 자기 지점장을 비난하였고, 두 번째 언급한 은행 점포의 직원들은 자기 지점장에게 감사하게 느꼈다고 한다.

9.28 서울 수복이 되어 서울에 돌아온 두 점포의 직원들은 각기 금

고를 열어보았다. 그런데 두 곳 모두 돈은 하나도 없었고, 인민폐만 쏟아져 나왔다고 한다. 그러니 첫 번째 언급한 점포의 직원들의 허탈감이 어땠을 지는 짐작이 가고도 남는다. 지점장의 고집스러운 은행원 기질에 대해 그들의 원성이 얼마나 컸겠는가?

그러나 그 후에 펼쳐진 상황은 사뭇 달랐다고 한다.

첫 번째 언급한 지점장은 일 잘하고 좋은 지점장으로 평가를 받아 은행의 임원이 되었고, 두 번째 언급한 지점장은 예금을 권유하는 업무를 하던 중 불미스러운 일을 벌여 은행에서 중도 하차했다고 한다.

결국 요령을 잘 피우는 은행원은 훌륭하게 되는 경우가 드물다. 심지어는 두 번째 지점에서 돈을 받았던 직원들조차도 훌륭한 은행원이나 임원 또는 지점장이 된 사람이 없다고 한다.

우리의 인생도 요령만 가지고 살기 보다는 좀 더 멀리보고 확고한 지표와 신념을 가지고 살아간다면 당장은 고생이 되겠지만 결국은 밝은 미래가 펼쳐질 것이다.

부자 된 공무원

나의 고향 친구 한 명은 시골에서 농고를 나와 공무원 시험에 합격하여 군민들을 위해 열심히 일하고 있다.

이 친구 바로 아래 동생도 역시 농고를 나와 인천에서 세무공무원으로 일하고 있다. 그런데 이 친구 동생이 돈을 많이 벌었다는 이야기가 가끔 들려온다.

나는 이 소식을 들을 때마다 왠지 그가 자랑스럽게 여겨지지가 않는다. 더 심하게 말한다면 공무원으로 일하면서 부자가 되었다는 것은 부끄러운 일이라고 생각한다. 특히 부모님으로부터 타고난 재산이 없는 사람한테서는 더욱 그런 생각이 들지 않을 수 없다.

1986년 겨울 내가 고향에 내려갔을 때 노인정에 잠시 들렀는데 한 어르신이 "OO네 둘째 아들, 그놈 참 효자야!"라며 칭찬을 하는 것이었다. 내가 언급한 그 친구 동생을 가리키는 말씀이었다. 내가 그 이유를 여쭈니 "고향에서는 맨몸으로 나갔는데 세무공무원이 되어 돈을 많이 벌어가지고 부모님 논마지기도 사드리고, 소도 사드리고, 고향 출신 학교에다 장학금도 희사하고, 우리 노인정에도 꽤 큰돈을 내어놓았으니 이 얼마나 기특한가?"라며 그분은 칭찬을 아끼지 않으셨다.

노인정을 나오면서 나는 혼잣말로 '국가의 녹을 먹고 사는 사람이 부정한 짓을 하지 않는 한 어찌 그런 부를 누릴 수 있을까? 부정한 돈으로 잘 살고, 부모님으로 하여금 호사를 누리게 하고, 노인정 어르신들께 거한 술자리를 마련해준다고 '효자'라는 이름을 감히 붙여줄 만한 것인가?' 라며 무거운 발걸음을 옮겼다.

전주 노송동의 기부천사

우리나라 사람들은 음양오행설에 따라 터의 길흉에 대한 말들을 많이 한다.

내가 신혼시절 역촌동에 살고 있을 때 지인 한 분이 우리집에 놀러 와서는 겨울에 햇볕이 집안 깊숙이 들어 온 것을 보면서 감탄해마지 않았다. 그러면서 조상의 삼대가 선행을 하여야만 후손이 그런 양지 바른 남향집에 살 수가 있다는 것이었다.

좋은 터를 알아본다는 육관도사라는 분은 유택, 즉 묘를 잘 써야 그 후손에게 복이 들어온다고 하면서 자신이 쓴 책에 명당자리들을 열거 해놓았다고 한다. 그는 또 전직 J 대통령의 부모 이장에 관여하고, 민주화 투사였던 K 대통령도 그가 선정한 곳에 묘를 써서 대통령이 되었다고 주장하다.

그러나 나는 위의 주장들에 전혀 동의할 수 없다. 우리 가족들의 묘 28기를 소위 명당이라 불리는 높은 산속의 가족묘지에서 이장하면서 느낀 사실이기도 하다. 나의 고조할아버지를 이장할 때 이런 좋은 교훈을 얻었다.

풍수지리에 따라 좋은 묘 자리라고 잡아준 곳도 이장을 하기 위해 파 보니 물이 차있기도 하고, 유골이 깨끗이 보전되어 있지 않았다. 그런데 집안이 어려워서 그냥 우리 산 아무데나 모셨던 산소에서는 아주 깨끗하게 보존되어 있는 유골이 나왔다.

그러면 물이 차 있고, 유골이 잘 보존되어 있지 않은 분의 후손은 어렵게 되고 번창 하지 못했느냐 하면 전혀 그렇지 않았고 반대로 선조들의 유골이 잘 보존된 후손들은 다 잘되었느냐 하면 그런 것만도 아니었다.

그래서 조선왕조의 왕의 능들도 당대 최고 풍수가의 의견을 들어 최고 좋은 명당에다 모셨는데 후대의 왕손들은 어떻게 되었던가? 그리고 그들이 통치하던 국가는 어떻게 되었는가?

내가 믿는 복음에 따르면 우리 인간은 죽음과 함께 영과 육이 분리되어 육은 흙으로 돌아가고, 영은 그를 지으신 하나님께로 돌아간다고 한다. 나는 세상의 많은 사상 및 주의주장에 끌려 다니기 보다는 내가 아는 진리를 굳게 잡고서 선행을 하며 이생을 살아가고자 노력한다.

그럼에도 불구하고 내가 정말 살아보고 싶은 곳이 있는데, 그곳은 바로 전주시에 있는 중노송동이다. 이곳에는 나의 아내의 조부모님의 집이 있었고, 장인어른이 다니던 전주학교가 있었다고 한다. 그래서 정이 가는 곳이기도 하지만 매년 연말이 되면 아무도 모르게 동사무소 근방에 돈 상자를 가져다 놓고 사라지는 얼굴 없는 천사가 있다고 해서 더욱 그렇다. 그런 훌륭한 분 이웃에 살기만 해도 얼마나 복될까 하는 생각을 해본다. 올해도 6천여만 원을 놓고 갔다고 하는데, 19년간 이어온 선행에 따른 액수가 무려 10억에 가깝다고 한다. 각박한 세상에 이 얼마나 따스한 어머니 품과 같은 곳인가!

CCTV도 있고 한데, 그 얼굴 없는 천사를 찾아낼 방법이 없겠는가? 우리 모두 그분을 알아도 아는 척 하지 말고 찾아도 모른 척 하면서 높이 칭송해주자는 게 나의 주장이다. 그의 선행을 다른 사람이 바톤을 이어받아 쭉 이어갔으면 좋겠다.

후대에 만들어진 유명한 상들의 상금을 노벨 상금보다 더 늘릴 수도 있지만 노벨상의 권위와 노벨의 높은 뜻을 받들기 위해 그렇게 하지 않는다고 한다. 이 얼마나 좋은 일인가!

우리도 전주 노송동 얼굴 없는 천사의 선행을 마음에 새겨서 우리 국민 모두 한 계단 더 덕스런 삶을 살아가기를 소망해본다.

오리털 파카를 입고서

2010년대에 들어와서 우리나라에 오리털 파카가 대유행하게 되었다. 2018년 평창동계 올림픽 이후에는 대한민국 사람이라면 누구나 할 것 없이 오리털 파카를 즐겨 입는 것 같다.

저녁시간에 홍대 입구에 나가 보면 젊은이들이 오리털 파카를 입고 거리를 휩쓴다. 난방 잘 된 집에서 잠자고, 식사하고, 기사가 먼저 와서 차 안을 덥혀 놓으면 잠시 집 밖으로 나와 차를 타고 회사나 일터로 가서 일하다가 다시 그렇게 집으로 돌아가는 사람들을 제외하면….

나에게도 오리털 파카가 2~3벌 있다. 조금 덜 두꺼운 것, 아주 두꺼운 것 그리고 오리털 조끼까지. 그놈의 오리털은 얼마나 많기에 이렇게 대한민국 모든 사람이 다 입을 만큼 생산이 되는 걸까? 영하 10℃의 날씨에도 두꺼운 오리털 파카를 입고 밖에 나가면 귀나 조금 시릴까 몸은 따뜻하다. 아니 아무리 밖이 춥더라도 추위를 느끼지 못한다.

한참 추운 겨울에 나는 파카를 걸쳐 입고 집안 어르신 병문안 길에 나섰다. 지하철을 타고 1시간가량 가야하는 M병원에 계셨다. 병문안을 마치고 집으로 돌아오는 거리에는 흰눈이 흩날리고 있었다. 머리에는 모자를 쓰고, 손에는 장갑을 낀 채 지하철에서 내려 집을 향해 가는데 거리의 호떡집에서는 김이 모락모락 피어올랐다.

그때 '아버지와 어머니는 시골에 사시면서 추운 엄동설한을 어떻게 견디셨을까' 하는 생각이 내 머리를 스치고 지나갔다. 허름한 한복 한 벌 입은 채로 산에 가서 땔감을 모으고, 차가운 들판에 나가 일을 하면서도 기름진 음식 한 번 푸짐하게 드시지 못하고 푸성귀와 된장과 김치로 겨울을 연명하셨을 텐데…. 이렇게 따뜻한 오리털 파카를 입고서 하나도 춥지 않다고 우쭐대면서 살아가는 것이 여간 죄스러운 게 아니었다.

그날 저녁 기도를 마치고 잠자리에 누웠는데 부모님 생각이 다시 이어졌다. 그 추운 겨울철을 지나셔야 했던 부모님께 이렇게 따뜻한 오리털 외투 하나 사드렸으면 얼마나 좋아하셨을까? 죄송한 마음에 쉬이 잠들지 못하고 눈물이 핑 돌았다. 그러다가 이내 잠이 들었고, 꿈속에서 부모님을 뵈었다. 두 분은 하나도 춥지 않다고 말씀하시는데, 계절은 겨울이 아니고 만물이 기지개를 펴는 따스한 봄날 같았다.

어느 일요일 교회모임을 마치고 오리털 파카를 걸쳐 입으면서 옆에 계신 한 어르신께 오리털 파카를 입을 때마다 연로하신 부모님이 삭풍을 견디셨을 생각을 하면 눈물이 난다고 했다. 그때 하신 그 분 말씀이 "그때 그 시절은 누구나 헐벗고 못 먹었으며 이렇게 따뜻한 옷이 없었으니 그런 죄송한 마음은 이제 잊어버리게."였다. 그러면서 "그런 마음 가진 자네를 저세상에 계신 부모님께서도 고마워하실 거네."라고 덧붙이셨다.

그 말씀을 듣고 나니 조금은 위안이 되었고, 죄스런 마음도 조금은 가셨다. 동시대를 살아가는 우리 가운데에는 부족함을 느끼고, 부러워하고, 불평하는 삶을 사는 사람들이 많다. 하지만 다 같이 가난하고, 헐벗고, 문명의 이기를 누리지 못한 시대에는 그렇게 박탈감이나 불평을 호소하지 않았었다.

GDP가 50,000달러 넘는 국가들도 불평불만 자가 많고, 좋은 차 좋은 집에서 기름진 음식을 먹으면서도 만족하지 못하고 살아가는 사람들이 많지만 가난하고 어렵고 포장된 도로도 없고, 심지어는 먹을 것도 부족한 부탄공화국 사람들이 더한 행복감을 느낀다고 하지 않는가.

상대적인 빈곤이나 박탈감이 없이 살아가는 세상을 만들도록 정치인과 경제인 더 나아가 일반 시민들도 노력을 기울여야 한다. 올 연말에도 지하철역에서 구세군이 산타클로스 복장을 하고서 자선냄비를 들고 종을 울리고 있다. 그 옆을 지나가다가 지갑을 여는데 행복감이 느껴진다. 사회 구성원의 행복은 부를 통해 오는 것이 아니고 더불어 살아가는 지혜를 지닌 사회에서 가능하다.

손씻기, 최상의 전염병 예방책

최근 중국 우한발 코로나19 전염병 때문에 걱정이 많다.중국은 위생과 의료시설이 우리만 못해 그런 전염병이 유행한 것이라고 위안을 삼고 있던 것도 잠시뿐이었다. 왜냐하면 대구 신천지 교회 회원들 사이에서 코로나가 급속히 전파되었고, 함께 예배를 보았던 전국회원들이 광주, 청주, 대전, 부산 등지로 퍼트렸다. 대구 옆 청도 대남 정신과, 요양병원에 입원해있던 많은 환자들에게도 감염되는 바람에 병원 자체가 코호트 격리되기도 했다. 이 병원에 입원한 환자들은 모두 병력이 있고, 면역력이 없는 노인들이어서 사망자도 속출했다.

이 코로나 바이러스는 감염된 후 전혀 증상이 나타나기 전에도 주변 사람들에게 전파되기 때문에 선제적으로 막기가 어렵다. 무엇보다 위험 보균자들과 접촉이 있는 자는 스스로를 잘 살펴서 진단을 받고 또 스스로를 관리함으로써 자기와 자신의 가족 그리고 가까운 이웃, 사회, 나아가 국민의 건강을 보호하는데 앞장서야하겠다. 훌륭한 시민의식이 요구되는 상황이다.

지난 2월 첫째 주 나는 장학기금 신청학생 심사회에 참여했었다. 그

행사에 함께 참여했던 전 백병원 C원장의 말씀을 들을 기회가 있었는데, 의료현장에서 봉사하는 의료인들은 온갖 병에 걸린 환자들을 진찰하고, 만지고, 대화하면서도 일반적으로 전염병으로부터 자유로울 수 있는 것은 환자를 상대할 때마다 손을 씻기 때문이라고 한다.

개인위생의 첫 번째는 손씻기라는 것이다. 인류의 발명품 중에서 가장 위대한 것은 비누, 칫솔, 바퀴 등인데, 그 중에서도 비누로 손씻는 것이야말로 코로나 바이러스 퇴치에 으뜸이 된다고 한다.

중세시대에 콜레라와 페스트가 대유행했을 때도 많은 사람들이 감염되었다고 한다. 온 동네와 온 도시가 거의 멸망할 지경이 되었는데도 게토에 거주하던 유대인들은 비교적 안전하게 살아남을 수 있었다고 한다. 왕과 귀족들이 나서서 그 이유를 확인해본 결과 유대인들이 전염병에 강한 유전인자를 갖고 있다는 것이었다.

그런데 중부유럽에서 쫓겨난 유대인들을 따라가서 연구한 의사들에 의해 밝혀진 바로는 그들의 강한 유전자 때문이 아니라 생활습관이었다. 그들의 습관은 이런 것이었다.

첫째, 외출하고 돌아와서는 철저히 손을 씻을 것
둘째, 식사 전 반드시 손을 씻을 것
셋째, 화장실에 들어가면 반드시 손을 씻고 나올 것

물론 모든 병이 손 씻기만으로 안전하지는 않겠지만 요즘 코로나 감염을 막는 첫 번째가 철저한 손 씻기라고 언론매체들이 권고하는 것을 보면 손씻기가 예나 지금이나 앞으로도 우리가 각종 질병으로부터 안전히 보호받을 수 있는 최고의 방편인 것만큼은 틀림없는 사실이다.

우리는 우리와 후손들 모두의 안전을 위하여 모든 가정에서 손 씻기를 실천하고 어린 자녀에게 가르쳐서 유대인들처럼 대대로 질병으로부터 안전했으면 하고 바란다.

어른이 되어서도 남에게 베풀 것이 없다면

나에게 '어른'은 참 두렵고도 존경스러운 말이다. 어려서부터 부모님으로부터 어른 말씀 잘 듣고 행동에 신중을 기하라는 말씀을 귀가 닳도록 들으면서 자랐다. 또 어른들 말씀에 함부로 말대꾸하지 말고 설사 내가 생각하기에 부당하다고 생각되더라도 조용히 마음에 새겨두라고 하셨다.

이문열 작 『선택』에는 한글로 된 음식요리법 책인 『디미방』의 가르침이 들어있다. 이 책 저자는 이문열 작가의 선조할머니인 정부인 장씨라고 한다. 지금 읽어보아도 공감이 가고 시대를 뛰어넘는 진리가 담겨있다. 그 중 한 구절을 인용해보고자 한다.

"사람이 늙어 한 시대의 어른이 되었는데도 아랫사람에게 아무것도 베풀 것이 없다면 그 사람은 세상을 살아도 크게 잘못 산 사람이라고 말하여 주고 싶다."

위의 문장을 읽었을 때 나는 정신이 번쩍 들었다. 지금 나는 70대 중반에 들어서서 나이로만 말한다면 어른이 되었는데, 도대체 나는 아랫사람들에게 베풀 수 있는 것이 무엇인가?

이 문제를 놓고 책상에 앉아 조용히 생각해보았다. '나는 이 세상을 잘못 살았구나' 하는 실망감이 들었다. 그러면서도 '내가 살아온 생이 그렇게 잘못되었기만 한가?' 하는 물음표도 생겼다.

나는 나의 아내와 결혼하여 세 아들을 낳아 기르고, 아들 모두 우리나라를 위해 군복무도 마치고, 교회의 선교사로 파송되어 봉사도 했다. 대학공부까지 하도록 부모로서의 뒷받침도 해주었다. 지금은 모두 결혼하여 각자 가정을 꾸리고 손자 손녀도 셋씩 낳아 잘 기르고 있다. 나로서는 이런 것들이 세상에 온 보람이다.

나는 여섯 남매 중 외아들로 태어나서 부모님의 사랑과 희망을 혼자 받고 자라나서 누님들과 누이들에게 항상 빚진 기분으로 살아왔다. 한 가지 스스로에게 위안이 되는 점은 부모님을 모시고 살아온 것이다. 어머니는 어느 날 갑자기 쓰러지셔서 병원 입원 하루 만에 나의 손을 꼭 잡고 돌아가셨고, 아버지는 5~6개월 병고에 시달리시다가 나의 품에 안겨 조용히 숨을 거두셨다. 나는 예와 성을 다하여 부모님을 고향 선영에 모셨다. 이런 것들을 생각해보니 나 스스로에게 조금은 위안이 된다.

그렇지만 한 시대의 어른이 되어 자기 가족과 후손들에게만 모범을 보이고 베푼다면 이 세상은 어떻게 될까? 심지어 동물도 자기 새끼는 모든 희생을 치루면서 베풀고 보살피지 않는가? 그러나 '나에게는 남에게 베풀만한 재물도 없고, 기부할 만한 재능도 없으니 어떻게 할 것인가' 하는 의문이 생겼다.

그럴 즈음 어느 책에서 그 해답을 발견했다. 불가佛家에는 물질이 아니라도 일곱 가지 보시가 있다고 했다. '무재칠시'無財七施라고 한다.

1. 공손하고 아름다운 말씨
2. 부드럽고 편안한 눈빛
3. 자비롭고 미소 띤 얼굴
4. 친절한 행동
5. 착하고 어진 마음
6. 편안한 자리를 양보하는 자세
7. 잠 잘 곳을 제공하여 주는 배려

이 무재칠시를 읽고 나서는 '재물 없이 나도 얼마든지 베풀 수 있겠구나!'하고 생각되어 쉬운 것부터 실천하고자 살아왔으나 실제로는 어느 것 하나 쉽지가 않았다. 그래서 이것들을 수첩에 적어 가지고 다니면서 수시로 읽어본다.

하루하루 이렇게 실천하면서 살려고 노력하는 가운데 나의 마음도 더 편해지고, 더 행복해지는 것을 느낀다. 남에게 베풀면서 살다보면 결국은 그 축복이 나에게 되돌아온다.

송평종 에세이

대나무밭에서 자란 소나무

초판인쇄 2021년 8월 30일
초판발행 2021년 9월 20일

지 은 이 송평종
펴 낸 이 노용제
펴 낸 곳 정은출판
기획편집 라이채, 장서윤
주 소 (04558) 서울특별시 중구 창경궁로 1길 29 (3F)
전 화 02-2272-9280
팩 스 02-2277-1350
이 메 일 rossjw@hanmail.net
홈페이지 www.je-books.com
출판등록 2004년 10월 27일 (제01-2011-008호)

ISBN 978-89-5824-434-9
값 12,000원